风过林香

李美瑛

网名冷月千山。1969年出生于吉林磐石，1991年毕业于山东曲阜师范大学中文系，现任教于山东省济南第七中学，中学语文高级教师，国家二级心理咨询师。2010年出版第一部散文集《圣洁的心绳》。

李美瑛 著

图书在版编目（CIP）数据

风过林香／李美瑛著. —济南：山东教育出版社，2011
ISBN 978—7—5328—7040—0

Ⅰ. ①风… Ⅱ. ①李… Ⅲ. ①散文集—中国—当代
Ⅳ. ①I267

中国版本图书馆 CIP 数据核字(2011)第 199059 号

风过林香

著　　者：李美瑛
主　　管：山东出版传媒股份有限公司
出 版 者：山东教育出版社
(济南市纬一路 321 号　邮编:250001)
电　　话：(0531)82092664　**传真**:(0531)82092625
网　　址：http://www.sjs.com.cn
发 行 者：山东教育出版社
印　　刷：山东人民印刷厂泰安厂
版　　次：2014 年 4 月第 1 版第 2 次印刷
规　　格：787mm×1092mm　16 开本
印　　张：17.75 印张
字　　数：249 千字
书　　号：ISBN 978—7—5328—7040—0
定　　价：36.00 元

(如印装质量有问题，请与印刷厂联系调换)

春风风人，夏雨雨人（代序）

崔思遥

母亲要出第二本书了，作为女儿，自然最高兴。之前曾和她开玩笑——这本书的序让我来写吧，没想到一句无心的话竟被她当真，这项光荣而艰巨的任务真的落到我身上。

我可能不是看母亲文章最仔细、最用心的人，但我相信我一定是最能理解她喜怒哀乐的人。我写的是一个女儿眼中的母亲，一个最有机会贴近她的读者眼中的作者。因而，这篇序也许能给您提供一个了解作者的别样途径。同时，它也是我献给母亲四十二岁生日的礼物！

翻开十几万字的书稿，扑面而来的依旧是母亲一贯的风格和独有的气息：脱俗、清雅。关于书名，母亲踌躇了很久，她从家人、朋友处广泛征集意见，最后定下“风过林香”。细想来，这个名字最合她的文风，她的文字就如清新的竹林，偶有风动，就会摇曳出淡淡的幽香，醉人心脾。当你用心品读她笔下的每一个小小世界，总会触动你最柔软的心弦，带给你感动的同时也带给你对生活的思考。

很喜欢书中的几个分类：浮生漫谈、山水有情、教学随感、素心含香。文字简练，立意鲜明。每一类都体现了母亲的某种人生状

态与态度，而这些在我看来也是喧闹的现实中极为难得的。

生活中，母亲是个极其乐观向上的人，她积极处世的态度常让我惊讶。她对任何事情不是一般的包容与理解，她有一颗悲天悯人的心。我曾问她，为什么你笔下的人、物都那么美好，生活是有很多阴暗面的，难道你没发现？她总笑着告诉我，世间万物都有两面性，人活着不容易，为什么不多花些时间去感受生活的快乐与美好呢？

无论在家人还是朋友眼中，母亲都是典型的小资女人，她很会享受生活。但她始终保持着一些在我们年轻人看来很传统的习惯，那也正是许多人渐渐抛弃了的可以宁静致远的生活：她喜欢一个人静静地写文章，喜欢废寝忘食地读书；她喜欢用不同的紫砂壶泡不同的茶，津津有味地品，怡然自得；她喜欢摆弄满屋子的花花草草，或凝神贯注，或会心一笑，偷偷地与花儿进行心灵的对话；她会和父亲一起不厌其烦地把玩那些从各地买来的富有民族特色的工艺品；瑜伽是她常年坚持的健身方式，兴致来了，爬山的间隙她也敢在空地上做几个标准体式；她爱美的一切，自称是“摄影爱好者”，可父亲总笑她“顶多是个照相爱好者”……在如今什么都要追求速度的社会中，已经很少有人能够慢下来体味生活，尘世的浮躁在这些人身上无法摆脱，但母亲做到了。我想这和她善于并且也乐于倾听自己心灵的诉求有关，她懂得让自己去主宰自己的生活，因此，她才能像自己希望的那样：从容入世，清淡出尘。

她的生活总带着一股幽香，也仿佛是一种幽冥的音乐在回荡，和她在一起，让人静心也净心。这是一种境界，是我一直努力效仿和攀登的境界。或许，有朝一日我也能拥有，像母亲一样看淡一切，悠游潇洒地行走在天地间。

这些人生感悟，在“浮生漫谈”里，都能找到。文中许多语

句，深富哲理，那是母亲多年处世做人的原则和生活积淀，读来总给人大觉悟。

母亲爱好广泛，尤爱旅游。每次出门，无论路途远近，时间长短，她总会写下大量游记。在她眼里，凡是她走过的地方都有属于那个地方的无可替代的美。印象最深的是2010年暑假，母亲和父亲重游云南。当我从欧洲回来，看母亲笔下的云南时，那种视觉上的冲击，恍惚让我觉得那片土地上的人都生活在世外桃源里。她总能看到那么多美好的景物，美好的人事，这都源于她眼中有美、心中有爱。她时时刻刻都在用心体会自然的美丽，并满怀感恩去拥抱它们。她的游记视角独特，充满灵性，常给人耳目一新的感觉。

这就是为什么母亲会把这类文章称作"山水有情"了，因为她始终坚信万事万物都有生命和思想，它们和人一样，神圣而尊贵。

母亲是一名高中语文教师，作为高中生的我，深知高中对一个人的成长是何等重要而特殊。母亲秉承了孔子"因材施教"的教育理念，对每个学生并非完全"一视同仁"。她是个与众不同的老师，做她的学生幸运又幸福。她从不会过分看重学生的成绩，认为凡事尽力就好；她总会告诉学生成绩不及格可以理解，但做人不及格不能原谅；她会在每个学生的作业本上写下一大堆赞美和鼓励，她眼中的学生都是可爱的；她会用心设计每一堂课，做内容丰富、画面精致的课件，追求创新，从不懈怠；她的课堂从来都很活跃，无论怎样性格的学生都能在她的课上自由发表意见。作为女儿，我常常羡慕她的学生，我也有过很多让我敬佩和喜爱的语文老师，但像母亲这样的却少有。母亲的学生都愿意和她近距离接触，和她在一起，学生尽可以放心谈论任何话题。学生爱她，偶尔给她制造个小惊喜，这让本就感性的她在被感动得稀里哗啦的同时常会以文相

报。从她身上，我找到了那种最和谐的师生关系，那也是我认为的最高境界，真正的良师益友——做老师，她以一种快乐的方式让你接受知识；做朋友，她可以倾听你的一切，耐心地教给你面对生活的方法。

“教学随感”里的许多文章，都是母亲从教的心得与实录。作为教师，能在自己的工作中找到快乐，体会到幸福，已属难得。更为难得的是，母亲还把这种快乐和幸福带给她的每一个学生及身边的每一个人。

母亲不喜欢繁琐，总尽量让自己的生活简单。她是个识大体的人，大事上从不马虎，稳重沉着。但在日常琐事中，就不敢恭维了，再没有比她更没心没肺、糊涂幼稚的，以至于我常要把她当孩子看，让她三分。可她永远不会让你真生气，她惹你反而还会让你觉得她的可爱，让人疼惜。“是不是有童心的人都这么吃香呢？”我常嘲笑她心理年龄太小，是十足的小孩儿。她会在见到自己喜欢的毛绒玩具时大呼小叫“好可爱哟！”她会喜欢我和父亲给她起的所有搞笑的外号，她会和我一起玩很低智商的儿时游戏，她会在我获得一点小小成绩时想出各种花招来大大地庆贺，她会嬉笑着抱着你撒娇地说“好好喜欢你！”她会在仅养了两个月的狗狗送走时痛哭流涕，她会因为一条小鱼、一只蝈蝈寿终正寝难过不已……人到中年，她始终保持着一颗孩子般单纯的心灵，而且童颜不老，难怪朋友们都称她是“千年小妖”。

果然是“素心含香”，在母亲那极质朴纯真的心里，总藏着数不清的快乐音符，在你不经意的时候，它们会突然响起，伴着百合花的清香。

有人说，世界上最美的文字一定不是最华丽的，母亲就如此。

文如其人，她的文章告诉我，她是一个优秀的老师，是一个真诚的朋友，是一个温柔的妻子，是一个孝顺的女儿。最重要的，在我心里，她始终是一个最合格最优秀的母亲。拿世界上所有的珍宝来换她，我也不愿意，因为她是世界的唯一，我的唯一！

春风风人，夏雨雨人。感谢母亲，感谢您的文字带给我们的最美际遇与重塑心灵的力量！

2011年8月于泉城

（注：崔思遥，作者之女，山东省济南外国语学校高二学生）

目　录

浮生漫谈

山水有情

教学随感

素心含香

浮生漫谈

FU SHENG MAN TAN

生命的路有多宽？心有多宽，路就有多宽。路是自己一步一步走出来的，窗也是自己一扇一扇打开的。没人能堵住你前行的路，也没人能关闭你眺望的窗。

记得的，才是活过

半夜惊醒，窗外的雨，滴滴答答，那么清晰，一声声，钻入耳膜，直落心底。也不知过了多久，才又慢慢睡去。昏昏沉沉中，不记得梦的来途归路。

这雨，下了一天，时断时续，就像是痴情羞涩的女子，愁肠百结，心有万语千言，却不知从何说起。欲说还休，欲说还休……

两节课后，稍作休息，便一个人走在回家的路上。心如眼前的世界，雾蒙蒙，意迷迷，提不起半点情绪。王菲的《传奇》在耳边唱着，那幽幽的声音与此时的天气相当和谐。“只是因为在人群中多看了你一眼，再也没能忘掉你容颜，梦想着偶然能有一天再相见，从此我开始孤单思念……”人海茫茫，众生芸芸，有多少擦肩而过的“传奇”？

想起学生强力推荐的那本小说《全世爱》，发现自己真的老了。这样一本被80后、90后热捧的大作，我却读不进去，看完序就想放弃。然而，想到学生的苦心和热心，硬着头皮继续看，看了十来页，告诉自己停下吧，我不想虐待自己。不是苏小懒编的故事不精彩，而是我没有能力欣赏她的精彩。她独特的语言表达方式，她和她的木木之间的感情纠葛，和我没有交集。

没有共鸣的文学作品，只能放弃。早已过了做梦的年龄，我的生活只有现实，没有虚幻。

脚下的路真实可信，这条我每天要往返四趟的人行道，无意中记下了我生活的足迹。春夏秋冬，花开花落，四季周而复始。时光荏苒，岁月无情，青春的容颜渐渐老去。

走进小区，很安静。这个时候，正常下班的人还未踏上回家的路；

这样的天气，不上班的人会躲在家里。小雨细细绵绵，拿着伞，没有撑开，任雨丝扑面，夹带着青草的气息。

信步来到蓝色的戏水池前。此地此时无人，静静地站着，拥抱我的是四周浓浓的绿意。这些平日没精打采、灰头土脸的树木，现在都已容光焕发，绿得清透，绿得稠密。脚下的鹅卵石被雨水洗得很干净，露出了纯白抑或灰黑的底色，煞是好看。小雨滴像顽皮的孩子，不停地和池水嬉闹着，掀起一层一层的涟漪，荡开去，再荡开去。

多少个黄昏，站在自家的阳台上，把这一池清水深情地眺望。和那日日走过的马路一样，这一弯清池，也记下了我无尽的思绪与遐想。

生活里，需要刻意忘记的，有时恰恰难忘记；有些人或事不刻意就会忘记，那正是无所谓的。对酒当歌，人生几何？不要刻意做什么，更不要难为自己。风过林香，雁过留痕，如果生命中还有值得我们驻足回望的过往，应该说那是一种幸福。

绿柳依依，法桐娑娑；桃花落寞，紫藤清幽。记得的，才是真正活过。

自在

身在花花绿绿的世界，人不可能没有欲望，想要的不一定都能得到，于是烦恼就会产生。

有些人过于敏感，太在意别人的目光。虽然他们终日小心翼翼，但也许还是得不到自己想要的关注、尊重与喜爱。有时还可能适得其反，好感没得到，烦恼不请自来。人活着是为自己，为亲人，为所爱的人，不是为那些与自己不相干的人。

每个人都是独立的生命个体，都有自己的优缺点。活着，势必要和许多不同性格的人打交道，但我们没有必要去迎合每一个人。物以类聚，人以群分，千差万别的个性决定了我们不可能赢得每个人的欢喜。有共同语言的，多说几句；没有共同语言的，少说或干脆不说。

做自己想做的自己，不因别人的喜恶而改变，违背个人意愿的改变是痛苦的。做人，只要不损人利己、问心无愧就可以。不要奢求让每个身边的人接纳自己，接不接纳，喜不喜欢，是别人的事，与你无关。

看过这样一句话：不会独处，乃一切烦恼之根源。生活中，有很多人常把目光停留在别人身上，过于注重他人眼中的那个“我”。别人的一个眼神，一句话，甚至一个动作，都会影响到他的情绪。与其把更多的时间放在别人身上，还不如撤回来给自己。当一个人内心充实的时候，就不会轻易因外界而烦恼了。

“以我见故，流驰生死，烦恼所逐，不得自在。”一个不自在的人是很难体会到生命的从容淡定与清闲愉悦的。何为“自在”？佛家认为“以心离烦恼之系缚，通达无碍为自在”。自在的人，身心逍遥，无羁无绊，即使他物质贫穷，但精神却可以非常富有。

“放不下别人，是心中没有慈悲；放不下自己，是心中没有智慧。”认清自己，认清现实。与人为善，不强人所难；关注内心，不苛求自己。以包容之心看待生活，致力于实现自我认知、自我健全，找到自我完善的出发点和支撑点。做人当自强，无论男人还是女人，都要不断修炼自己，提升自己。智慧而艺术地生活，因为幸福感只能从自己的内心获得。

生命的路有多宽？心有多宽，路就有多宽。路是自己一步一步走出来的，窗也是自己一扇一扇打开的。没人能堵住你前行的路，也没人能关闭你眺望的窗。

放下昨天，不固执于今天，也不忧心于未来，以清净之心看世界，蓦然发现世界原本就清净。“世上本无事，庸人自扰之。”我等是庸人，想抛开烦恼说起来容易，做起来很难。但我们要努力去做，努力让自己既拿得起，又放得下。让生命从容些，再从容些；让生命自在些，再自在些。

沙 漏

爱人下班，带回一个漂亮的沙漏。它六棱柱型，水晶玻璃制成，由于上下底部是宝石蓝色，所以中间的无色部分也隐隐闪烁幽幽的蓝光，时空隧道在我的想象中就是这种色调。

“什么时候才能漏完呢？”第一次把沙漏倒放在写字台上，看着那细得不能再细的沙，心里想。的确，沙太细，比面粉还细，最重要的是中间的通道几乎是封闭的。如果不把脸贴到瓶壁上，难以看见那流下的淡黄色的沙。

可当你凑近沙漏时，你会发现，那沙其实流得非常快，只一会儿工夫，底部便堆起小小的沙丘。就在不经意间，上面的沙很快就全部转移到下面来了。

日子何尝不是这样呢。匆匆，又匆匆，它总在我们不留意的时候，从我们身边悄悄溜走。

小时候，总觉得时间过得慢，一到冬天就开始盼新年，掰着手指头数日子。那时的盼望中是有一些具体期待的，期待能穿上新衣服，能有好吃的，还能不用写作业整天疯玩……那种期待的日子总过得很慢，等得让人无奈而焦急。

上中学后，依旧盼望新年，因为一到新年就可以放假，可以从繁重枯燥的学习生活中挖一个小孔，自由地呼吸。尽管这种自由非常短暂，但还是发自内心地渴望。

再后来，上大学，参加工作，时间依旧是慢腾腾的。女儿刚出世那几年，觉得时间慢到了极点，面对爱哭闹的女儿，总是一筹莫展：她什么时候才能长大啊？

“别盼孩子长大，她长大你就老了。”妈妈这样劝我。可我还是希望时间能快一点，盼望女儿长大懂事，能独立处理自己的学习和生活，不需要整天缠着我，这样我就能更多地拥有自己的时间和空间，做一些自己想做的事。

日子一天天走过，就像那沙漏一样，悄无声息。不知从何时开始，我发现时钟变快了，一周，一月，一年……不再难熬漫长。

“我现在觉得时间过得特别快，是不是我老了呢？”我问好友。

“日子过得舒心如意的人就会觉得时间过得快。”朋友的回答让我满心欢喜。

珍惜今天，活在当下，把握生命里每一个快乐的瞬间。生活就是由那一粒粒细小的沙组成，日复一日，年复一年，积土成山，积沙成丘，人生也因此慢慢走向成熟与厚重。

与同事宴饮时说希望时间能过得再快一点，这样我就可以退休了。同事大笑不已，说退休就老了，可别盼它。

真的特别向往退休的日子，那时时间完全属于自己，再也不用看他人的脸色行事，不用违背自己的心做不愿做的事。可以天马行空，我行我素，最大限度地排除外界的干扰和羁绊。我还有许多美丽的梦没有实现，它们需要自由。

此刻，我再一次把沙漏放在面前，那细细的沙又开始飞落。静静地凝视着，心格外平静：

“那飞落的沙是我的过去还是现在呢？”

“如果我把沙漏倒过来，过去能变成未来吗？”

孤绝

小时候不喜欢下雨，尤其讨厌那些刮风下雨打雷且爸爸妈妈又不在家的日子。在幼小的心里，这样的恐惧总深刻到骨子里。雨水如注，电闪雷鸣，狂风也跟着肆虐，仿佛自己会被雨水冲走，被雷电击倒，被大风刮跑。除此之外，从大孩子那里听到的鬼故事在这时总会发挥效应，好像那些魑魅魍魉也会因为躲避这些坏天气钻到屋里来。即便是蜷缩在角落里，身体还是不停地发抖。尤其是那突然响起的炸雷，吓得我恨不能马上藏到地底下去。

初中毕业，我在同学们羡慕的眼光里考进县一中。可我高兴不起来，因为在那之前我从没有离开过自己的家，没有离开过爸爸妈妈。对家的思念浓得化不开，语数外理化生，再多的知识也填补不了我对家的渴望。只有在每一个星期六的下午，我才会展开笑脸。然而这种笑容很短暂，星期天的早上一睁眼，又会愁云惨淡，饭是无心吃的，情绪是低沉的。每次妈妈送我去车站，车还没开，我这边早已泪眼朦胧，“金豆豆”如秋风中的落叶簌簌而下。在学校，看着身边的同学有说有笑，我无力融入。常常一个人跑到校门口，呆呆地看着往来的车辆，心想这要是周末该多好！想着想着，视线就模糊了。那是我流泪最多的一年，心因流多泪水而愈清明醇厚，眼睛却因流多泪水而愈加模糊。

再后来，无奈离开故乡，离开了亲人。坐在那个千里之外的教室，陌生的老师，陌生的同学，陌生的方言，整个人都掉到了冰窖里。没有父母的疼爱，没有兄长的呵护，没有朋友的交流，在交通、通讯还不算便捷的上个世纪80年代，我突然与过去的一切断开了。没有选择的余地，只有顺从。每天，一个人静静地上学，静静地放学，悄悄地来，悄悄地去，似乎只有这样才能维持自己内心的安宁。我就像一个可以忽略不计的人，一介尘埃就是这个样子吧。

人在旅途，常会遭遇一些无法摆脱的黑暗。这黑暗，有的因社会而生，有的只关乎个人。对个体而言，无论哪一种，都是生活对你冷峻的考验。生逢盛世，我们是幸运的，时代没有带给我们太大的苦难。我们的孤绝之感更多的时候来自自身：疾病、失恋、被人误解、痛丧亲人等等。这些在外人看来也许会一听了之、甚至不屑一顾的事情，对当事人来说，往往会有切肤之痛。

置身喧闹的都市，灯红酒绿之中，衣香鬓影之间，明明那一条条街道千百遍走过，明明那一座座高楼千万次看过，明明那一张张面孔是如此熟悉，但还会在这种热闹中失落，孤绝感不期而至。黄昏的车站，午夜的街头，春意阑珊的河畔，秋风萧索的山峦……那猝不及防攫住你的心的，恰是你一辈子都摆脱不掉的隐痛。

我相信，在每个人的心底，都隐藏着一个只属于自己的情感部落，它是任何亲情、友情、爱情都无法取代的，那是我们对自己最后的怜惜和悲悯。

欣赏柳宗元的《江雪》：“千山鸟飞绝，万径人踪灭。孤舟蓑笠翁，独钓寒江雪。”千山覆雪，百鸟踪绝；天地苍茫，万径无痕。一舟，一人，一钓竿，一江白雪，执竿人钓的不是鱼，钓的是一份超拔卓立的孤绝。

穷困之时，洁身自守，不怨天尤人，不自暴自弃，不失尊严，也不失人格和风骨。超然物外，那浩然之气自然冲出弱小的躯体，直塞满宇宙万物间。

从容入世　清淡出尘

《列子·天瑞》中有这样一个记载："杞国有人，忧天地崩坠，身亡所寄，废寝食者。"这就是"杞人忧天"的典故由来。如今，忧天的杞人罕见了，但忧己的杞人却越来越多。

相由心生。走在大街上，稍留意就会发现，路上行人大都脚步匆匆。再看他们的脸，或严肃凝重，或焦躁不安，怡然平和者少，面带微笑者更是少之又少。

是谁夺走了我们的快乐？

其实快乐本在心，谁也无法夺走。

每个人都是哭着来到人世，诞生之始，没有太大差异。每个孩子在生命之初，对贫穷和富有想必也没有什么明确的概念。那时的生命最纯粹，无忧无虑，自足自乐。

然而，随着年龄的增长，社会阅历的增多，面对外面世界的精彩纷呈和形形色色的诱惑，一些人的内心开始失衡。工作上向下看，待遇上向上看，看来看去，总觉得自己是最不幸的那一个。

人都是有欲望的，喜欢金钱美女，喜欢华服美食，喜欢豪宅靓车，这些都是再正常不过的心理。但君子爱财取之有道，不属于自己的东西，不能强夺豪取。正所谓"欲虽不可去也，但可节也。"人是有理智的高等动物，应该懂得用理智去节制欲望。

贪婪是万恶之本，不知足是痛苦之源。明代朱载育有首诗叫《山坡羊·十不足》，它对一些人贪婪的本性揭示得尤为透彻：

逐日奔忙只为饥，才得有食又思衣。

置下绫罗身上穿，抬头又嫌房屋低。

盖下高楼并大厦，床前却少美貌妻。
娇妻美妾都娶下，又虑出门无马骑。
将钱买下高头马，马前马后少跟随。
家人招下数十个，有钱没势被人欺。
一铨铨到知县位，又说官小势位卑。
一攀攀到阁老位，每日思想到登基。
一日南面做天下，又想神仙来下棋。
洞宾与他把棋下，又问哪是上天梯。
上天梯子未做下，阎王发牌鬼来催。
若非此人大限到，上到天上还嫌低。

贪婪成性，私欲膨胀，这样的人终其一生也难获得真正的幸福和长久的快乐，他只能在永不满足的怪圈里愈行愈远，最后的归宿则是他始料未及的痛苦深渊。越是拥有，越想索求；越是索求，就越堕落。生活往往这样，越想得到更多，反而失得更惨。

坦然面对生活，有多大能力就去接受多大的幸福。千万不要要小聪明，生活中，谁也不比谁高明多少。心比天高，命比纸薄，这样的悲剧多在于当事人没有在人生的天平上称准自己的分量。聪明只是一种能力，小聪明更是无足挂齿，只有智慧才是真正的大境界。孔子先知先觉，生不逢时之际，也未怨天尤人，他始终怀抱兰的节操，静静地沉淀和等待。平庸我辈，又有何资本不能淡泊自己的人生呢?

淡泊明志，宁静致远，潜心修行，志在高洁。功名利禄乃身外之物，生不带来，死不带去，无需太在意。人生，不要有太多的贪念。知足常乐，无欲则刚；豁达平和，天地宽广。

从容入世，清淡出尘。在人生的每个拐角处，让我们都留下一个从容清淡的背影。

人生要多做减法

一陌生人经朋友介绍找到我，让我帮忙给他们公司一套即将上市的教学用书写一些推介性的文字，报酬自然是有的。说实话，如果不是因为朋友，这样的事，给再多的报酬我也会立即拒绝，因为写这样的文章不是我的擅长。我爱写东西，但前提是我手写我心，喜欢的是那些从心底自然流淌出来的文字，在我看来，这样的文字就像一个个鲜活跳跃的小精灵，能带给我真正的欢乐。

我一向重视友情，为朋友可以两肋插刀，朋友有托自然要完成。然而当我认真翻看那套教学用书时，发现它很不合我的胃口，而且和目前山东高考的内容也不完全一致。

“写还是不写？”内心非常矛盾。写？自己并不认可这套书，那就要说假话，说违心的话，这显然是一种欺骗行为，不符合自己一向遵循的做人原则，也玷污了教师这项职业的神圣。不写？无法跟朋友交代。经销商那边在焦急等待，因为新书马上就要上市。

连续几天，只要一闲下来，这件事就会跳出来，在眼前晃来晃去，搅得我心烦意乱，给我增添了一份额外的精神负担。

我有一个习惯，不平静的时候，喜欢看书。每当我拿着自己喜欢的书，看上一会儿，就能暂时走出眼前的纷扰，慢慢走进另一个世界，去那里体会别人的喜怒哀乐，感悟别人的思想与智慧。

打开弘缘的《自在》，看到这样一个禅意故事：

有位中年人觉得自己的日子过得非常沉重，想要寻求解脱的方法，因此去向一位禅师求教。

禅师给了他一个篓子要他背在肩上，指着前方一条坎坷的道路说：

“每当你向前走一步，就弯下腰来捡一颗石子放到篓子里，然后看看会有什么感受。”中年人照着禅师的指示去做，他背上的篓子装满石头后，禅师问他这一路走来感受如何。他回答说：“感到越走越沉重。”

禅师说：“每一个人来到这个世上时，都背负着一个空篓子。我们每往前走一步就会从这个世界上捡一样东西放进去，因此才会有越来越累的感慨。”

中年人又问：“那么有什么方法可以减轻人生的重负呢？”

禅师反问他说：“你是否愿意将名声、财富、家庭、事业、朋友拿出来舍弃呢？”那人答不上来。

禅师又说：“每个人的篓子里所装的，都是自己从这个世上寻求来的东西，你要想减轻负担，就必须甘愿舍弃这些身外之物。”

读罢这则故事，有醍醐灌顶之感。人之所以常常感到活得累，其实那些包袱都是自己给自己背上的，无人强加于你。人生要有所选择，学会拒绝，学会放弃。不能因为贪念而不停地给自己加码，那样就会像故事中的中年人一样，负重向前，苦不堪言。到头来，可能什么都得不到，竹篮打水一场空。

人生旅途上要多做减法，抖落功名利禄那些沉重的身外之物，如此才能做到真正解脱，得到心灵的自由和轻松。短暂的一生中，金钱、地位、荣誉都不过是过眼烟云，无须强求。赤条条来去无牵挂，内心的和谐才是我们最丰盈的财富。

放下《自在》，豁然开朗。毫不犹豫地给朋友和经销商打电话，坚决地告诉他们我的拒绝。朋友的话最让我感动：记住了，今后只要是你不喜欢做的事就坚决拒绝，不用犹豫，不要因为我是你的朋友。终于明白我们为什么能成为朋友，因为我们有共同的坚守。

放下包袱，轻装上路。生活还是那么可爱，那么迷人！

灵魂伴侣

关于男人和女人的传说一直有很多，古希腊有这样一则神话：最初生活在某个国家的人都是球形的，两个个体背靠背粘在一起，这个球形的人有两张脸，四只手，四只脚，两副生殖器。后来，诸神担心人类过于强大会不敬畏神灵，于是就把球形的人劈成两半，让每个人都变成了半个人，这样人的能量就减弱了。被劈成两半的半个人长大后，各自去寻找与自己相契合的另一半，人海茫茫，苦苦追寻。爱是成就这种重聚的神，它以神奇的力量使我们每个人恢复到原初的状态，让我们重又身心完整，从而生活在幸福之中。

也许如希腊神话所言，相爱的人原本是一个整体，他们原本有着灵魂的契合之处。每个人命中注定都会有一个知己，这是上天早为我们准备的礼物——灵魂的伴侣。

然而，众里寻他千百度，生活中，并不是每个人蓦然回首时都能发现伊人就在那灯火阑珊处，如愿地与之相聚融合。生活是遗憾的艺术，不如意事十之八九，失落、失意、失望都在所难免。于是我们看到身边有那么多闷闷不乐、郁郁寡欢的人，也会看到那么多不遂人意、欲罢不能的人生悲剧。

尽管如此，在每个人心里，依然会存有柔软的那部分。这种柔软深埋在心底，你最多只可以轻轻地掠过而不能去触摸，甚至多看一眼心都会痛。它已是一堆灰烬，仅余星星火种，你可以作势烤烤，想象着温暖的味道，但你不能把它引燃，否则那可能会造成一场不能控制的灾难，烧掉一切。“我拿青春赌明天，你用真情换此生。”赌过的明天已成昨天，真情在轮盘上打磨，已如蝉翼，吹弹可破。一寸相思一寸灰，将灰深埋，它终能转移，或化作春泥护花，或变成金刚夺目。远处，你看那座山，穆立。也许只有你才知道，撑起它的熔岩，深，深几许。

人类几乎所有的社会活动都是围绕着逃离孤独展开的。有的人高处不胜寒，独孤求败，山高我为峰；有的人在孤独中奋战，老人与海，百年孤独，都反映了这些人内心的悲怆与苍凉。亲情用以消除外在的孤独，使人得到肯定、承认和接纳；爱情是来消除内在的孤独，你是在找寻另一个自己，即灵魂的伴侣，精神的伙伴。

野百合

美国心理学家托马斯·摩尔说："一个灵魂伴侣，就是一个我们感到自身与之深深联系在一起的人，好像彼此的沟通和交流不是出于凡人的刻意努力，而是凭借神的导引。这种关系对于灵魂来说是如此重要，可以说没有什么在生活中比它更为珍贵的了。"从这个角度看，对待爱人的态度，其实也是对待自己的态度。对爱人有多少坚守，对自己也就有多少肯定。

爱在细微处

好友打电话，说和老公吵架了，委屈得不得了。

“气死我了，菲菲（我的乳名），你评评理！”声音突然提高八度，“你说有这样的吗？周末单位春游，爬山的时候我摔倒了，腿都摔青了。晚上回家后，我对他说摔倒了，他竟然一声没吭，转身走了。睡觉前，我问他我说摔倒了你为什么没反应你怎么这么冷漠呢，没想到他生气地指责我为什么说他冷漠，我追问他你为什么不问问我摔到哪里了要不要紧，他却说这还用问吗要是摔重了你能自己回来吗。他还不停地指责我为什么说他冷漠，最后气呼呼地自己睡去了。菲菲，你说气人不气人？”伊的声调越来越大。

想起不久前同事对我讲的一件事。春节时她一家到南方旅游，一天到一个景点看演出，由于人多，坐车的时候，她和老公孩子挤散了。等到她独自坐下一班车赶到演出场地找到他们时，发现老公身边没有空位。她说我坐哪儿呢，没想到老公一边抱怨她慢一边对她说你自己去找位置吧，坐在那里纹丝未动。那一刻，同事非常伤心。“旅游回来后，因为这件事我一直情绪不高，他却说我小题大做。你说我是小题大做吗？”她这样问我。“我也会生气的，非常生气！”我回答道。

较之男人，女人的感情更细腻敏感。女人可以不在乎男人是不是事业有成，是不是有很多钱，是不是爱干家务，也可以不在乎男人在婚后是不是还把爱挂在嘴边……但有一点是大多数女人特别在乎的，那就是男人要知道怜惜自己，呵护自己，即便是在一些琐屑的小事上。

然而，结了婚的男人却往往忽视那些琐屑的小事，他们认为只要扛起大事那就是对女人的爱。殊不知，平凡的生活中，能有多少大事呢？

看过一篇文章，大意是讲进宾馆的时候，如果一个女人不小心撞到玻璃门上，她身边的男人若是急忙过来嘘寒问暖，那这个男人一般不是男友就是情人；若女人身边的男人无动于衷，那不是陌生人就是她老公。

女人有时真的挺可怜，恋爱时，被人家捧着哄着，享受着皇帝般的待遇。结婚后，男人慢慢从奴隶到将军，翻身做主人。可是，女人天生爱做梦，柴米油盐酱醋茶的生活也无法泯灭她想做他一辈子白雪公主的渴望。女人最好哄，所以嘴巴甜的男人总有女人缘。女人的要求其实也不高，男人充满爱意的一个眼神，一个动作，一句问候，这些都可以让女人心花怒放。但是，围城里的男人有时很懒惰，轻而易举就能做到的小事，他们却很吝啬，非但不愿主动去做，有时还责怪女人无聊找茬。于是，女人就会伤心难过，牢骚满腹。

英雄救美，这种惊天地泣鬼神的事生活中并不常见。爱在细微处，女人总是在细节里寻找爱的蛛丝马迹。

下班回家，刚走进小区大门，忽然发现前面不远的那个身影居然是他。我从后面欣喜地大叫一声，这是我们第一次在小区里不期而遇。他转过身，我快步向前跑去。没想到，他竟也迎面跑来。忽然想起小时候，曾经在无数个夕阳西下的日子里，我向下班归来的妈妈奔去的情景。

“以后只要遇到，我就这样迎接你。”

我笑了，笑得很甜。我知道，他宽大的怀抱是我今生最温暖的归宿。

勿做怨妇

当今女人的确不容易，她们和男人一样要上班赚钱养家糊口，承担着和男人一样的社会责任，没有哪个单位会因为你是女人就网开一面，降低对你的要求，曰“男女平等”。

可“男女平等”这个观念在家庭中好像就不那么明确了。君不见，一下班急着往家跑的基本是女人，尤其是那些已经当了妈妈的。再看男人，下班后，依旧留在办公室看看报、喝喝茶、聊聊天、上上网，或者和三五朋友聚会喝酒打牌去。而这一切又都做得理所应当，义正词严。反过来，若是女人下班后没有及时回家，男人的表现往往不会像女人这么大度。在男人看来，女人下班回家那是天经地义的事，女人能有什么应酬呢？男人喝酒是为了联络感情发展事业；女人呢，几个女人聚在一起吃吃喝喝那不是瞎折腾又是什么，若换成有男有女在一起那就更不成体统了。

工作一天，男人辛苦，女人也疲惫。但生活中，像带孩子、操持家务这些琐事大都还是由女人做。日复一日，女人难挡其苦，精疲力竭时，烦恼牢骚自然产生。女人抱怨最多的无非是孩子和老公，抱怨孩子不听话，抱怨老公不体贴。

从感情上讲，独自承担着繁重家务的女人可以抱怨，毕竟过日子是两个人的事；但从理智上看，抱怨能解决问题吗？有时抱怨非但不能解决问题，相反还会激化矛盾，旧的问题没解决，新的问题接踵而至。

聪明的女人啊，既然把事情都做了，那就不要抱怨了吧。人心都是肉长的，相信男人不是木头。如果你天长日久的付出还换不来他的怜惜和关心，那只能说你当初看走了眼——选错了郎君。

很佩服一个小姐妹，结婚十多年，在她心里孩子和老公的地位至高无上、无可替代。在单位她勇担重担，在家里依旧任劳任怨，买菜做饭洗衣服带孩子，大大小小的家务事她都一人独揽，但我从没听到过她的抱怨。她每天开开心心地上班，开开心心地接送孩子，生活过得有滋有味。她常说的一句话就是“老公是我的精神领袖，女儿是我的精神支柱。”一天中午下班，见她原地未动，我问她怎么还不走，她一脸哀戚地说：“我的精神领袖出差了，我的精神支柱中午在学校不回来，一个人回家没意思。”

能达到这个境界，着实需要下一番功夫。

静静地观察过，那些看起来比实际年龄大的女人，有很多小肚鸡肠，爱发牢骚；而那些看起来比实际年龄小的女人，大都不拘小节，开朗豁达。相由心生，佛家这句话看来是有一定道理的。

一定不要试图去改变一个人，包括你的爱人。当现实不让你满意的时候，试着去改变自己，改变你的认知和态度。

横扫女人魅力的不是岁月，而是无休无止的——抱怨。

闲话男人

男人好像总也长不大，结了婚的女人若时时把他们当大人看，那生气的指数一定会大大提高。婚后的男人有时好像依旧停留在青春年少的叛逆期，他们不喜欢按部就班，不喜欢约束管教，尤其不喜欢老婆的絮絮叨叨。他们喜欢下班后依旧在办公室逗留，或有事要去应酬，闲来没事有时也会创造理由找“应酬”，放松一下。

男人把出去应酬这事说得很严肃：为了工作，为了更好地开展工作，最终总会上升到是为了让老婆孩子过上更好的生活。女人要是出去应酬，他们往往会说没事找事瞎胡闹。在男人看来，女人的正事永远在家里，相夫教子。“宽以待己，严以律人”，这是许多男人的生活准则。

男人要面子，鲜有男人能当着自己老婆的面坦言自己怕老婆，他们嘴巴很硬，脚底很虚。“人前训子，人后训夫。”聪明的女人在外人面前一定要成全男人的虚荣，千万不要和他一争高下。怕不怕、厉不厉害不是自己说的，要看关键时候的风向。

男人的骨子里有一种英雄情结，要面子实属常情。我能接受这样的男人，在外面当老爷，回到家里放下架子，在老婆面前当仆人。我最不能接受的男人是家里家外都当老爷，颐指气使，强权主义。一个不知道怜爱女人的男人，不是个合格的男人；一个不懂得珍惜爱自己的女人的男人，更不是一个好男人。

在对待爱情上，男女很不同。比较而言，男人属于速热型，女人属于慢热型；男人属于激情式，女人属于恒久式。男人爱上女人，往往爱得快，爱得热烈，但那热情退得也迅速。尤其是在结婚以后，男人倒是

不见外，很快就把女人变成自家人，变成兄弟姐妹尚属幸运，最不幸的是把女人变成保姆老妈子。

当今社会，男女共同撑起半边天。工作中，女人和男人一样，同工同酬，女人的付出不比男人少。白天忙工作，晚上忙家务，家里家外，女人的辛苦超过男人。不过女人最怕的不是辛苦劳累，他们最怕的是——爱上一个不愿回家的人。

男人在外面吃吃喝喝、花天酒地时，最讨厌女人的催促。觥筹交错中响起的女人电话往往会成为众人取笑调侃的把柄，若在座的都是同性那也就一笑了之了，最让男人尴尬和恼怒的是有异性在场——有损于素日男子汉的尊严啊！

男人是长不大的孩子，喜欢往外跑似乎是他们的天性，生拉硬扯地往家拽不是明智之举。索性让他们飞吧，只要女人握好手中的绳，不松不紧，张弛有度。

女人要自强、自立，不能把自己的幸福和快乐完全寄托在男人那里。当你把视线从男人身上转移到自己时，男人就会随着你的视线把他的目光调转方向。男人有时就这样，你越在乎他，他离你越远；你不在乎他，他反而向你靠近。这种心理，看似很怪，其实正常：容易得到的不足贵，不易得到的倍加珍惜。

夫妻虽是一家人，但有时尚需斗智，要讲究策略。婚姻是一门学问，大学问，当然需要大智慧。

愿天下女人合力共勉，用智慧打造属于自己的幸福港湾。

一个巴掌拍不响

男人犯错，女人不可能完全逃脱干系。常言道：一个巴掌拍不响。夫妻间的事，没有绝对的对与错，甚至没有什么道理可言。好与不好，是一种只有当事人才能体会到的感觉，就像穿鞋子，合不合脚，除了自己，别人无从知晓。

虽然我不赞同女人在男人面前一定要俯首帖耳，但我也不欣赏太强势的女人。事事逞强，不占上风誓不休，这样做，女人自己累，男人更累。也许，一开始男人既有爱心又有耐心，任你霸道；慢慢地，如果你一味胡闹，他们的胸怀也是有限的，爱心和耐心会渐渐消失。男人也是人，社会的角色让他们总以强大勇敢示人，但究其内心，男人也有柔软的地方，有时和女人一样脆弱，只是遵循着“男儿有泪不轻弹”的古训，他们的脆弱更多的时候处于隐藏状态。

男人骨子里有一种英雄情结，愿意做女人的保护神，希望女人能以崇拜的眼光仰视他，崇拜他。一个被女人蔑视的男人无论在哪方面都是缺乏战斗力的，因为他缺少抖擞精神的动力。好女人是优秀的教导员，春风化雨，润物无声，让男人在潜移默化中受益、成长。

男人重事业，爱交朋友，他们的社会视角比女人更开阔，在不知不觉中接受着社会这所大学的教育，越加成熟和优秀。而婚后的女人呢？往往安于现状，更多的时间是围着老公、孩子和厨房转。老公是她的精神领袖，孩子是她的灵魂归宿，厨房是她人生的主战场，至于自己，无足轻重。其实，女人更要不断成长，不断完善，跟上男人前进的脚步，这样才能琴瑟和之，弹奏出和谐的生活乐章。一些女人单纯地认为结婚证书就是一份终生保险单，从而放松对自己的要求，无论是外表的还是内在的，尤其是后者，于是男人和女人之间的差距越来越大，直至鸿沟形成。

婚姻里没有等价回报，似乎也没有公平可言。一个为了家庭熬成黄脸婆的女人得到的常常不是男人对其劳苦功高的疼爱和尊重。日久天长，收获的可能是冷漠和厌烦，甚至是背叛和抛弃。

事至于此，怨谁呢？怨男人不知好歹不懂感激吗？要知道，爱情的内核从来就不是感激。爱情是相互吸引，是两情相悦，是惺惺相惜，是相挂相牵。感激是一时的，难以久长，它不是爱情的保鲜剂。

家是港湾，女人是舵手，在外打拼的男人需要在这里得到栖息的安静和继续前行的给养。女人要少言，从小听腻了妈妈唠叨的男人绝不希望娶了老婆又多了个妈。温柔体贴，善解人意，以柔克刚，这才是女人制胜的法宝。

女人要有自己的兴趣爱好，要有自己的朋友圈，要有自己独处的方式，千万不能把男人当作自己生活的指挥棒。女人要懂得疼惜自己，一个不知道心疼自己的女人也很难得到男人的疼惜。当女人沦为家庭的保姆时，婚姻亮起红灯实在是在所难免。

智慧的女人能居安思危，未雨绸缪；聪明的女人知道亡羊补牢，回头是岸。只有“傻”女人，任劳任怨，丧失自我，面对不幸只知道哭天抢地，却从不反思自己。若如此，那婚姻之舟真的要彻底触礁了，到头来四分五裂。

包容爱人，其实就是善待自己。

像蛛丝一样抹去

好友讲述她的悲惨遭遇——在毫无防备的情况下被熟人“恶搞”了，她很难过，很烦恼。

非常理解好友的心情。她所遭遇的事，生活中并不鲜见。这种乐于“恶搞”的人，哪个地方都有。林子大了，百鸟共翔；人多了，良莠不齐。

只是身在其中，当事人不可能简单地甩甩头，然后一身轻松。被欺骗，被暗算，被愚弄……总是不愉快的经历。多年前，我也不止一次为这样的事烦恼，好端端的，祸从天降，委屈的感觉难以释怀。那时夜晚常会失眠，一觉醒来，令人生厌的感觉就会立即涌上心头，挥也挥不去，似乎越想拒绝，它反而离你越近，搅得人心烦意乱。

这些都已成为过去，现在的我再也不会拿别人的错误惩罚自己，再不会明知道有人想让我不快乐，还跳入早已设好的圈套。虽然那不期而遇的“恶搞”还会让人不舒服，但不会太纠结于心。嘴长在别人身上，它有随意开启的自由。

说到底，我们不是为他人而活，别人的恶言恶行，大可不必在意，更无须放在心里。计较，也需要棋逢对手，和小人计较，只会降低我们的人格，或者说，他们还不配。一个人如果有事没事总是“在意”你，说明你的存在挑战了他心理的承受力，你让他不舒服了，当然这不是你的错。生活中，有些人自命不凡，现实常让他们不如意，他们不明白为什么他们一心想要的东西总会出现在别人手里。于是这些人的心理慢慢失衡，他们人为地制造假想敌，终日气鼓鼓的，像一只气球，在暗中给自己充气，一直充气……终于有一天，球内的气体达到了极限。结果可

想而知：气球爆炸了！

走自己的路，也要让别人有路可走，把自己的快乐建立在别人的烦恼上，不人道。有些人，总爱躲在没有阳光的角落里，一天到晚琢磨怎么算计人，殊不知坏事做多了，老天看着呢。

世上谁最痛苦呢？我想一定不是那被人惦记的，应该是那总惦记别人的人。

黄河夕照

当这类烦恼不请自来时，首先要让自己静下来，再静下来；深呼吸，再深呼吸。闭上眼睛，对自己说："我不喜欢这种情绪，很不喜欢，我要抛掉它，抛掉它，让它远离我。"重复，再重复，直到呼吸匀畅，心底释然。

浩浩青天，你奈我何？不能在阳光下晾晒的东西，我们无需计较，总有一天它会在那阴暗的角落里自生自灭。而善良的人们，依旧还会在太阳下欢快地歌唱。诗人汪国真说："善意的批评对你是有益的，而那恶意的批评也未必真能伤害到你。"对待"恶搞"，要像蛛丝一样轻轻抹去，还心灵以净土。

"无缘大慈，同体大悲"，我们可以常常触摸这样的警句来宽慰自己，豁达自己，提升自己。

远离世俗烦恼，找到一份真正属于自己的超脱和清净。

微怀一瓣香

“爱情是得不到的才最好？不！最好的爱情是在最好的那一刻戛然而止，就像他俩的故事，一切似乎都还没有真正开始就结束了。于是，没有争吵，没有误会，没有背叛，仿佛他们可以永远在一起。”

看完学生周记里的这段文字，我不禁笑了。她的爱情观美则美矣，但如果为美而惟美，那岂不是对爱情的南辕北辙？事实上，那些经历过懵懂、羞涩、猜疑、口角、争吵、背叛、谅解、包容，却仍能不离不弃、相濡以沫、一往情深的爱情才更淳更美，更具有人间烟火气。就像秋天经霜的红叶，仔细观察，火红的叶面上斑斑点点，很难找到一片完美纯正的，但你能说它虚幻它不美吗？未经考验的爱情是童话，我们需要童话，但这不是生活，不是真真切切、实实在在的生活。

学生处在做梦的阶段，青春正像长春藤一样恣意地生长着，有纵情挥霍的资本。他们可以无拘无束、天马行空地在自己构筑的精神世界里驰骋，那些在大人们看来似乎可笑的思想，在他们心底却是百分百的认真与执着，年轻的梦想可以这么任性而张狂。

二十多年前，我也爱做梦，只是那时的梦不关乎爱情。高中同学聚会，谈起上学时那些男生女生的地下恋情，让我意外，许多发生在身边的事却并不知晓，像个局外人。

“我那时都干什么去了？”有点疑惑。

“你那时整天就忙着思乡了。”好友梅一语中的。

是啊，我那时好像除了学习就忙着想家了。终日沉浸在思念里难以自拔，以致错过了许多风景。那是不堪回首的一段记忆，身处他乡，强

烈的孤独打击得我只有用沉默来对抗，终日独来独往，喜静不喜闹，喜散不喜聚。一些同学误把我的不苟言笑当作成熟，殊不知我那时对爱情真的是一知半解。

那座异乡的小城边上有一条小河，春来冬往，无声无息，缓缓流淌。高二那年的元宵节，我一个人在夜晚跑出去，独立桥头，身后是小城摇曳的灯光，夜空里火树银花次第开放。天地通明，一片祥和，但我心底却满是黑暗和寂寞。远处农田开阔，伫立良久，心胸渐渐豁然。只是地老天荒，身边拥着的，终不是自己最想要的。这种纠结，在每一个让人沉思的境地，都会不争气地拱出来。

“谁解千古愁，微怀一瓣香。”时过境迁，早年一个人的孤寂和凄凉早已渐行渐远。岁月可以销蚀很多东西，有形的，无形的，统统都能被它散作风，化成灰，消失在茫茫天地间，没有痕迹。

“早梅发高树，迥映楚天碧。朔吹飘夜香，繁霜滋晓白。欲为万里赠，杳杳山水隔。寒英坐销落，何用慰远客？”惊蛰已过，天气渐暖，腊梅花依然傲立枝头，那一抹娇艳的黄色格外醒目温暖。

春意挡不住，痴心共花发。日久生情还是生惰，思久成酒还是成水？找不到答案。也许时间可以回答一切。而此时，我惟愿心无旁骛，蜷缩在想象里，一任自己，昏昏睡去。

尽力而为

每次上瑜伽课，当做到一些有难度的动作时，教练总会提醒我们“尽自己的最大努力，觉得舒服就行，不要勉强自己非到位不可。”

这是我最喜欢听的一句话。最初下决心学习瑜伽，一是因为它是一种慢运动，二是因为瑜伽的训练原则——尽力而为。

“尽自己的最大努力”，这句话非常人性，是真正的以人为本，尊重个体。

从小学到中学再到大学，最不喜欢的课始终未变，那就是体育。体育课上，老师总让一个班的学生练习同一个项目，这种整齐划一忽视个体差异的训练显然是不科学的。

上小学的时候，由于身体瘦小，运动能力又差，体育课成为我最头疼的事。记得有一种运动叫跳箱，要求大家在一段助跑后，从那个高高的、类似体操中鞍马的箱子上跳过去。我不仅跳过不去，而且几乎次次把膝盖碰青。

让我更害怕的是翻单杠，单杠那么高，我的个子那么矮，根本够不着。一次老师把我抱上单杠，可当他一松手，地球的引力吸引着我迅速下滑。我的手臂没有力量，根本握不住那根冰冷的铁棍，结果可想而知——手一松，我从高高的单杠上掉了下来。

那时冬天的课间跑操也令我畏惧。东北的冬天那可不是一般的冷，为抵御严寒，每天大课间全校师生都出来围着操场跑步。要知道在队伍中你必须跟上大家的步伐，否则会拖后腿，影响集体形象。那时跑步每班都是让高个子在前面领跑，我自然是最后一排的，身后就是另一个班的第一排大高个。一次跑操，前面的同学跑得实在是太快了，我在精疲

力竭之时，突然膝盖一软，重重地摔倒在地，后面的大个子男生跑得也快，瞬间停不下来，他的鞋子一脚踩在我的额头上，顿时鲜血直流。我当即被送进医院，缝了三针。

总之，体育让我充满恐惧。看着别人在体育课上兴奋的样子，我总觉得不可思议：有那么高兴吗？

现在想想，我那时之所以没有从体育锻炼中找到快乐，与当时体育老师对所有学生的统一要求有关。达不到老师的训练标准，莫说没有成就感，还要为此常常受到惊吓，这样的运动谁会喜欢？

瑜伽就不同了，训练时，教练从不要求大家动作一致，尽力即可。同样的动作，我的手碰到地很好，别人的手刚刚摸到膝盖也不错，因为都尽了自己最大的努力，对个人而言，都达到了锻炼目的。

瑜伽不太受地点限制，坐在办公室的椅子上，可以做放松头部和肩部的运动；在教室上自习课，可以屏气保持“山立式”站姿；在家看电视，可以在地板上盘腿莲花座；躺在床上，可以练习完全式呼吸；坐在车上，可以闭上眼睛，挺直上身，进行瑜伽冥想；爬山的间隙，也可以在一小块平地上，做几个简单的瑜伽体式……总之，只要你想，随时随地都可以进行瑜伽练习，重要的是，这种看似随意的练习也可以让你立即体会到身心和谐宁静的妙处。

生活中，许多时候我们都应该像练习瑜伽这样，顺其自然，尽力而为，不勉强自己做力所不及的事。如此一来，人生会多一份轻松，多一份惬意，多一份欢喜。

咖啡的滋味

在众多饮品中，常喝的是茶，我的办公桌基本是个迷你型茶铺，日照绿、崂山茶、泉城绿、龙井、铁观音、大红袍、桂花茶、冻顶乌龙……每天换一种，一星期不会重样。

咖啡也是我喜欢的。喜欢喝原味的咖啡，虽然入口很苦，但若坚持一会儿，慢慢品下去，就能体会到苦尽“香”来。那种香，清淡悠长，很独特，回味隽永。

含苞待放的鸢尾兰

生活不也是这样吗？古人云：“书山有路勤为径，学海无涯苦作舟。”学习是清苦艰辛的，要耐得住孤独寂寞。一个总是静不下来坐不住的人，很难在学业上有太大建树。浮躁是当下许多学子的通病，三天打鱼两天晒网，浮光掠影，蜻蜓点水，学到的知识往往是半瓶子醋。

社会上形形色色的诱惑太多，乱花渐欲迷人眼，把持不住自己，最后也只能自食苦果。虽然今天并不提倡头悬梁锥刺股似的苦读书，但是没有辛勤的付出就想收获成功的果实，依旧是天方夜谭。“苦行僧”的说法很有道理：高僧得道，必要经过一段漫长的苦行历程，这期间，物质上的“苦”倒在次要，超越来自精神上的“苦”是艰难的。只有战胜了自我的僧，才能悟得真经，修成正果。

感情亦是如此。人的情感是最为复杂的，不能单一而论。在丰富多彩的情感世界里，个人有个人的遭际。有的人先甜后苦，有的人先苦后甜，有的人甘苦并行，有的人终生凄苦。有一生都“甜”的吗？谁敢拍着胸脯斩钉截铁地说“有”？在汪洋恣肆的情海中，每个人终其一生都在摸爬滚打，追寻心底的真爱，但不是人人都能如愿以偿。阴差阳错，有缘无分，擦肩而过的遗憾很少能有峰回路转的再现，山穷水尽中的柳暗花明多是文人的美好想象。

咖啡有香，但香中泛着苦涩的滋味，那滋味就像苦恼人的笑，无奈又自嘲。生活的车轮滚滚向前，一去不返，乐最好，苦也要坦然面对。苦中作乐，乐在其中，人来世上，快乐是初衷。

咖啡是不会甜的，除非给它加了糖。其实，一杯咖啡的苦，不在于怎么搅，而在于它是否放了糖。一段伤痛的影响，并不在于怎么去忘记，而在于是否具有重新面对的勇气。

听首歌吧，在这凄清的夜晚，一任冷风吹：

思念的滋味，
就像这杯苦咖啡，
虽然可以加点糖，
依然叫人心憔悴。
往事不可追，
回忆仿佛冷风吹
……

快乐在自己

古代有位秀才进京赶考，住在客店里。考试前两天他做了三个梦，第一个梦到自己在墙上种白菜，第二个是下雨天他戴着斗笠还打伞，第三个梦到跟心爱的表妹躺在一起，但却背靠着背。

三个梦似乎各有寓意，秀才第二天赶紧找算命的解梦。算命先生一听，说："你还是收拾收拾回家吧。你想想，高墙上种菜不是白费劲吗？戴斗笠打雨伞不是多此一举吗？跟表妹背靠背，这不是没戏吗？"

秀才一听，心灰意冷，回店收拾包袱准备打道回府。店老板非常奇怪，问："不是明天才考试吗？今天怎么就走？"秀才如此这般说了一番，店老板乐了："我也会解梦。我倒觉得，你这次一定要留下来。你想想，墙上种菜不是'高中'吗？戴斗笠打伞不是说明你有备无患吗？跟表妹背靠背，不正说明你翻身的时候到了吗？"

秀才一听，深感有理，于是精神振奋地参加考试，居然中了个探花。

凡事都有其两面性，不同的人对相同的事也会有截然不同的看法，原因只在每个人世界观的差异。乐观的人总会看到事情积极有益的一面，而悲观的人总是盯着消极不利的那面。于是前者的生活每天充满阳光，而后者的世界常常阴云密布。

我们无法改变生活，但我们能够改变自己对待生活的态度。人生苦短，面对磨难，不能和自己较劲。遇到问题，客观对待，全面考察，冷静分析。山不转水转，水不转风转，风不转心转。人生没有绝境，真正的绝境都是自己给自己设置的，因为人生最大的敌人是自己。

"性格就是命运"，当我第一次在大学课堂听古典文学老师说这

句话时，似懂非懂。现在我明白了有什么样的性格，就会有什么样的人生。看看身边的人，大抵如此。

有人为了芝麻大的小官费尽心机，绞尽脑汁，而我认为那是自找苦吃，是自己给自己带上一副沉重的枷锁，会失去自我。我更喜欢自由自在、无拘无束的生活，物质可以贫乏拮据，但精神要最大限度地自由。

走自己的路，过自己的生活，一人头顶一片天，各有各的精彩和无奈。无论是看风景，还是无意中装点了别人的梦，都要淡然处之。

我是乐天派，但我不是神仙，喜怒哀乐我一样也不少。不同的是我极少在外人面前流露自己的不良情绪，不愿把心里的垃圾推给无辜的身边人。朋友关心我，我的痛苦会使他们难过；小人关注我，我的痛苦会成为他们的窃喜。这两种情况都不是我想看到的。所以当情绪低落时，我选择微笑地面对生活。只是一个人的时候，也会久久地沉默。不过，这种情况不会持续太长，我知道爱我的人希望我天天快乐，而我，也愿意为自己、为他们快乐地生活。

中年以前不可怕，中年以后不可悔。“不可怕”、“不可悔”，能做到这六字真经绝非易事。年轻时生活阅历少，感情脆弱，怕这怕那实属正常。人到中年，回首往事，能说声不悔谈何容易？假如生命可以重来，我想很多人会改变曾经的人生轨迹。但，生命只有一次，它没有给我们再来一次的机会，人都可以犯错误，只是不可以犯相同的错误。

我奉行一种快乐哲学：如果这件事糟糕极了，那么今天是很特别、值得纪念的一天。

我们可以买打折的商品，但我们不能过打折的生活。如果非要打折，那就让我们把烦恼、痛苦、挫折打折，而快乐、开心和幸福百分百地接受。

上帝即使带走了一切，还是会仁慈地把一样东西留给我们：追寻快乐。

心湖小筑

太阳真好，透过宽大的落地窗，热烈地拥抱着我。人遂变得懒洋洋的，放松而懈怠。

房间很静，偶尔能听到淘气的鱼儿互相打闹嬉戏的声音。外面没有人语喧哗，小区最大的特点就是干净、安静，这两点我都喜欢。即便在双休日，窗外也不会有太多吵闹，更何况今天是星期五呢。

不远处，马路上汽车的鸣笛声间或传来，但它不会干扰我的安宁。沉浸在安静的世界里，惬意而温馨。手中的书是我最好的伙伴，一个人，也不孤独。

“任何一个真实的文明人都会自觉不自觉地在心理上过着多种年龄相重叠的生活，没有这种重叠，生命就会失去弹性，很容易风干和脆折。但是，不同的年龄经常会在心头打架，有时会把自己弄得挺苦恼。”不管你是不是喜欢余秋雨，他说的这句话还是很有道理的，至少我这样认为。

一个人，生理的年龄是一回事，心理的年龄是另一回事，在许多人身上，二者不会绝对重合。少年老成，老年童真，都是很好的证明。

这种年龄的错位与重叠，使我们在不同的人面前，可能会以不同的面目出现，到底哪个是最真实的自己，这个问题并不重要，重要的是你想成为一个怎样的自己。

命运把握在自己手里，每个人都是自己的上帝。多重角色注定了我们要想做一个真实的自我并非易事，带着面具生活，是许多人无奈的选择。

心，有时最可怜，也最孤寂，它躲在黑暗的角落，承载着生命的重

荷，一刻不能停息，所有的呐喊甚至都不能出现在梦里。

给心一块乐土，飘泊疲惫的时候，好有一个停靠的港湾。这乐土有一个名字，它叫——宁静。

最好的心情是宁静。宁静带来的是均匀的呼吸、脉搏和心跳，带来的是平和的语调、步伐和面容。长江大河，波澜起伏，气象万生，让我们的心跟着大起大落，大悲大喜。深湖幽潭，波澜不惊，沉静舒缓，一任花开花落，冬去春来，只默默地存在，既不被打扰，也不去惊扰别人的梦。

那么，就让心变成一汪湖水吧，在这温暖阳光的抚摸下，慢慢地闭上眼睛，睡去。

沱江竹筏

雪藏的纯真

没有了印象中那一贯的大红大绿的浓艳——山清水秀、淡雅如画，巧笑倩兮、美目盼兮，流波婉转、万种情思……这就是被誉为“史上最纯爱情影片”的——《山楂树之恋》。

由于时长的限制，小说中许多感人的细节都从荧幕上消失，多少有些遗憾。有几个情节值得商榷：老三和静秋第一次见面，似乎就已经认识，原著中那种惊艳的、一见钟情的感觉没有表现出来；老三是第一次动真情，却没有怯怯的感觉，在静秋家，当着她妈的面，全无手足无措的紧张感，要求静秋也坐。而静秋，她对老三的接受也显得太快，和老三之间的冲突没能展开，电影对他们爱情故事的心理历程展示不够。尤其是用字幕推进情节的手法，一来跳跃性太强，二来有偷懒之嫌。

不过，在这么短的时间里，老三表现得够阳光，静秋表现得够清纯，已经难得。影片中有几个情节耐人回味：戏水时静秋用脚撩水；老三当着静秋妈妈的面给静秋重新包脚；老三住院时静秋在医院大门口坐了一夜，老三则躲在窗后不安地偷看；在高护士的房间里换盆子，洗脚，相依床上；最后静秋哭着对处在弥留之际的老三说“我是静秋，我是静秋啊！”

这确是我看过的爱情影片中最干净的一个，除了一次蜻蜓点水式的牵手和浅浅的拥抱外，再无他，但这并不妨碍老三和静秋的爱情从屏幕上传达出来的刻骨铭心。

然而，我理解的“最纯”并不在于两个人对性的作为，而是静秋和老三对待爱情的态度，他们用尽全部身心投入地爱着，追求至善至美的初恋。在那样一个特殊的年代，他们摒弃了世俗的羁绊，他们的爱情没

有太多世俗的杂念，幸福着，忧伤着，压抑着，发泄着……在那个黑白颠倒的世界里，他们用心血浇灌出一朵纯美的爱情之花。

每个人心中都有属于自己的老三和静秋，爱情是可以超越时空的。当有人问张艺谋80后能接受你这部电影吗，他回答说“能”。无论在哪个时代，人们都渴望拥有纯真的爱情。“你活着我就活着，你要是死了那我就真的死了。”这样的爱情誓言，即便再过一万年，依旧能打动人心。

电影《山楂树之恋》虽没有原著精彩，但在今天，能让无数观众落泪的影片实在少之又少。这“山楂”实在是太酸了，直酸得人心泪纵横。最后那场生离死别，竟令人目不忍视耳不忍闻。

静秋和老三生活的时代一去不复返，而静秋和老三那样的爱情也许还在继续上演着。

未完成情节

学生看电影《山楂树之恋》，对老三和静秋的爱情不能接受，觉得他们的相爱怎么那么费劲，不敢说不敢做，扭扭捏捏的。

时代不同，一切都在不知不觉中发生改变。原本被我们这代人年轻时含蓄表达的爱情，现在许多年轻人却不喜欢。大街上，背着书包的中学生堂而皇之地手拉手、肩并肩，大庭广众之下旁若无人地搂搂抱抱。看着学生在周记里直白地袒露对某某的爱恋和思念，只能感叹不是我不明白，而是这世界变化得太快。

从心理学的角度看，青春期的性萌动是正常的，但我还是反对中学生谈恋爱。美好的爱情应该是在合适的时间、合适的地点遇到合适的人。校园里的爱情，也许当事人认为自己遇到了今生最合适的人，但他自己也不能理直气壮地说时间和地点也最合适。

美好的爱情应该是纯真含蓄天长地久的。静秋一辈子难忘老三，为什么？很简单，就是老三给了她至真至纯的感情。在那个时代，他们的爱情受到许多来自社会和家庭的约束，纯真的感情只能如暗河般在地下缓缓流动。如果，他们也像现在的一些年轻人那样，肆无忌惮地谈情说爱，该做不该做的都提前做了，那么静秋也许就不会在老三离去后还有那么多痛彻心扉的回忆了。

古代有这样一个故事，说三个徒弟跟着师傅学画，一次师傅让他们完成一份命题作业——深山藏古寺。第二天，三份作业交到师傅面前。一幅是茂密的深林中挺立着一座古老的完整寺庙；一幅是茂密的山林中露出寺庙的一角；还有一幅画的是在一条通往密林深处的羊肠小道上，一个和尚正担水前行。

我最欣赏第三幅，因为它含蓄蕴藉，切合题意又能给人留下无限的想象空间，这样的作品留下了更多未完成情节，它能更大限度地激发读者的二次创造力。

这里面包含着一种为大众所乐于接受的美学理念——想象。想象是再创造的力量源泉，《蒙娜丽莎》的魅力也正来源于此。就像一千个读者眼中会有一千个哈姆雷特，一千个读者的眼里也会有一千个蒙娜丽莎的微笑。那时而端庄秀丽、时而严肃忧郁、时而典雅高贵、时而愤怒哀伤、时而又嘲讽揶揄的微笑，一直被世人不断地思考着、猜测着、想象着，无数人为蒙娜丽莎神秘的微笑所倾倒。

一首好诗也是这样。“君问归期未有期，巴山夜雨涨秋池。何当共剪西窗烛，却话巴山夜雨时。”没有华丽的辞藻，没有煽情的语言，没有刻意的艺术构思，一切就像山泉从心底自然流出，而后又自然地流进读者心里。长久别离，雨夜思念，重逢甜蜜，情话绵绵……无穷的想象尽在这首《巴山夜雨》中，常读常新，回味隽永。好诗总能让人去继续创造、发挥，引发人心灵深处的情感共鸣。

爱情是每个人必做的人生课题，能否把它做成精品杰作，全在自己。

梦——遥远的现实

于我看来，科幻片《盗梦空间》是部高智商的杰作，它探讨的神秘梦境和潜意识目前还不被大多数人熟知。

生活中，我们是难以把自己在别人面前彻底隐藏起来的，因为我们的一言一行往往会在不经意间暴露我们真实的内心。可以说，梦是每个个体最隐蔽情感和思想的最后栖息地，没有人能在我们做梦的时候走进来，窥视我们梦中的经历。

然而，《盗梦空间》却把这种不可能变成了现实，这样的科幻多少让人感到一丝惶恐——如果真有那么一天，我们的梦境能被他人轻易地走进，而别人也能把他们的思想轻易地植入我们的大脑，人类便失去了最后一块遮羞布，所有人都将赤裸裸地站在他人面前，成为真正的透明人，这是不是一种悲哀?

人都会做梦，梦的世界光怪陆离，看似杂乱无序，其实有其内在的合理性。弗洛伊德在《梦的解析》中把人类的梦大都归于原始的本能，以此来解释梦的起因和形成。《盗梦空间》却告诉我们梦的形成是多元的。男主人公科布的梦充满了亲情的温暖——眷恋的妻子，可爱的孩子，他对家的渴望感人至深。

日有所思，梦有所想，原以为太多的思念才会促成梦的诞生。看了《梦的解析》后方明白“太思念和不思念都不会产生梦境”，要把握好思念的度，恰到好处才行。只有在恰当（怎么才算恰当?弗洛伊德也没说明）的思念下，梦才会走进你熟睡的世界拥抱你。电影中，科布由于对妻子梅尔的死内疚而难以自拔，终日缠绕于心，以至他丧失了正常做梦的能力，如果不是借助外物（能把人带入梦境的药物）他无法在梦中

与朝思暮想的爱人相见。科布的痛苦恰恰印证了弗洛伊德的理论——太思念和不思念都不会产生梦境，他的情况属于前者。

能做梦是幸福的，尽管我们的梦并不都是喜剧。悲欢离合，阴晴圆缺，生活本身就不完美，梦亦如此。如果有一天我们也像科布那样失去了做梦的能力，那么我们恐怕也会和他一样，六神无主，痛不欲生。

梦是遥远过去的经历，是对遥远未来的希冀，也是来自遥远内心的真实渴盼。那看似无意的梦境，实则闪烁着我们沉睡中的意识——潜意识，只是我们自己常常把它忽略。

“潜意识”的概念由弗洛伊德在《精神分析学》中第一次提出。他认为在人一般意识的底下还潜藏着一股神秘的力量，那是相对于“意识”的一种思想，它是人类原本具备却忘记使用的一种能力。由于它潜在着，所以称它为“潜力”，这种“潜力”存在于人的深层意识当中，也就是我们常说的“潜意识”。如果将人类的整个意识比成一座冰山，那么浮出水面的部分就属于显意识的范围，约占意识的5%，隐藏在冰山底下的95%的意识就是潜意识的力量。

假作真时真亦假，无为有处有还无。电影里有句台词给我的印象颇深：“谁说梦不是现实而现实又不是梦呢？”哪是现实？哪是梦？有时我们也会在梦与现实间迷失。《庄子·齐物论》中有这样一则记载：有一天庄子梦见自己变成了蝴蝶，梦醒之后他发现自己还是庄子，于是他不知道自己到底是梦到庄子的蝴蝶呢，还是梦到蝴蝶的庄子。这个故事引发的哲学思考是人应该如何认识真实。如果梦足够真实，那么人是没有任何能力知道自己是在做梦的。

虚虚实实，浮浮沉沉，如梦如幻，真伪难辨，真想在这样的梦中睡去，不再追问我来自何方我又将情归何处。跟着感觉走，到梦所在的地方。

乡　思

思乡的滋味是什么呢?

是刘禹锡“何处秋风至?萧萧送雁群。朝来入庭树，孤客最先闻”的孤寂吗?

是王建“中庭地白树栖鸦，冷露无声湿桂花。今夜月明人尽望，不知秋思落谁家”的落寞吗?

是高适“旅馆寒灯独不眠，客心何事转凄然。故乡今夜思千里，霜鬓明朝又一年”的悲凉吗?”

还是张籍“洛阳城里见秋风，欲作家书意万重。复恐匆匆说不尽，行人临发又开封”的复杂深沉?

我常被这样的思乡之作打动，然而它们好像都没有真正说到我的心坎儿上。我对故乡的思念似乎还不能完全和它们划等号。无法用精准的语言来描述那种感觉，我只知道，想家的时候，心会痛，犹如针刺一般，让你情不自禁地按住胸口，因为只有这样，那痛才会渐趋平缓。

带领学生复习诗歌鉴赏，无意中看到柳宗元的《与浩初上人同看山寄京华亲故》。初看题目，觉得它冗长累赘，没兴趣。恹恹地往下看，只第一句，就让我眼前一亮，目光难移；再看第二句，恍惚觉得秋风瑟瑟，渐入愁肠；再看第三句，心开始隐隐作痛；第四句，只剩唏嘘感叹、撕心裂肺了。

我孤陋寡闻，在目前所知道的表达乡思的古典诗歌中，这是与我心最有戚戚焉的一个。它和先前我喜欢的李商隐《无题》中“春心莫与花争发，一寸相思一寸灰”有异曲同工之妙：

海畔尖山似剑芒，

秋来处处割愁肠。

若为化作身千亿，

散向峰头望故乡。

不能用孤寂、落寞、悲凉、复杂、深沉中的任何一个词语来评价这首诗的情感。若非给它一个词，就是——痛楚。

那是一种痛，痛彻心扉的难隐之痛，给人撕裂的感觉。

“海畔尖山似剑芒”，起句便不同凡响，把“山”比作“剑芒”，新颖独特。再小的山也不可能是剑，再大的剑也不可能成山。比喻的构成要有相似点，这“山”与“剑”的相似点就只有“锋利”了。柳宗元写这首诗是在他被贬广西柳州时，我没去过柳州，但我去过桂林，我想桂林的山和柳州的山应该是相似的吧。那里的山有突兀之意，不适合于桂林的山吧？形态各异，惟妙惟肖，看之不能不对大自然的鬼斧神工感叹不已。置身十里画廊，我感受到的是桂林山水的“奇、秀、美”。一切景语皆情语，旅游中的我心情大好，看什么都赏心悦目。而当年的柳宗元政治失意，远离故乡。唐代时柳州是蛮夷之地，人烟稀少，孤寂荒凉，他眼里的山变成了一把把锋利无比的“剑”，也在情理之中。

“秋来处处割愁肠”，自古逢秋悲寂寥，秋风萧瑟，北雁南飞，可是南飞的北雁也带不来亲人的消息。愁肠百结，尖山似剑，刺透心房。

“若为化作身千亿”，“化作身千亿”借用的是佛教语。佛家有“化身”之说，《无量义经·说法品第二》中谓佛“能以一身示百千万亿那由他无量无数恒河沙身。”这就是作者此句所本。

“化作身千亿”做什么呢？如果能化作身千亿，柳宗元要把这千亿之身一个一个“散向峰头望故乡”，在柳州，不，也许是广西，抑或是江南的所有山峰之上，都站立着他的身影。而那所有的他，一律都会面朝北方。

“海畔尖山似剑芒，秋来处处割愁肠。若为化作身千亿，散向峰头望故乡。”一个人，静静品读，肝肠寸断，心撕裂般痛楚……

人生若只如初见

婚姻为什么会成为爱情的坟墓？是柴米油盐带走了昔日的浪漫情调？是晨昏相伴带走了最初邂逅的惊喜？还是真实的生活无法再掩饰真实的彼此？

看过许多女人的眼泪，听过许多女人的哭诉，总是感叹：女人啊，你为什么还是弱者？

围城中的女人不容易，尤其是中年女人。上有老下有小，相夫教子，事业家庭两头忙碌。

当爱情走进婚姻，可见的变化是一纸婚书，不见的，却是两性关系的悄然改变。这种改变如蚕食桑叶，缓慢而渐进。恋爱之初，女人都曾是男人手心的宝，百般疼惜，千般宠爱，恨不得把自己那颗滚烫的心都掏出来拱手相送，以此见证山高海深的誓言。

女人心软，轻而易举地在男人满眼的深情、满嘴的蜜语、满手的火热中成为驯顺的俘虏，小鸟依人般，认为男人可以成为一生遮风挡雨的大树。她痴情而单纯，视爱情高于一切，包括她的生命。

无需怀疑恋爱中男人的真诚，情之所至，爱其所爱，他们没有欺骗自己的可能，也没有委曲求全的必要。只是男人易变，易审美疲劳，他们不甘于生活的平淡，需要更多的新鲜和刺激。

想要爱情在婚姻中保鲜，是一件非常困难的事。我们生活在现实之中，衣食住行的问题首先要解决。女人承担着家庭和事业的双重负担：在外面和男人同工同酬，在家里洗衣做饭买菜拖地照顾孩子关心老人依旧是义不容辞的责任。女性解放了，男女真的就平等了吗？

庆幸的是，更多的女人并不抱怨在婚姻中的过多付出，偶尔的牢骚

也会在男人的一句好话一个拥抱里烟消云散；不幸的是，女人天长日久的付出慢慢成为男人眼中的必然，习惯之后，接踵而至的往往是对女人付出的麻木和冷漠。

繁杂的生活琐事中，女人青春的容颜一天天逝去，而男人却在女人辛勤、包容、关爱的滋润下散发出更迷人的魅力。面对窗外花花绿绿的诱惑，一些人禁不住心猿意马，结发之妻的艰辛难敌那青涩娇媚的容颜。

“人生若只如初见，何事秋风悲画扇。等闲变却故人心，却道故人心易变。骊山语罢清宵半，泪雨霖铃终不怨。何如薄幸锦衣郎，比翼连枝当日愿。”多少女人在无奈中默诵着纳兰性德的心经，委屈的泪水恣意流淌。

婚姻中的女人输不起。放弃，不舍；守候，又绝望。在肝肠寸断的两难中，深味着人生的酸楚与凄凉。

“人生若只如初见，何事秋风悲画扇。”人生初见时时处处在上演，秋风之悲也无时无刻不在继续。

这就是人生，悲喜人生。

开到荼蘼

那一天
我转动所有的经筒
不为超度
不为来生
只为你的温暖
那一世
我转山转水
只为途中与你相见
……

无意中听到这首《仓央嘉措的情歌》，只是那么一听，便深陷其中，难以自拔。歌声纯净缠绵，悠远清澈，在它面前，世界仿佛都消失了，只剩下了渺小孤独的自己。不忍猝睹，不忍再读，可偏偏又难以割舍，它是那么强烈地吸引你，牵引你，让你欲罢不能，使你不得不一次又一次地靠近它。在泪水和鲜血中把尘封的伤口一次又一次撕开，那是怎样的心痛呢？人间天上，百转千回。

网友说“如果能死去，我愿意在这歌声里死去，那也是至高的享受，无边的福气。”“在这歌声里死去”，此言于我心有戚戚，我也愿深伏在这样的歌声里，哪怕不再醒来。

三百多年前，年轻多情的六世达赖喇嘛仓央嘉措，轻轻吟出了这些充满矛盾的诗句。“世间哪得双全法，不负如来不负卿？”他对爱情的叩问激荡着无数有情人的心。欢乐与痛苦，无不与他的取舍紧紧相连。但爱情与信仰，无论偏向哪边，他的生命都注定无法完满。

面对无法改变的无奈和悲伤，有人选择疯狂，有人选择沉默，我想仓央嘉措选择的是后者。大苦如丝，大悲若无，沉默不等于忘记，沉默有时是更深的铭记，用生命烙在心底——那最深处。

播下一粒种子，它会生根发芽，直至长成参天大树。但并非所有的树都能开出美丽的花，结出醉人的果。用忙碌掩饰空虚，用冥想充实寂寥。“荼蘼不争春，寂寞开最晚。”荼蘼过后，再无芬芳；百木凋零，千红悲戚。历史的长河中，爱情的忧伤从未停息。

“纤云弄巧，飞星传恨，银汉迢迢暗渡。”牛郎织女泪洒银河，暴涨年年。

“角声寒，夜阑珊，怕人寻问，咽泪装欢。”陆游和唐婉的哀怨，断肠沈园。

“君当作磐石，妾当作蒲苇。”铮铮誓言改变不了刘兰芝和焦仲卿殉情的结局；“枝枝相覆盖，叶叶相交通”，虚幻的相拥又价值何在？

“滴不尽相思血泪抛红豆，开不完春柳春花满画楼。”黛玉的痴情换不来木石前盟的兑现，泪水流尽，魂归离恨天，只能期待来世姻缘。

“同窗共读整三载，促膝并肩两无猜。十八相送情切切，谁知一别在楼台？”彩蝶双双，梁山伯和祝英台的浪漫团圆也只是一种美好的愿望与无奈。

“与其在悬崖上展览千年，不如在爱人肩头痛哭一晚。”巫山神女在痛苦中坚守着爱的诺言。

“我爱你，与你无关。”生活中有许多事情都很难做到两全：忠与孝，情与义，婚姻与爱情，肉体和精神……人的内心和外表是可以分离的，双重或多重性格并不鲜见，只是更多的时候它们都隐藏在思想的最深处。行为与思想的分裂固然悲哀，但更悲哀的却是没有了思想，只剩下一具行尸走肉。

世俗只能羁绊人的行为，它无力羁绊人的思想。人的心灵永远是自由的，这是上帝对我们最后的仁慈。

相忘于江湖

青草恣肆的季节，思念的藤爬满山坡，水月走过落寞的四月，满目芳菲敲不开他紧锁的门。

她来了，风铃草一样的眼神，美丽，朦胧，就像梦。他在心底送她一个名字——镜花。

雾里看花，水月擦亮双眸，可每一次，镜花都给他一个模糊的背影。然而，即便是像青烟一样飘过，在水月的心海，还是会荡起层层巨波。

一千零一次的悄然凝视，终于换来了镜花的第一次回眸。越过芸芸众生，水月与镜花的目光深情相拥。无意之举，冥冥天注定。在梦里，水月曾和镜花有过无数次这样的邂逅。

每一个夜晚，水月都在镜花飘渺的眼波里沉入梦乡，年少的心装不下青春的梦想。镜花依旧，像烟又像雾，笼罩着水月痴痴以盼的双目。

“道路尚有交叉点，谁说人生就没有相遇的时候？”分别的路口，水月的豁达抵不住镜花的忧伤：相遇就一定能相知？距离就一定会产生美？爱要不要说出口？

阴差阳错，缘深分浅，注定要在瑟瑟秋风中收藏一个无奈的结局，镜花与水月卷起各自的悲伤，无言以对。风华正茂，心高气傲，谁也不愿主动温暖彼此的凄凉。在一个又一个寒风凛冽的日子里，靠点滴回忆滋润着各自日渐干枯的心房。

无法成为敌人，因为彼此深爱过；也无法成为朋友，因为彼此伤害过。最熟悉的陌生人，是水月与镜花唯一的定位。

年复一年，花开花谢。岁月如歌，一曲曲悲欢离合总在无风无雨的日子里静默。

相濡以沫，是曾经的渴望，遗憾的是，它只在生命的长河中灵光一现，转瞬不见了踪影，化作风，化作雨，化作四月的飞花，飘散在杨柳依依的夕阳余辉里。

青山踏遍不由身，水月重复着昨天的足迹。“镜花幸福吗？”他在梦里问自己。答案否定，痛苦，因为他希望镜花快乐；答案肯定，还是痛苦，因为镜花的快乐与他无关。水月无法忘记他在青春的沃土上深埋的那粒种子：给镜花一生的承诺。

誓言如风，风干了镜花的每一颗泪滴。

无缘相守，只有相忘于江湖。水月于千回百转、肝肠寸断中，毅然转身，悄然离去，消失在茫茫人海里。也许，只有忘记，才是今生对镜花最深的爱恋和怀念。

残阳如血，晚风悲歌，寒气塞天，镜花沉默。

桂林山水甲天下

死了都要爱

《齐鲁晚报》报道了一则消息：梦想中的婚礼，竟在殡仪馆举行。

2010年2月4日本该是小伙子庄华贵迎娶新娘的日子，没想到，1月28日，未婚妻卢燕娥却被入室抢劫的劫匪连捅八刀，从此再也没有醒来。爱人离去了，但是庄华贵决定完成燕娥的遗愿，正式迎娶她，让她成为自己真正的妻子。文字下方配了一副小小的图片，只有两只手，一只带着白色婚纱手套的手被另一只大手紧紧地握着。

看着看着，眼泪不自觉地掉下来。

阴阳两隔，天上人间。有情有意的新郎给逝去的新娘一个承诺，一个生者对死者的重重的承诺！满怀幸福要迎娶的新娘，如今静静地躺在冰冷的棺木里，即将化为灰烬，从此她所有的音容笑貌都会在这个世界上消失。面对双目紧闭的爱人，新郎的心，该是怎样的悲恸与破碎？

怎样的爱情，才能感天动地？我想这样的就可以。没有地老天荒的誓言，没有轰轰烈烈的壮举，有的，只是一双手，一双紧握的手。庄华贵与卢燕娥都是普通人，他们的爱曾经平凡而幸福。庄说卢燕娥总给她自己买一百多元钱的衣服，而给他买的衣服总在一千元以上。钱不能代表一切，但此时至少代表一种态度：卢燕娥爱爱人胜过自己。

女人问男人：将来咱俩谁先死。男人说你先死。女人非常气愤：你希望我早死？男人说：对相爱的人而言，先离去是幸福的，我不希望你因为我的离去而独自承受痛苦和孤独。

梁山伯忧伤而逝，祝英台以身殉情；刘兰芝义赴清池，焦仲卿自挂东南枝。生不能团聚，死也要相守，在无奈的现实面前，死成了他们唯一的选择。

文学作品中，最让人唏嘘感叹的是罗密欧与朱丽叶的故事。他们的爱曾美好得让人嫉妒，然而纯洁而热烈的爱情并不为现实所接受。面对“死去”的朱丽叶，罗密欧万念俱灰，“来，苦味的向导，绝望的领港人，现在赶快把你的厌倦于风涛的船舶向那岩上冲击进去吧！为了我的爱人，我干了这一杯！”罗密欧饮下毒酒。当随后醒来的朱丽叶看到罗密欧服毒已死，她毫不犹豫地拔出爱人的剑刺向自己。

常人眼中，梁山伯与祝英台、刘兰芝与焦仲卿、罗密欧与朱丽叶，他们的爱情都是悲剧。但从另一个角度看，他们也是幸福的：活着，拥有了一段令人羡慕的甜美爱情。宁为玉碎，不为瓦全，他们再也不必为无法成为眷属而痛苦，难道这不是一种解脱的幸福吗?

最痛苦的是宝黛的爱情，最痛苦的人是宝玉。

宝玉被蒙在鼓里，糊里糊涂、欢天喜地迎娶自己的新娘——宝姐姐。黛玉带着满腹的不舍和怨恨走了，她对宝玉真心的误解让她走得痛苦绝望。当宝玉满心欢喜挑开那红火的盖头，面对着娇羞的宝钗，该是怎样的五雷轰顶？而更大的悲恸是黛玉已经永远离开了他，没有给他留下一个解释的机会。

宝玉活着，活在深深的自责、忏悔和孤绝之中，尘世里，再也没有黛玉那样的知己。宝钗再贤惠，终不是梦中人。宝玉跌进人间炼狱，活着，竟比死还痛苦。

我悲怆着庄华贵的遭遇，他像宝玉一样，也许一生将难逃那远去的爱人的阴影。

在爱情的世界里，有很多痛苦：单相思是痛苦的，失恋是痛苦的，爱人的逝去是痛苦的，而最沉重的痛苦也许是——生人作死别。

岁月的痕迹

面前摆着三本写真集，拍照的时间分别是2001年5月、2005年8月、2009年10月，它们分别记录了32岁、36岁、40岁的我。

闲来无事，打开三本影集，不经意的对比中，发现原来自己的变化都已被镜头定格。

一路走来，40年的人生并不漫长，童年的清音似乎还在耳畔回响，双脚却已踏进中年的大门。没有觉得自己有太大的变化，除了年龄，身高、体重、性格、脾气好像还是老样子。

“我想面对你坐下，看看这么多年你是怎么走过来的？”多年未见的故乡好友对我说。

其实，面对面是没用的，看到的只是一个此时此刻的我，而彼时彼刻的那个我早已远去。所幸，她们留在了照片里。

面对影集，回忆着。2001年，我32岁，女儿刚上小学。那时我是学校的壮劳力，老公正在商海里奋力前行，创业维艰，辛苦异常。每天都是那么忙碌，学校有做不完的工作，加班加点司空见惯。经常是最后一个来到女儿的学校，面对教室里焦急等待的小女，常把眼泪咽到肚子里。每天陀螺一样旋转不停，难得有心静的时候。疲惫、烦躁、牢骚、怨愤是那时常见的情绪。看那时的照片，张张都很严肃，眉峰紧锁，双唇紧闭，年轻的脸上有太多的焦虑。

2005年，36岁，本命年。女儿上小学五年级了，每天自己上学放学，不用再接送。她的学习早已步入正轨，知道自己每天该做什么，不用我再指指点点。优秀的女儿不仅减轻了我的负担，而且她出色的表现常给我带来莫大的欢喜。老公依旧忙，而我也渐渐习惯了他早出晚归，

我不会再计较他没有更多的时间陪我。工作中，一如既往，凭着良心努力教书育人。在收获了一系列令人羡慕的成绩和荣誉的同时，我也收获了有生以来最大的不如意。风霜雪雨中，终于明白了什么叫枪打出头鸟；泪流满面中，懂得了生活中不都是顺风顺水、称心如意，而善良有时也是软弱的代名词。一段时间，我怕上班，怕那些莫须有的伤害。焦虑、恐惧、担忧、甚至抑郁，这样的情绪一度成为主旋律，那时的照片面带苦涩的微笑自在情理之中。

2009年，40岁，人到中年。在经历了2006年那场大病之后，突然有一种凤凰涅槃的感觉。朋友告诉我：生活中，要学会退一步，不要总往前冲。我学会了退步，退回家中，退到自己的心灵深处。

每个人都有属于自己的小世界，即便是朝夕相伴的亲人，也要努力适应和尊重。工作不可懈怠，教书育人来不得半点马虎，对学生的未来负责是一个教师起码的职业道德。但我不会再看别人的脸色行事，做不愿做的事，不会再为了别人的情绪而难为自己。我只想做一个学生喜欢的老师，名利之事让它随风而去，不去强求。善待他人，合得来的做朋友，合不来的做路人，相安无事，皆大欢喜。读读书、看看报，浇浇花、喂喂鱼，爬爬山、旅旅游……过我自在潇洒的生活。

人生的路很宽广，有许多能让自己开心的事可以去做。给自己的心灵减负，做自由飞翔的精灵，发自内心最真的笑容重回到脸上。打开2009年的写真集，扑面而来的是一页又一页灿烂的笑容。40岁了，青春远去，容颜变老，但我没有悲伤。我喜欢现在的我：自由、平静、快乐、充实。我是自己的主人！

幸福是什么？幸福不是得到的多，而是计较的少。当我们对生活不再斤斤计较，不再耿耿于怀时，快乐就会给我们一个大大的拥抱。

我们无法改变天气，但我们可以改变自己的心情。岁月有痕，积极地变老，让每一天都写下属于自己的精彩。

太阳每天照常升起

人到中年，对许多人而言，工作成了谋生的手段，年轻时让人热血沸腾的远大抱负，早已在生活的打磨下渐渐远去。

太阳每天都会从我们的窗前升起，在平凡的工作中试着去发现平凡的快乐，积极面对，也许会有意想不到的欣喜突然出现在面前。善待每一个同事，能在同一个屋檐下工作就是一种缘分。世界之大，人各有志，走到哪儿，都会有我们不喜欢或是不喜欢我们的人。勿苛求别人，因为苛求别人，别人也一样会苛求你。

人到中年，身边的朋友相对稳定了。生活中，真正知己者屈指可数，所以要倍加珍惜。“我们都是天地间孤独的孩子”，我们需要多和别人交往，需要更多来自亲人之外的温暖。

经营好自己的小家。常言道：四十不惑。人到四十，“惑”还是存在的。如何面对青春期叛逆的孩子？如何对待视事业为重心的老公？如何面对日渐乏味的工作？……处处是问题。在这个看似男女平等、甚至有人认为阴盛阳衰的时代，女人的权利其实只是看起来很美。遭遇实际问题时，女人似乎并没有明显的优势，比如就业、升职，比如离婚、再婚，吃亏的更多是女人。

聪明的女人，要学会牢牢把握住自己手中的幸福，男人不具备天生就容易变坏的基因，他们的本质更像一个长不大的单纯任性的孩子，需要女人不停地鞭策激励，糖衣炮弹要兼而有之，“怀柔政策”更是必不可少。男人是刚性的，以硬碰硬最不可取，这也不是女人的强项。对待男人，以柔克刚可行，但最佳的策略是柔中带刚，让柔成为主旋律，而刚只是几个必不可少的音符而已。“我愿做一只小羊，跟在她身旁，我

愿她拿着细细的皮鞭，不断轻轻抽在我身上。”这样的境界，应该是男人和女人的幸福。

太阳每天都是新的，对待家人，学会睁一只眼闭一只眼。睁开的眼睛看优点；面对并非原则的不足，尽量闭上眼，谁都不是完美无瑕的，包括自己。不要吝啬你的赞美，在你的夸奖声中，你会发现孩子和老公会越来越符合你的审美和期待。不要为一件小事喋喋不休，得理也要饶人，宽容别人，就是善待自己。容颜渐老的岁月中，如果美好的性情也随之远去，那我们就真的失去了骄傲的资本。

太阳每天都从我们窗前升起，它看似相同，实则迥异。在每一个太阳升起的早晨，我们的心都应该再度充满新的憧憬。

栖息在花蕊上的蝴蝶

山水有情

SHAN SHUI YOU QING

渴望自己也能生活在这里，每天顺着山路慢慢走、慢慢走……看看树，听听风，望望山，眺眺水，最后就在大成殿的台阶上坐下，静静地面对佛祖，和自己的心灵来一次深入的对话。

飞上云端

感觉好极了，在云中写字还是第一次，心随着键盘一路飞歌，飞呀飞呀，这回可是真的飞上云端了！

大朵大朵的白云从机身旁掠过，天是那样深邃湛蓝。除了白和蓝，再没有别的色彩；除了云朵，再没有别的物体在天空的怀抱悠游。无增无减，无垢无净，宇宙以一种大智大觉者的姿态呈现在眼前。

在所有交通工具中，最喜欢飞机，它方便快捷，平稳舒适。在海拔五六千米的高空上，如果不是窗外的云淘气地变换着姿态，如果不是偶尔遇到气流时那小小的颠簸，你会恍惚觉得自己一直处于静止的状态，被定定地悬挂在半空了。

看不到任何边际，方向感在这里消失了。在一片蔚蓝的世界里，只能看到变化多端的云以及机窗外飞机的一截翅膀。此时的我是多么渺小，茫茫苍苍的空间里，飞机像一只小小鸟，它偶然闯入了这片领地，打破了万里高空原本的静谧。

万里长天，澄澈无秽，心跟着云也变得懒散安逸起来，不再胡思乱想，地面上的一切暂时都和我无关，我且享受飞向云端的美妙吧。

拿出相机，捕捉云的魅影。它们像是静止的，可当你调好镜头准备拍摄时，它却倏地从你眼皮底下溜走了。大自然是最出色的艺术家，它的作品总是那么诱人而神奇！

凝视苍穹，看云来云往，宠辱不惊。它们连绵不断地延续着，像海水袭向岸边时漫延整个海岸线的浪花，这才是真正的云海呢。

2小时40分钟，我从祖国的东海岸飞到彩云之南，离开骄阳似火、热浪滚滚的泉城大火炉，飞到四季如春、凉爽宜人的云南，给自己的身心彻底放一次假。

妙不可言，飞上云端的感觉，只有一个字：美！

神圣的崇圣寺

天公作美，大理一片晴朗。绵延50千米、葱郁茂密的苍山露出了她美丽的面容。洱海碧波荡漾，凉风习习。

背倚苍山，面对洱海，崇圣寺就坐落在这样一个风水宝地，它被誉为汉传佛教圣地。苍山上云雾缭绕，如玉带落在半山腰，飘来飘去，曼舞轻歌。不知当年是哪位高僧在苍山19座山峰中选择了这第10座作为中轴线，建造了崇圣寺。

金碧辉煌的天王殿、弥勒殿、观音菩萨殿、大成殿等寺庙在苍山的映衬下，肃穆圣洁。游人虽多，但都静悄悄地，无人想惊扰佛祖的宁静。

大理是古代大理国的都城，唐代时佛教十分盛行。宋代地方政权大理国共有22位皇帝，最后有9位出家到崇圣寺，崇圣寺也因此而身价倍增，有九五至尊的帝王风范。供奉佛祖释迦牟尼的大成殿，就是按照北京故宫大成殿的规格建造的，殿前那巨大的龙纹石雕，昭示着崇圣寺与众不同的皇家身份，这在我国寺庙中实属罕见。

走上大成殿的台阶，面前三个大香炉和五个蒲团上满是烧香许愿的人，他们崇敬的面孔、虔诚的眼神，令我等不拜神的人也一脸肃然。纵有不用还愿的“优待”，我还是退避三舍。我从未在佛前许过愿望，因为许下的心愿那就是一辈子的牵挂，自觉福浅命薄，唯恐消受不起。

渴望自己也能生活在这里，每天顺着山路慢慢走、慢慢走……看看树，听听风，望望山，眺眺水，最后就在大成殿的台阶上坐下，静静地面对佛祖，和自己的心灵来一次深入的对话。

热情豪放的爱伲族

生活在西双版纳的12个少数民族（汉族在此也是少数民族）中，傣族人最多，其次是爱伲族，它是哈尼族的分支，人口大约19万。

爱伲族的审美很特别，以黑为美。据说他们对美丽女孩的界定是：脸黑，腿粗，屁股黑。在爱伲人眼里，只有爱劳动的女人才会被太阳晒黑脸；腿粗既是能干的标志，也是女性生育能力强的重要特征；而爱伲女孩儿喜欢穿超短裙，下地做农活要弯腰的，太阳晒着屁股，时间一长，自然就黑了。说来说去，爱伲人喜爱勤劳能干的女人。

爱伲族喜欢穿黑色的衣服，上面只有少量的红色装饰。一根根黑色的绳子系在他们居住的房前屋后的树木上，随处可见。

走过一条长长的跨越山谷的索道，踏上铺满鹅卵石的几十级台阶，气喘嘘嘘地坐在一个竹楼里，终于来到热带森林中的爱伲山寨。好客的爱伲人又唱又跳，虽听不懂歌词，却能感受到他们火一样的热情。

突然一个漂亮的爱伲小姑娘冲了过来，不由分说给老公戴上一个蓝色的小葫芦，然后拉着他的手就跑。

“抢亲了！被抢了！”观众大喊，大笑。

我知道的抢亲都是“男抢女”，没听说过“女抢男”啊。老公有点意外而无奈地看着我，手被小姑娘紧紧地拽着。

“去吧，交桃花运了，咱又不吃亏！我负责给你照相！”我兴高采烈地跟在后面，“娶个小老婆带回去，正好给我洗衣服做饭。”

被抢的男人们先是在空地上围成圆圈，一个个跟在女孩后面跳舞。跳着跳着，女孩子突然又拉起男人们的手，疯狂地跑，最后停在一个宽阔的木台上。

男方坐下，女方跪在身旁，主持人站在前面，叽里咕噜地说了一番，又是交换信物又是走独木桩的。别忘了爱伲族喜欢黑色哟，男人的手腕一律被系上了一根黑线，脸蛋被抹上了黑灰。

西双版纳爱伲山寨

“新郎新娘入洞房！”主持人一声喊，这次小姑娘们可没拉起男人们的手就跑。

“想不想娶回去？要是觉得我们阿布妹（爱伲族对女孩子的称呼）漂亮就买回去。”于是，每个被抢的男人都乖乖地掏了腰包，自己和“小老婆”的面子，哪个都丢不得。

这边厢洞房花烛刚结束，“新郎们”还沉浸在突如其来的喜悦中；那边厢，一转头，刚娶进门的“小老婆”竟又抢了新人重新跳上了。

“哈哈哈……这么快就被小老婆甩了啊！”我幸灾乐祸，“老婆还是原配的好，跟我走吧，继续给你洗衣做饭去！”

神奇的东巴文字

2004年夏天，第一次亲见东巴文字。当面前的东巴（纳西族对智者的称呼）像画画一样娴熟地写出我的名字时，我当即被这古老而神奇的文字折服了。

汉字有四种最常见的造字法：象形、指事、会意、形声。古书上说的“六书”还包括“转注”和“假借”，但这两种并不是严格意义上的造字法，而是用字法。现在通行的汉字（现代汉语）以会意字和形声字为主，那些象形字、指事字都被简化了，很多已经看不出造字者原本赋予它们的面目。

东巴文创始于唐代，至今已有一千多年的历史。它是一种原始的图画象形文字，因为这种文字大多只由纳西族的东巴掌握，用以撰写经典，所以称它为东巴文。东巴文兼备表意和表音成分，属于文字起源的早期形态。现存的东巴文有1400多个单字，词语丰富，能够表达细腻的情感，记录复杂的事件，亦能写诗作文。东巴文被视为全人类共同的珍贵文化遗产，它对研究比较文字学和人类文化史具有很高的学术价值，是人类社会文字起源和发展的“活见证”，被誉为“文字活化石”。今天，东巴文字依然散发着勃勃生机，在居于西藏东部及云南北部的纳西族中继续使用着，是目前世界上唯一存活着的象形文字。2003年，东巴古籍被联合国教科文组织列入世界记忆名录，并进行数码记录。

丽江古城的四方街，每一个纳西人开的小店里，里面有许多精美别致又有浓郁民族特色的工艺品。它们线条简单干净，色彩鲜艳朴素，一问方知这就是声名远扬的纳西土陶。由于当时旅行尚未过半，还要继续长途奔波，携带不便，只能忍痛割爱，买了两只比较小的。

云南归来，亲友见了这两个土陶，都说这上面的“画”可真漂亮。其实这些古朴绚丽的图案不是绘画，它就是神奇的东巴文字。东巴文图文并茂，形象生动，见木画木，见石画石，一切来源于生活，是文字里的“原生态”。它非常形象：两个人一起砍一种菠萝状的东西，那在东巴文里叫“耕种”；两个人夹着菠萝状的东西往回走，就叫“收获”；两个人拿着弓箭射一个马头样的动物，就叫“狩猎”；两个人拿着叉叉鱼，就叫“捕鱼”。

在丽江见到一面写满东巴文的墙。四个看似“7”的图案摞在一起，叫“四”；两个人共同拿着一个红钥匙，这叫“情”抑或“爱”；一个既像女孩子的脸又像一面镜子的画，纳西人叫它“臭美”；两个人像，头发短的代表“男人”，头发长的代表“女人”。最好玩的是“怀孕”两个字：一个女人肚子里还有一个小人儿，那不是怀孕又是什么？

纳西族的祖先，想象力丰富，创造力极强，表现力更是一流。神奇的东巴文字，看之难忘，回味隽永。

丽江纳西土陶

西双版纳的“最动物”

得天独厚的热带雨林气候，使西双版纳成为名副其实的动物王国。蓝孔雀、金丝猴、长臂猿、黑熊……还有各种各样令人眼花缭乱的美丽蝴蝶。其中有几种动物给我留下了很深的印象，我姑且称它们为——西双版纳的“最动物”。

最让我恐惧的动物，它的名字叫……这种动物在西双版纳很多。旅途中，我们三次遇到它给游客卖力地表演或是热情地与游客合影，团里的人都绕有兴致地去看，但每次我都有意回避了。最狼狈的是第三次，当时正走在热带森林的羊肠小路上，它突然“站”在路旁，吓得我拼了命地往后跑，但导游却说我们是不走回头路的。无奈之下，老公用雨伞蒙住了我整个脑袋，连拖带抱把哇哇大叫的我拖了过去。这个让我魂飞魄散的家伙，它的名字叫——蛇。

最让我意外的是放飞孔雀。美丽的傣族姑娘拿着盛满粮食的竹篮，哨声吹过，转瞬间，从对面半山腰的竹楼里陆陆续续飞出二百多只蓝孔雀，它们只是张开色彩艳丽的翅膀，并没有伸出让我忧心忡忡的大尾巴。像老鹰一样，这些孔雀速度很快，飞下高山，越过湖泊，眨眼功夫就停在我们面前的草地上，然后悠闲地吃着美食，优雅地踱着小步子。

西双版纳的蓝孔雀

最让我开心的动物是大象。

在原始森林中走了近两个小时，没有看到期待中的野象，随处可见的却是野象的粪便、脚印和被它们损毁的树木。幸运的是，野象谷的大象表演精彩纷呈。

在我印象中，体形庞大的大象笨笨的，走起路来慢慢腾腾。没想到表演中大象竟能跟着音乐的节拍，晃动硕大的身躯、有模有样地跳舞。每当一个节目结束，面对观众的掌声，大象还会像绅士那样优雅地还礼——只见它们四肢撑地，身体微微后倾，伴着“吼”的一声喊，头一点，鼻子一甩，向观众致谢，那样子真是可爱至极！更有趣的是，当游客拿着少于十元的钞票给它时，它不要；只有十元以上的它才会用鼻子卷走，递给主人，然后从主人手中拿过一袋黄瓜，送给游客。

最让我惊喜的动物是猴子。悠闲地坐在西双版纳原始森林公园，流水叮咚，绿树婆娑，吃着美味，心情大好。正美美地享受着，对面的姐姐忽然大喊：“快看，你身后的树上来了几只猴子。”扭过头去，可不嘛，三四只猴子正蹲在树上看我们呢，有个猴子怀里还抱着一只小猴儿，金色的皮毛，圆圆的大眼睛，长长的尾巴，煞是惹人怜爱。正为这天外来客欣喜着，忽然不知从哪里又钻出来许多猴子，一共有二十多只。游客们放下手中的食物，纷纷拿出相机拍照。那猴子似乎也不怕人，距离如此近，没有些许畏惧。咔嚓咔嚓照个不停之际，猝不及防，一只大猴子以迅雷不及掩耳之势，飞身冲到我们餐桌上，抓起桌上唯一的一根香蕉跑了。几秒钟后，它窜到树上，紧握着香蕉，带领众猴立即向对面的山坡撤离。

西双版纳，美丽的家园，你是人类向往的乐土，是动物栖息的天堂。

云南玉缘

在各类首饰中，玉是我的最爱，“君子比德于玉”，我向往玉的温润、淡定和平和。求玉讲究缘分，无缘不必强求，有缘一定不要错过。

云南是我国最大的玉制品集散地。我们常说的云南玉确切地讲是缅甸玉，又叫缅甸翡翠。缅甸玉石主要产于缅北猛拱一带，它硬度高，光洁明亮，有很高的保值和收藏价值，故而被称为“玉中之王”。这种翡翠虽产在缅甸，但大部分成品是在云南加工的，所以人们也习惯叫它云南玉。

大理、丽江、昆明、西双版纳……在云南，卖玉的店铺比比皆是。那林林总总的玉制品鱼龙混杂，看得人眼花缭乱，在没有质量检测认证的商店里，没有一双火眼金睛是不能轻易出手的。三万元买来的A货，最后不值三千的事情实在是太多。

如若不出于收藏保值的目的，在云南花点小钱买个玉玩玩还是可以的。丽江四方街，卖玉的店铺鳞次栉比，但没有精品。手链、挂件、车饰，看着虽也漂亮，但它们要么是经过人工处理、激光打色的B货、C货，要么就是碾碎的玉粉再加工的。

在一个河南人开的玉器店里，橱窗里摆放的翡翠珠链很吸引我，但仔细一看，每一串都有明显的瑕疵。常言道瑕不掩瑜，这里说的“瑕”虽然是与玉生而俱来，但上等货的“瑕”在正常情况是难以发现的，必须在专业检测仪下才能见其真容——如果玉白璧无瑕，没有任何瑕疵，那只有两种可能，一是价值连城的罕见珍品，二是经过人工去瑕的次等品。

我问，能自己选料穿一串手链吗？健谈的老板爽快地答应了。于是我从一堆原材料里选了十四颗翡翠珠，穿成手链一副。这些玉珠都是下脚料做成的，品相并不很好，但由于是自己亲手选料做的，所以格外喜欢。

到云南，要买到好玉、放心玉，最好去“七彩云南”。七彩云南是三国时诸葛亮带蜀军安营扎寨的地方，传说诸葛亮第一次擒拿孟获时，天边突然出现七彩祥云，诸葛亮观之以为这是老天暗示：须得七次捉拿孟获，才能收服此地人心。于是有了“七擒孟获”的典故，也有了“七彩云南”的传说。如今“七彩云南”早已成为云南旅游的金字招牌，所有云南的特产在那里都能买到。

在七彩云南的玉器行里，看了无数令人炫目但并未动心的玉件之后，终于在一尊玉佛面前停下脚步。那玉佛正笑嘻嘻地看着我：鸿运当头（上身是浅紫色，也叫红翡），腹内怀才（肚子鲜绿，俗称翠）。水头很足，晶莹剔透，颜色分布均匀，设计很是巧妙。

就它了！老公毫不犹豫地买下，他告诉我以后一看到它就要笑一笑。

男戴观音女戴佛，为什么女人要戴佛呢？女人带的佛一定是弥勒佛：肚子大，爱笑。常言道：笑口常开，笑天下可笑之人；大肚能容，容世间难容之事。一个女人若能心胸宽阔，笑对人生，那么不仅她幸福，她身边的人也会跟着幸福。

为什么男戴观音？观音在人们心目中是救苦救难的大菩萨，男人在外打拼，七劫八难，戴观音祛灾免祸，保其平安；也有人认为“观音”是“官运”的谐音，官运亨通，事业兴盛，这是许多男人心底的期盼，戴上观音，能带来好运。

我和老公商量，女儿上大学时，把这个玉佛送给她。这小小的玉佛承载了我们对女儿无尽的祝福，祈愿她心胸开阔坦荡，微笑生活，拥有一个美好如意的人生。

普洱茶思

第一次见到普洱时，太喜欢那圆圆的茶饼了，看着赏心悦目，闻着香气清幽，更不要说喝着柔滑醇厚了。

2005年，普洱在茶叶市场异军突起，以秋风扫落叶之势红遍大江南北。一时间，普洱被推上光鲜的舞台，越炒越热，价格一路飙升，少则上千，多则上万，甚至当年一筒七子茶饼在北京拍出160万的天价，普洱一下跻身茶中王者的行列，霸气冲天，锐不可当。

包装精致的普洱茶

那时很多人感叹喝不起普洱茶了。这两年，普洱热终于降温，价格回落，重新回到寻常百姓家。

茶有红茶、绿茶、黄茶、白茶、花茶、黑茶之分，普洱属黑茶。因产地旧属云南普洱府（今普洱市），故得名。“香陈九碗芳兰气，品尽千年普洱情。”不同于一般贵在新的茶叶，普洱茶是“可入口的古董”。在云南，有“爷爷的茶，孙子卖”的俗语，“越陈越香”被公认为是普洱茶区别于其他茶的最大特点。

普洱茶又有生茶和熟茶两种。生茶是在采摘后以自然方式发酵，茶性刺激，放多年后才会转为温和。熟茶是以科学方法人为发酵，比较温和。生茶冲泡出来的茶汤是亮黄色，熟茶冲泡出来是酒红色。

普洱茶按其外形又可分为散茶和紧压茶两种，散茶和我们一般喝的茶形状相似，紧压茶是普洱和其他茶在外形方面最有区别的，有饼茶、沱茶、砖茶、金瓜贡茶、千两茶等，这些茶工艺性很强，收藏和观赏价

值兼具。

2007年之前，云南没有“普洱市”这个名字，随着普洱茶的火爆，2007年经国务院批准，思茅市改为普洱市。但到了云南，你若想买到最好的普洱茶却不是在普洱市，而是在昆明的庆丰祥。

那日去七彩云南的庆丰祥，又认识了一名普洱新成员：茉莉青饼。白色的金属外包装上，有几朵清丽脱俗的茉莉花，格外醒目。第一眼看到，眼前一亮，但旋即就走开了，没认为这种花茶会是普洱做的，而我一向也不喜欢香味太重的茉莉花茶。

进了一个茶室，美丽的阿诗玛（当地对女孩子的称呼）在茶艺展示中拿出了茉莉青饼，她说这是最近两年普洱家族的新产品。茉莉青饼属于生茶，它在制作中加入了花茶的工艺。茉莉青饼茶汤呈淡黄色，低头轻嗅，既有普洱的醇香又有茉莉的清香，入口淡雅清爽，很特别。

“只缘清香成清趣，全因浓酽有浓情。竹荫遮几琴易韵，茶烟透窗魂生香。”有茶相伴的人生，别有一番滋味在心头。

上一盘温柔给老公

行万里路，读万卷书，在缤纷多姿的世界面前，时时感到自己的无知和浅薄，学无止境，竭其一生，对外界的了解也只能是略知一二。吾生也有涯，而知也无涯。

生活是写作的源泉。活色生香的现实，总能带来无限的惊喜和灵感，馈赠我泉涌的文思，引领我走向一个又一个神奇的空间。

此次云南之行，巨大的收获超出我的想象。以往旅游都是带着女儿，每一次出行对我而言，一半是玩儿，一半是看孩子，而心思更多地放在女儿身上，神经绷得很紧，唯恐她磕着碰着或是走丢。不专心甚至有点担心的状态，势必错过很多风景。但我小小的失去，换来的却是女儿更多的快乐时光，这也是一种快乐。

如今女儿长大了，假期里喜欢和同龄人一起出游，没有了孩子的牵绊，又有老公陪伴，我怡然自得。八天里，老公身兼数职：保镖、保姆、会计、摄影师。每到一处，他都会不厌其烦地给我左拍拍右照照，乐此不疲，丝毫不懈怠。各色礼物不停钻入挎包：昆明的花裙子，大理的大理石花瓶，银都新华村的银饰品，崇圣寺的开光佛珠，丽江的土陶和玉镯，七彩云南的翡翠弥勒佛，还有西双版纳傣族工匠制作的刻有我名字和生日的银手镯。嘴巴也没闲着，山竹、榴莲、酸角、人参果、菠萝蜜、红毛丹、番荔枝、无花果、无眼菠萝……只要看我喜欢或是没吃过的热带水果，他都会立即奉上。他自己吃得很少，怕血糖升高。

老公太优秀的举动，招来团里其他人的疑惑，只是我俩躲在二人的世界里自得其乐，没有注意。老夫老妻的，哪里还会在意别人的眼光。

旅游最后一天，全团聚餐。我们这桌共九人，来自四个家庭：一对新婚夫妇，一个三口之家，一对母子，还有就是我和老公。一个多星期的朝夕相处，大家都已熟悉，跟朋友一样，东拉西扯，玩笑也是开得的了。

“哎，一直想问你们个问题，没好意思问，你俩是刚结婚吗？”一位大姐问到。

“对呀，我也一直好奇，你们刚结婚吗？”另一家女主人也凑热闹。

“刚结婚？我有这么年轻吗？”老公很得意。我也笑了。

“你不年轻，应该40岁了吧？主要是她小，有30岁了吗？”

“你们是不是以为我俩二婚啊？”老公恍然大悟。

“二婚那是好的，我们还以为你是带着小蜜偷偷出来逍遥呢！你们又没带孩子，还整天黏黏糊糊的。”

“冤枉啊，我们是正宗原配，大学同学，女儿都16岁了。”老公忙解释。饿死事小，失节事大啊！

“哈哈哈……”笑爆了，满桌子的人。

“采访一下，跟我出来高兴吗？”旅行途中，他不止一次进行这样的随机采访。

素日霸道惯了，蛮不讲理的时候屡见不鲜，常常还要大牌，但我心中自有一杆秤。

洞房昨夜停红烛，待晓堂前拜舅姑。

妆罢低声问夫婿，画眉深浅入时无？

亲爱的，这篇文章专为你而写，只是不知这一盘温柔餐，能不能合你的口味呢？

良宵

在国家大剧院听一场音乐会，是我一直心驰神往的。得知当晚有一场“2010年端午音乐会”，当即决定非它莫属。

白天逛得很辛苦，圆明园、清华大学、北京大学、颐和园，从早上8点一直逛到下午5点，寸步难行。

但音乐会还是要听的。我们从颐和园乘坐地铁返回西单，为鼓励我继续战斗，老公和女儿给我买了一双有黄色花朵的舒适鞋托，穿上它，顿感轻松许多。从西单到国家大剧院很近，走了20分钟，终于到达目的地。

站在国家大剧院前，圆形的银色穹顶十分耀眼，江泽民题写的“国家大剧院”非常醒目。走下长长的台阶，室内的建筑更加恢弘气派，银白色和赭色是其主色调，大理石地面闪着淡淡的光泽，整个大厅内无不透露着庄重、高雅、大气。大剧院里面又分了许多小演出厅，它们能同时演出歌剧、越剧、小话剧，还有我们选择的音乐会。

国家大剧院

进场时，照相机、摄像机必须先存放，手机可以带，但一进音乐厅，发现竟没了信号，被屏蔽了。先前在泉城也听过多场音乐会，但闪光灯、手机铃声、孩子大人的说话声都很煞风景。

晚上7点半，音乐会在《金蛇狂舞》的欢快乐曲中拉开序幕，80人组

成的北京交响乐团阵容超强，椭圆型的音乐厅座无虚席。

《军队进行曲》《波尔卡》《胡桃夹子》《卡门》《轻骑兵》《斗牛士之歌》《蓝色多瑙河》《白毛女》《茉莉花》，这些耳熟能详的中外名曲把听众一次又一次带入音乐变幻莫测的海洋里。幸福地徜徉其中，跟着旋律，或脚踏节奏，或轻击手掌，或频频点头，陶醉之情尽显。

美妙的音乐冲走了一天的疲惫。感觉自己时而在清晨的林间嬉戏，时而在黄昏的田野漫步，时而骑马在一望无际的草原上驰骋，时而驻足在苍茫邈远的月色下沉思。心无杂念，空明净秽，没有烦恼，没有浮躁，有的只是和音乐融合在一起的舒适惬意，人仿佛都变得单纯透明了。

相对于文学的有形，音乐是一种无形的艺术，但它对人心灵的熏陶殊途同归。我虽然对音乐知之甚少，但这并不妨碍我对它的喜爱，我像爱文学一样爱着它。

女儿和老公也是情绪高涨，每个在场的听众都被深深折服了。音乐会本应9点结束，但是热情的观众迟迟不肯离去，乐队在一次比一次更加热烈的掌声中返场，演出也随之给观众带来一个又一个高潮。伴着名曲《良宵》，全场跟着演奏拍起节拍，台上台下融为一体，偌大的音乐厅顿时变成了音乐的欢乐海洋。

美好的夜晚，难忘的良宵！

青歌赛

我是“青歌赛”的忠实观众，晚上在宾馆房间看比赛，无意间说了句“都到北京了，要是能去现场看一场青歌赛该多好啊！”

说者无心，听者有意。老公立即给朋友打电话咨询买票。没想到朋友说“青歌赛从不卖票，都是送，没地方买去。”

“可我老婆非常想看！”老公说。

“算了吧，我就顺口这么一说。”

“朋友说她想想办法，别绝望。”他总是竭力满足我的愿望。

喜从天降！朋友又打来电话说，晚上6点半去中央电视台西门取票。

走进演播大厅，现场全无电视中的气势。场地狭小，观众席仅可容纳二三百人，抬眼看去，舞台一览无余。今晚是民族唱法决赛，有12位精英将在舞台上一决高下，大有看头。

第一轮规定曲目结束后，6位选手进入下一轮的才艺表演，全是清

董卿采访长辫子组合

一色的女将。我喜欢的泽旺多吉竟无缘六强。六朵金花，同台竞技，比赛十分残酷。

才艺表演给观众带来许多笑声，现场气氛热烈而活跃。这时的掌声已经无需剧务煽动了，观众开始情不自禁。又一轮大展身法后，王丽达、吴彦凝、王喆进入第三轮金奖的角逐。

三名选手外形甜美靓丽，但我更喜欢王丽达。整个晚上，她演唱的《看天下劳苦人民都解放》《黄河渔娘》最让我心动。听她的歌，整个身心都沉浸下去。高水平的歌者就应该这样——牢牢抓住听众的心，同喜同悲。

王丽达笑到了最后，获得了2010年青歌赛民族唱法金奖。

常言道：俊人不上相。选手们都比在电视上更年轻，更漂亮，一个个娇美如花，十分养眼。女人爱看，男人必定更爱看。

台下的董卿也爱笑，选手表演有趣时，她也在台下笑得前仰后合，率真可爱。

李谷一、赵季平、宋祖英、阎维文、万山红、吴雁泽……平时只能在电视上看到的这些艺术大家如今近在咫尺，他们很随和，有些观众想跟他们合影，都不会拒绝。

演出结束后，出门时，看到一个熟悉的身影迎面走过来，“这么眼熟？”仔细一看，原来是韩红。

走出演播大厅，外面下起了大雨。我们三人撑着一把雨伞，带着音乐的芬芳，随着车外的雨声歌唱……

心苦

印象中，圆明园是个废墟，像庞贝古城，断壁残垣，没有生机。虽来过三次北京，却从未去过圆明园。

为了女儿，这次突然想去圆明园，女儿学过这段历史，希望实地参观对她更有益。

一脚踏进圆明园大门，眼前的景色令我吃了一惊——绿树成荫，碧水悠悠，荷叶接天，芳草遍地。绮春园和长春园两处，依旧彰显着昔日皇家林园的气派。

西洋楼的遗址处，地上随处可见断裂的石柱，精美的图案依然清晰。依稀记得中学历史课本上几页圆明园的插页图，几根高耸的白色石柱，柱子上有许多美丽的花纹。左转右拐，最后终于找到了记忆中的那张图片，就在“观水法”对面。

绮春园里，偶见一个吹糖人儿的艺人。那一排排吹好的生肖，让我想起小时候的一个笑话。三岁时，跟爸爸第一次回山东老家。有一天街上来了一个吹糖人的，大人孩子都围过去看，有一个大一点的男孩看我过来，就悄悄地对我说“你过去对那个人说‘你给我吹个牛’！”我真的就过去对那个老人说“你给我吹个牛”，惹得众人哈哈大笑，老人很不高兴地对我说“你这个不吹！”

“来，宝贝，让他给你吹个小狗。”想起小时候未成的心愿，今天让女儿实现一下，女儿很开心。吹糖人的中年人从烧热的小锅里拿起一块融化了的褐色麦芽糖，在手里捏了几下，一个小狗的形状就出现了，那双男人的大手竟然如此灵巧。他笑着和我们说话，手却一直未停，他说动作要快，否则麦芽糖凉了就吹不成了。小狗儿精雕细刻，鼻子、嘴

巴、耳朵、小腿儿……最后他手一扬，拽出一个长长的尾巴，只见他用嘴咬去一小截，然后对着尾巴吹，小狗的肚子就一点一点胖了起来，变得浑圆，原来那尾巴是空心的。

咬断尾巴的时候，我注意到他没有吐出来，一定是吃了，我好奇地问：

“是不是很甜啊？”

“不甜，苦的！”他干脆地回答。

“苦的？难道麦芽糖不甜吗？”我更好奇了。

“麦芽糖是甜的，可我整天站在这里，风吹日晒，感觉不到甜，只有苦。”他笑着说，却不是苦笑。

“那你是太‘心苦’了，吃糖也一定苦！”忽然理解了他“麦芽糖的苦”，那是一个常年从事最甜蜜事业的人的艰辛吧。

这圆明园的遭际，似乎也如此。圆明园如画的背景里包裹着一颗“苦涩”的心，那是一个民族的苦涩，深深的、一言难尽的苦涩，从过去到现在，乃至未来，那苦涩永远不会退去。在这颗苦涩的心里，圆明园的所有美景都黯然失色了。

人生，又何尝不是如此？心若苦了，就算是终日泡在蜜罐里，又哪里寻得到甜美的芳踪。

舍 得

再次走进颐和园，赏心悦目的美景扑面而来。石舫、长廊、万寿山、昆明湖、苏州街、十七拱桥，尤爱万寿山的林间幽径，昆明湖畔的依依拂柳。

坐上摇橹小船，荡漾在昆明湖上，那情景就好像置身在桃花源里。清澈的水，墨绿的树，凉爽的风，好似一个世外桃源。双目微闭，一任船儿悠悠，桨声哗哗。沉浸在远离凡俗的世界，暂时忘了来途，忘了归路，忘了纷繁杂事。

船过佛香阁，得知了一个它的故事。

传说千手观音原名妙善，是古代妙庄王的三公主，她秀外慧中，心地善良。一日，庄王忽患重病，气息奄奄。这时家中来了一位和尚，他看了庄王的病情后，对庄王的三个女儿说，欲医其病，需用一双人眼和一双人手作药引。妙善的两个姐姐都不愿意。孝顺的妙善为救父亲，毫不犹豫地献出了自己的双手和双眼。父亲得救了，妙善高尚的品行感动了上苍，如来佛祖渡她修行得道成佛，使她眼睛失而复明，且能观八方，还使之长出千只手臂。

舍得，舍得，有舍才会有得。不舍不得，少舍少得，多舍多得——公平自在上苍。这个故事忽然令我心中释然，为那些曾经失去的耿耿于怀的过往。

登上颐和园的最高点——万寿山，极目远眺，依稀可见远处玉泉山的田园风光。暮鼓晨钟，春花秋月，长亭古道，朝露炊烟，益增时空的怅寥与世事的轮回。漫步其间，一定就像走进了忧伤的古典诗词中，那景，那人，那飘忽不定、琢磨不透的情，陆离而迷惘。香山就在不远

处，隐在雾霭云烟中，那漫山遍野的枫叶，岁岁年年红似火，而当你走近细看，才发现叶面上全是伤痕，斑斑渍渍，不堪入目，原来那遥远的美丽竟还深隐着鲜为人知的忧伤，想起黛玉的《题帕三绝》：

眼空蓄泪泪空垂，暗洒闲抛却为谁？尺幅鲛绡劳解赠，叫人焉得不伤悲！

抛珠滚玉只偷潸，镇日无心镇日闲；枕上袖边难拂拭，任他点点与斑斑。

彩线难收面上珠，湘江旧迹已模糊；窗前亦有千竿竹，不识香痕渍也无？

斑竹一枝千滴泪，暮雨潇潇楚天秋。青山曾种玫瑰梦，明月枉照百合心。眼前没有斑竹千竿，但记忆中的枫叶片片，此时却也泪光点点。

人世沧桑，往事千回百转，却没有柳暗花明的欣喜。生活是遗憾的艺术，难尽如人意。徘徊于人生的十字路口，要学会果断、坚毅，该放则放，该舍则舍，退一步天空海阔。上苍有好生之德，自有其悲悯情怀，也许，你所有默默的付出，她早就明了，而且她会把对你的补偿放在你未来的必经之地——一个不被人注意的拐角处。

颐和园石舫

救 赎

带着诸多好奇，走进一个园子。它好像早就为我的到来做好了迎接的准备。太阳正从东方缓缓升起，在满园弥漫的沉静光芒和苍郁遒劲的松柏中，我看到了史铁生的身影，也看到了我自己。

自从那个清晨我有意地走进这园子，我忽然理解了史铁生的《我与地坛》，理解了他当年在这里的迷惘痛苦及对生命的思索感悟。史铁生说："在人口密聚的城市里，有这样一个宁静的去处，像是上帝的苦心安排。这古园也仿佛是为了等我，兀自在这里沧桑了四百多年。"这次来北京，天坛可以不去，但地坛非去不可。

地坛到底有怎样神奇的力量让一个"活到最狂妄的年龄上忽地残废了双腿"的年轻人终于摆脱了生命的困扰，从而以豁达乐观的态度去正视命途多舛的人生？这个问题一直纠缠于心。像个固执的孩子，在那么短的行程里，我放弃了许多名胜，却对地坛情有独钟。

通往地坛的长路

站在地坛那个高大的门牌坊下，我惊讶于通往园子的路竟如此笔直漫长。这样一条路，对于一个坐在摇椅上的人应该需要更多的时间才能走完。至少有十五年，史铁生常常这样走过，在寂寥落寞的行进中，他的思想一定并不荒芜。

那天，从公主坟附近的地铁来到地坛。天气炎热，一路行来，频频出汗。然而，就在我踏上这长长的进园之路的一瞬间，心突然平静下来。没来及细想，只是放慢了脚步——缓缓而行。

“十五年了，我还是总得到那古园里去，去它的老树下或荒草边或颓墙旁，去默坐，去呆想，去推开耳边的嘈杂，理一理纷乱的思绪，去窥看自己的心魂。”心中默念这句话，耳边推开一切嘈杂的思绪，眼睛四处寻觅，我在努力寻找那老树，那荒草，那颓墙……

转了一大圈，眼前突然出现了“那老树，那荒草，那颓墙”，就是《我与地坛》中描写的地方。大喜过望，怕招来异样的目光，我努力压抑着澎湃的心，“众里寻他千百度，蓦然回首”，那所有的期待和寻觅如今都在面前，梦一样。那一刻，眼中有雾升起。是这里，一定是这里！一望无际的苍黑古柏，静静地站在那儿，古柏下是离离的青草，应该好长时间没修剪了，茂密而恣意地生长着。视线所及，人很少，不像刚刚走过的养生园人声嚷嚷，过于热闹。不远处，一个小伙子倚柏席地而读，一位老人在草地上坐禅冥想。他们没有因为我们的突然造访而受影响，依旧沉浸在自己的世界，心无旁骛。

幽静，以至于我们都不敢大声说话，仿佛那样会惊扰哪方神圣似的。

难怪史铁生当年会从日升东方独坐到日落西下，在这样一个远离尘世喧嚣的地方，可以听见自己心跳的声音，可以和自己的灵魂安静对话，不会孤独，不会空虚。

顺着紧靠红色颓墙的幽僻小路，慢慢走，眼睛始终没有离开这片树林。想象着，猜测着：“史铁生那时是在哪棵树下默坐思悟人生的呢？”这棵？那棵？都像，又都不像。细想，追究哪棵树已不重要，重要的是这里曾经以博大包容的胸怀接纳过一个遭受磨难的年轻人，陪他走过十五年的日升日落、春夏秋冬，抚平了他一度千疮百孔鲜血淋漓的绝望之心，开启了他对生命深层意义的独特体验和智慧。他睿智的思想震撼涤荡着被纷杂尘世迷蒙的心灵：

谁又能把这世界想个明白呢？世上的很多事是不堪说的……如果能够把疾病也全数消灭，那么这份苦难又将由（比如说）相貌丑陋的人去承担了。就算我们连丑陋、连愚昧和卑鄙和一切我们所不喜欢的事物和行为，也都可以统统消灭掉，所有的人都一样健康、漂亮、聪慧、高尚，结果会怎样呢？怕是人间的剧目就全要收场了，一个失去差别的世界将是一条死水，是一块没有感觉没有肥力的沙漠。

差别永远是要有的，看来就只好接受苦难——人类的全部剧目需要它，存在的本身需要它。

……

那么，一切不幸命运的救赎之路在哪里呢？

“一切不幸命运的救赎之路在哪里呢？”史铁生历经痛苦的思索，最终以一颗平常心“把自己内在的痛苦外化，把具体的遭遇抽象化，把不能忍受的一切都扔给命运，然后再设法调整自我与命运的关系，力求达到一种平衡”。他认可接纳了自己的苦难，没有沉沦和自残，最终以一颗非常之心从常人无法想象的痛苦中站立起来，“他用残缺的身体说出了最健康的思想”，他说出了深藏于每一个个体的生命本相。

生命的消亡是万物必然的结果，有幸来世，那是上天的恩赐。面对不幸，无需抱怨，因为那稍纵即逝的时光禁不起这份沉重。世事轮回，今生的苦难也许有着前世的渊源，也可能预示着来生的幸福。

生命的循环往复就像那周而复始的太阳，“它每时每刻都是夕阳也都是旭日。当它熄灭着走下山去收尽苍凉残照之际，正是它在另一面燃烧着爬上山巅布散烈烈朝辉之时。”史铁生因此想到自己“也将沉静

着走下山去，扶着我的拐杖。有一天，在某一处山洼里，势必会跑上来一个欢蹦的孩子，抱着他的玩具。”史铁生对自己说“当然，那不是我。”然而，转瞬他又反问“但是，那不是我吗？”

答案当然“是”，那个欢蹦着抱着玩具的孩子是史铁生，也是你，也是我，是在天地间行走的每一个人。

终于，明白史铁生在小说《命若琴弦》中那段我一直喜欢却难以用语言来阐释的话：“莽莽苍苍的群山之中走着两个瞎子，一老一少，一前一后，两顶发了黑的草帽起伏蹿动，匆匆忙忙，像是随着一条不安静的河水在漂流。无所谓从哪儿来、到哪儿去，也无所谓谁是谁……”它的深意只可意会难以言传，但此时于我，不再纠结，已经释然。

因为史铁生，因为他的《我与地坛》，我感恩于这古朴的园子。我清楚地知道，我之于地坛，只是一个匆匆过客，我的微不足道就好比是这园中角落的一根弱不禁风的小草，随时都可能在风雨中消亡。我不知道，在我有生之年还会不会再来这里；但我知道，我会怎样地铭记这古园，我会怎样地因为铭记而梦见它，我会怎样因为不敢思念它而梦也梦不到它……

未名湖畔未了情

为满足女儿的心愿，北京大学和清华大学是一定要去的。

先去的是清华大学。从西门进入校园后，眼前的开阔超出想象。一个小伙子竭力向我们推荐他出租的自行车，他说清华占地面积近八千亩，徒步是不行的。然而我们三个人，只有老公敢骑车。小伙子笑了，失望地离去。

顺着人行道，走了不到一刻钟，心就烦了，这里不像是高等学府，更像一闹市：出租车、私家车、校车、自行车……车水马龙，太过吵闹，全无校园的宁静。于是快速离开清华，去往北京大学。

站在北大正门的马路对面，抬眼望去，高高的围墙和红漆蓝顶的古色古香的大门很般配。春色满园关不住，许多树木的枝丫从里面探出来。在我看来，如果说清华是现代派的，那么北大无疑是古典派的。

马路上人依旧很多，心怀忐忑走进校门，我担心里面也会和清华一样喧闹。“真静！”心中暗喜，校园里没有往来的车辆，只偶尔有三三两两的人走过。随处可见整洁翠绿的草坪，高大茂密的古木四处林立。华表、石狮、楼阁等古迹并不鲜见，毕竟这里曾是皇家林园的一部分，历史的痕迹深深地扎根这里。

最想看的是未名湖。一个没有名字的湖却因其“未名”而名扬天下，据说当年北大给这湖起名，但大家发现很难用一个恰当的词语来与北大相匹配。既然找不出名字，干脆就叫它“未名湖”吧。

眼前出现了一潭碧绿的湖水，那就是未名湖。那不是我心中的圆形，中间多出一块陆地，所以整个湖呈现“U”字形。水面宽阔，波澜不惊，四周繁茂的树木紧紧拥抱着它，把湖水都染绿了，很绿很绿的，

好像一块巨大的温润碧玉。

“未名湖”三个红色的字刻在一块黛青扁圆的石头上，它不事张扬，静默湖边。向前看去，有个石舫，它本来和颐和园里的石舫一样，是当年曾住在这里的和珅造给女儿娱乐的，后来八国联军的大火蔓延到这里，石舫被毁，就只剩下现在的石舫底座了。

不远处，博雅塔在一簇簇直伸云端的树木间清晰可见，湖中的倒影略显朦胧。“一塔湖图”，这难得的湖光塔影，给北大的校园平增一份别致韵味。“这里葬着哪位得道高僧呢？”印象中这样的塔好像大都与僧人有关。“它不是僧塔，是水塔。”友人的话让我哑然。

湖的四周有许多垂柳，一些学子坐在柳丝轻拂的长椅上，或看书，或交谈，或痴痴赏景。沿着湖岸，缓缓而行，浓荫蔽日，微风送爽。北大，不像学府，更似世外桃源。

“北大有许多学生都来自偏远贫穷的农村，刚来时其貌不扬，但是他们在这里学习两三年后，整个人的气质都会发生很大的变化，变得自信，变得儒雅。你看看蔡元培的塑像，就是这种感觉。”站在蔡元培的半身青铜雕塑前，似乎掂量出友人这番话的分量。知识改变人，环境造就人，二者若是兼具，那重塑的力量将是怎样的强大？

偶得这样一首小诗：

未名湖是个海洋
诗人都藏在水底
灵魂们若是一条鱼
也会从水面跃起

我是未名湖的一个过客，无缘藏在它的水底。我不是诗人，但我应该和那些诗人一样，也有灵魂。缓步未名湖畔，我清楚地感到，我的灵魂也是一次又一次从我的心底跃起。

缘，妙不可言

“菲菲，你没事吧？”正和雅丽一家兴致勃勃地欣赏千佛山上那巨大的弥勒佛，手机响了，是爸爸，心顿时一惊。要知道没有十分重要的事，爸妈是不会主动给我打电话的，都是我在周末打给他们。

“我没事，你们有事吗？”我故作镇定，心却咚咚直跳，父母年纪大了，最怕有个病什么的。

“我们很好，没事。可你这两天没来电话，你妈担心你有事。”听爸爸口气，是挺好的。

“今天星期几了？”

“星期天呐，你妈这两天总在等你电话，一直没有，她就很着急，非让我打电话问问不可。”

自从雅丽来了，我始终处于兴奋状态，竟忘了时间，忘了爸妈的牵挂。这两天，跟做梦似的，没想到昔日网上你来我往、未曾见面的朋友，现在却聚在一起。

和雅丽的相识，可谓阴差阳错。2010年1月的一个傍晚，上小学四年级的外甥女在电话告诉我：舅妈，今天我把你的博客告诉我们语文老师了。就在这天晚上，我的博客出现了一个叫“月影雅丽”的陌生人。来而不往非礼也，我立即回访她的“园子”。欣赏月影雅丽新发的博文——《雪中二三事》，文中生动描写了孩子们在雪后校园操场上快乐地堆雪人、打雪仗的事。蓦地想起外甥女提到的语文老师，正巧那天济南也下了雪，于是便自作聪明地以为这个“月影雅丽”一定就是外甥女的老师。我主动伸出橄榄枝，给她写评论，留祝福。第二天，月影雅丽又来访，一来二往，我们慢慢成为无话不说的好朋友，原来我们并不是生活在同一座城市，相距近千里呢。

周末的泉城，人潮涌动，快乐地穿行在各个景点的人流中，一边忙着拍摄，一边被随从的“摄影师”拍摄着。人多车多，景点附近根本找不到车位，担当“司机”一职的家长只得把我们送到一个景点的入口，然后开车到出口附近等候，为我们的顺利出游做出了有力的交通保障。

“太美了，冷月，你的城市真让人羡慕，有山有水真难得！”雅丽被她眼中的泉城迷醉了。她这里照，那里拍，总是在他弟弟和儿子的催促中向前挪动。

和雅丽一样，我也是无论走到哪里都带着相机，看什么照什么，只要那是我认为的美景。我们都有一双愿意发现美的眼睛，而且我们也的确能常常发现别人忽视的美。趵突泉汩汩涌动的清流，五龙潭一望无际的草地，大明湖接天莲叶的绿荷，千佛山映红树梢的晚霞……那林荫小道，那静谧角落，那一片落叶，那一线蓝天……大家司空见惯的一切，都是我和雅丽镜头的宠儿。

每一张照片都洋溢着难以掩饰的快乐，那笑声似乎正努力穿透屏幕迸发出来。雅丽轻快的脚步、欢心的笑语和闪亮的眼神，都深深印在我脑海。

没有距离，没有交流的障碍，跟多年的朋友一样，一个眼神，一个动作，一颦一笑，都能会意。“你们俩要是天天在一起，会玩得很开心，但你们也会变得越来越幼稚。”他们总是取笑我俩。幼稚不好吗？简单，纯粹，我喜欢这样的人生。

我和雅丽就是这样，喜欢用孩子样的眼睛看外面的世界。生活在我们心里，一如趵突泉的水，澄澈清明，净无瑕秽。

梦一样的相遇，梦一样的相知。和雅丽结缘，是我今生最美的相遇。

寂静的山林

不喜欢人群里摩肩接踵的亲密，于是国庆长假选择了从未去过的金鸡岭。

七转八拐，车终于停在通往金鸡岭的山脚小路旁。远远望去，金鸡岭并不高，也就二三百米。山上树木繁茂，一片墨绿，在烈日的照射下，整座山仿佛被蒙上了一层灰白的轻纱，有些朦胧。

金鸡岭秋景

通往山脚的小路有五六百米长，没有人，非常静。路两边是杂草树木，树还绿，只是草大多衰败，呈现出秋的黄色。想起家乡的秋天，也是这样，天高气爽，不冷不热。小时候，最喜欢秋天，喜欢在这样的季节到山里玩耍。那时野果子熟了，像松子、榛子什么的，并不鲜见。山里的泉水比夏天雨季时少，但依旧有，而且水变得更加透彻清凉，喝上一口，沁人心脾。

拾级而上，四下宁静。一路见到的人数得过来：一个大学生模样的小伙子坐在台阶上看英语，一位老人带着自己心爱的小狗散步，再有就是半山腰传来悠扬的藏歌，却未见歌者。

空旷的山野上多为松树，看起来并不古老苍劲，没有东北莽莽苍苍原始森林的感觉。松树下面的草都干枯了，黄黄的，软软的，满地堆积，偶尔出现的一两簇野花让人还能体会到生命的顽强与不屈。有一些叫不出名字的树，叶子呈现缤纷的色彩，绿、黄、红、褐，深浅不一，

它们正在以自己不同的蜕变走向生命的终点。

山间的风很轻，轻到小草都不会款摆腰肢，你若不静静品味，一定会与之失之交臂。伸开裸露的臂膊，贪婪地享受着大自然的爱抚和亲吻。累了，就坐在石头上休息，一切尽可以随心所欲。

闭上眼睛，自由缓慢地呼吸，此时外界的嘈杂已不存在，感觉自己好像和自然融为一体。每次上瑜伽课，最喜欢冥想环节。在富有异域情调的舒缓音乐中，仰卧在地板上，“放松脚趾，放松脚心，放松脚踝……放松十指，放松全身。”在教练低柔的声音里，真实地体会到自己绷紧的神经和肌肉在一点点松懈下来，似乎又回到了生命初始的婴儿状态。

“你可以在脑海中想象一幅你最喜欢的图画。”每次做放松，教练都要这样提醒我们。音乐缓缓流淌，似乎真的要把你带到另一个世界。我的脑海总会出现一座寂静的山林，就像眼前的金鸡岭一样，山并不高，但林木茂密，有一条羊肠小道，弯弯曲曲。路上没有人，除了我和我的爱人。我们携手缓行，除了眼神的交流，没有更多的言语。就这样，我们一路走下去，走下去，直至山林的最深处。

霜叶红于二月花

因为女儿会从学校回来，所以每个周末都是最开心的日子。

一进家门，饭还没吃，女儿就给我颁下圣旨：妈妈我有问题要问，你给我找生物物理数学地理老师吧。

于是，星期五下午辅导生物，晚上辅导地理，周六上午物理，下午数学，女儿学得不亦乐乎，每次都是高高兴兴地去，然后又兴高采烈地归。

“今天咱不学了，放松一下，爬山去吧？”女儿在学校要不停地学，回到家还是这样，太累了。

“好啊，去金鸡岭吧？”和我一样，女儿对寂静的金鸡岭很感兴趣。

上次来金鸡岭是在国庆节，其后想再来，一直未如愿。不过是一个月的时间，再次站在它面前，最大的变化就是山上的枫叶红了。这里一片，那里一片；这里一棵，那里一棵。猝不及防，就会从林中伸出一枝火红的枝叶来，映红你的脸。

这里的红叶确切地讲应该是黄栌，叶子都是圆形的，不是锯齿形状的那种。走近它们，你会发现那颜色其实是红中带黄，并非纯红，而且几乎每片叶子都有黑点，我想找一片没有任何瑕疵的叶子，竟未得。

女儿在林间的石板路上听着音乐，欢快地走着。她时不时地喊我，让我去拍她寻到的美景。“你妈妈是个照相爱好者！”老公对我走到哪照到哪早已习惯。

“我是一个摄影爱好者，不是‘照相’。”我对他“照相爱好者”的评价颇为不满。

“你现在顶多就是个‘照相爱好者’，初级的。”他还是这么说。

“照相”和“摄影”有多大区别？阳春白雪和下里巴人？他这样强调，我也就不再追究，由他去吧，照相爱好者就照相爱好者，反正我是在做我自己喜欢的事情，足矣。

温度正正好，20度，阳光明媚，天空湛蓝。山中的松树很多，遮挡了外面的阳光，所以有一种阴凉的感觉。这感觉很好，就像是在炎热的夏天满头大汗地走进有冷气的房间一样，令人清爽。心很静，头脑清晰，深呼一口气，五脏六腑也立即跟着洗了一个凉水澡，舒服得很。

山里的人依旧很少，难得碰上一个。我们三人走在山路上，亮开喉咙唱个歌，肆无忌惮地讲着笑话，不用担心我们的喧闹会叨扰别人的宁静。偌大的山林此时只属于我们，那随处可见的红叶就是欢迎我们的一双双小手。你听，山风吹过，红叶沙沙作响，那不就是它们热烈的掌声吗？

“停车坐爱枫林晚，霜叶红于二月花。”面对满山的红叶，面对女儿的笑脸，我的心就像那枫叶一样，醉了。

蒲氏故里行

一直想去蒲松龄的故乡看看，国庆假期终于如愿。驱车两小时，顺利来到他的故居——淄川蒲家庄。

这里应该是农村了，景区周边有许多农田，低矮的村舍随处可见。在当地人的指点下，我们顺着一条并不宽阔的石板路向南走，小巷里尘埃不染，凉爽清幽。路两边是开店摆摊做生意的，但不嘈杂。去过许多旅游地，每处景点所卖的纪念品各具特色，此地小摊上最多的是形态各异的狐狸玩具，这倒非常契合聊斋故事，颇有意思。

印象较深的是这里出售的各类版本的小人书，红楼梦的，水浒的，三国的，外国名著的……聊斋的更是必不可少。上个世纪六七十年代出版的小人书要价较高，一本从几十到几百不等，而新近印刷的全套16本红楼梦只50元就能买到。

蒲松龄故居就在这条巷子的中间，黑漆大门其实不大，也不很起眼，如果不是门前人比较多，还有那醒目的“蒲松龄故居”的匾额，也许走到这里会错过的。

走进大门，正对的影壁墙前安放着一尊蒲松龄半身汉白玉塑像。再一拐，便是蒲家庭院。此处别有洞天，满眼的葱绿。绿色植物非常多，枣树、槐树、紫藤、石榴，最多的是爬满墙头屋顶的爬山虎，整座院子都被浓浓的绿团团包裹起来，绿得让人沉醉！

蒲松龄故居是典型的四合院，三进三出，每个院落都不大，但却古朴精致。连接每个院落的拱门设计也很精巧，圆的，方的，六边形的……很好看。还有长满紫藤的小回廊，铺满鹅卵石的小道，漂浮着朵朵睡莲的池塘，颇有江南水乡的味道。

期待中的“聊斋”很简陋，四五十平方的房子中间挂着蒲松龄七十一岁时的画像。西边是简朴的卧室，东边是他白天读书休息的地方。据说，当年七十六岁的蒲松龄就是坐在东面靠窗的床榻上无疾而终的。一生热衷功名的蒲松龄多次参加科举，却屡屡失意。为了养家户口，这个清高的文人也只能放下清高，在当地大户家做了三十多年的塾师，最后默默离去。

“墨染一身黑，风吹胡子黄，但有一线路，不做孩子王。”这首自嘲诗里应该浸满了蒲松龄难为人道的心酸吧。

走出蒲松龄故居，步行不到二十分钟，抵达聊斋城。

科举不如意，退而著书。《聊斋志异》跟聊斋城中的“柳泉”是有渊源的，据说当年蒲松龄在柳泉摆下茶水，免费提供给过往的行人，条件是要讲故事给他听，“聊斋”中的许多故事就是这样“交易”出来的。

聊斋城像一个大公园，比故居开阔许多。柳泉静静伫立，傍边果然有几棵柳树，泉水清澈地流着，似乎在默默诉说三百多年前失意的“柳泉居士”的故事。

走在寂静的林间小路上，《香玉》、《连锁》、《宦娘》、《胭脂》等等，随处可见《聊斋志异》中经典故事的简介牌，那些花仙狐妖仿佛随时会在这片山林出现，而那些人鬼不了情也可能继续在这里上演。

国庆假日，无论是蒲松龄故居还是聊斋城，游人都很多。蒲松龄生前郁郁寡欢，他的智慧没有让他过上自己想要的生活。但他的《聊斋志异》却给我们留下宝贵的精神财富，同时也给他的子孙及蒲家庄的后代留下一笔丰厚的遗产，所有与他有关的都成了当地重要的经济来源，蒲松龄的智慧造福了一方百姓。

地下若有知，蒲松龄会不会感到一丝欣慰呢?

走向沉静

已经立冬了，气温骤降，知道金鸡岭那些红叶一定会凋落……但没有心理准备的是，怎么会落得如此彻底?

举目四望，难寻红叶的踪影，除了四季常青的松柏，绿色也不多见了。黄叶满地堆积，没有一丝生机，踩上去，沙沙作响，倒也悦耳。山坡上的茅草也一片枯黄，干巴巴的，没有半句言语，沉默得很。

降温了，风吹在脸上，冷飕飕的，女儿穿了棉外套，直喊冷。我虽穿得单薄，但并不觉冷。我平素喜欢凉一点，凉的时候，头脑很清醒。

走在山间小路上，一任冷风吹起长发，我拿着相机的手没有退缩。无论何时何地，我都不愿错过我眼前的美景。

“又开始了，有什么照头啊？”满眼的萧索令女儿对我的举动质疑。

“别忘了，你妈是照相爱好者！”老公的话多少有些揶揄。我纠正他多少次了，我是“摄影爱好者”，可他依旧这样讲。我每次听了都觉得很好笑，感觉自己就像个拿着高级进口相机的刘姥姥。

“生活中不是没有美，而是缺少发现美的眼睛。”高度赞同这句名言！我的“美”与别人的喜恶无关，只是我喜欢。就像今天，在通向山顶的石路边，我惊异地发现有那么多精美的石刻，一时欣喜若狂，左拍拍右拍拍，如获至宝。我不懂书法，但我还是非常喜欢石头上这些漂亮的文字。“慎独”“静观”“观远”“吃亏是福”“难得糊涂”“仰观俯察”……我想我对文字本身含义的喜爱是超过书法艺术的。这些坚硬无比的石头，因为这些美丽的文字平添了生命的气息，变得柔软了。

最喜欢那个“福”字，颇有创意：一男一女，两人相向而视，性别特征极其鲜明；两个人的脸距离很近，感觉他们正在往一块凑，动感十足。两情如此相悦，不是“福”又是什么呢？为书写者的巧妙构思喝彩！

第一次登上金鸡岭的顶峰，踏着枯草乱石，先前山脚下的那点失落早已消失殆尽。仰观俯察，四面群山环绕，我可爱的城市就坐落在群山谷底，那一幢幢红色的、白色的、青色的楼房清晰可见。四通八达的马路上行人不多，往来的车辆正繁忙。

春来草木青，秋来叶自落。春夏秋冬，周而复始。大自然在经历了春天的艳丽、夏天的绚烂和秋天的丰硕后又迎来了冬天的宁静。它积蓄着力量，以便更加从容地迎接下一个四季的轮回。

我们的生活呢？生活有时会在高峰，有时会在低谷；生活有时需要喧嚣，有时需要沉静。师法自然，顺其自然，从容入世，清淡出尘，让心灵自由地呼吸，让生命跟随四季的轮回渐趋丰盈。

静观

龙洞雪中行

据说，在济南这个地方，二十多年才会遇到一次这样的暴雪。天公作美，今年的雪来得格外早，格外猛。于是，我、尘埃花飘、大L、小L，一拍即合，冒着风雪向“龙洞”出发了。

踩着厚厚的积雪，头顶着密密的雪花，手拿登山杖，我们四人登山队顺着羊肠小道迤逦而行。漫山遍野，银装素裹。没有一丝风，雪花静静飘落。所有的花草树木，此时都被白色包裹着，只有一些缝隙中，隐约漏出一点点绿色、黑色或黄色。偶尔会看到一个酸枣，一片红叶，一簇野菊花，给我们带来大大的惊喜。

“千山鸟飞绝，万径人踪灭。”只有走在这白茫茫的林海雪原中，才能更真切地感受这句话的意蕴所在。我们是龙洞唯一的客人，山路，是在我们走过之后才出现一点轮廓的。大L是我们的领队，我们踩着他的足迹一步一步前行。每到险要处，我们三个更是不敢越雷池半步，屏住呼吸，把自己的脚慢慢放进大L的脚印里，否则就会有失足摔下去的危险。尘埃花飘是运动健将，技高胆大，结果她收到我们都没收到的特殊礼物：雪地的三个贴面热吻。

山路两旁的松树最好看，上面是白色，下面是绿色，白绿相间，煞是喜人。遇到枝桠茂密的地方，就会托起大堆的雪，就像一朵朵洁白的云落在树上。有的地方，由于积雪太多，树枝被压得很低很低。无意中碰了一个树枝，没想到上面的雪便簌簌而落，形成雪瀑。雪落后，树枝即刻弹起，瞬间回复了它原有的高度。我像发现新大陆一样，快乐地狂扫过去。所到之处，飞雪四溅，落在脸上，凉凉的，心里却叫一个美！

拍不够的雪景：雪中石、雪中松、雪中草，雪中酸枣、雪中野菊、雪中蒲苇……纯白的背景下，所有的照片都像水墨画一样，简单，纯静，出人意料的美！天沟、一线天、军舰艇“库尔尼斯克”……这些大自然的鬼斧神工，在白雪的衬托下，更呈现出一种独特的韵味，那是一种在其他天气里根本看不到的别致。

雪中松

雪越下越紧，能见度极低，对面的山坡很模糊，仿佛睡着了，蒙着浓浓的雾气，做着蒙蒙的梦。伴着雪纷飞，喝着杯子里的热茶，快意至极。

从早上9点到下午3点，6个小时在不知不觉中飞逝。头发像洗过一样，一摸，居然外面的一层都结冰了；裤子湿了一大截，裤脚沾满冻雪；鞋子湿透了，袜子也难幸免，稍微停一会儿，脚底就冰冰凉。但开心的笑声、快乐的歌声不断。

下山的路上，频频回首，没有后悔，只有不舍。

“这种天来爬山，多不值啊！”走过山脚的村庄，两个老大娘满心怜悯地对我们说。

“不值吗？”

当然值！人生能有几回狂？雪中潇洒走一回，那快乐是再多的金钱也买不到的。

漫步橘子洲

“独立寒秋，湘江北去，橘子洲头。看万山红遍，层林尽染；漫江碧透，百舸争流。鹰击长空，鱼翔浅底，万类霜天竞自由。”《沁园春·长沙》开篇中描绘的这幅壮丽的湘江秋景图一直令我印象深刻。

毛泽东当时应该是站在沙洲上看湘江秋色因而思绪万千的。想象中，橘洲应该是一个伸向江中的狭长陆地，这个沙洲能够一眼望到头，不会很大，而且那里一定有许多橘树。

眼前的橘子洲绵延数十里，葱郁一片，站在银盆岭大桥的桥头，其实就已经踏上了橘子洲的土地。视线所及，是一个花木繁茂的公园，东侧是宽阔的湘江，西侧的景象看不到。橘子洲在这里把湘江一分为二，是典型的江心岛。

放眼望去，岛上到处是大大小小、高高低低的橘树、柚树。正值盛夏时节，树上结满了繁密的果实。我深感惊奇的是硕大的柚子居然也能挂满枝头，一个个像绿色的大球，青绿青绿的，煞是喜人，却也让人忧，我担心一旦那细细的枝条支撑不住，绿色的大球会掉下来砸到脑袋。

步行一个小时，终于来到橘子洲头。30多米高的花岗石毛泽东头像矗立眼前，他目光如炬，风华正茂，面对着奔腾不息的湘江水，似乎让人看到了1925年刚过而立之年的毛泽东“挥斥方遒，指点江山”的豪迈气魄和“到中流击水，浪遏飞舟”的非凡勇气。

晚风携着江水的温润轻拂面庞，行走的燥热悄悄退去。湘江水并不像诗中描写的那样“漫江碧透”，看不到“鱼翔浅底”和“鹰击长空”，偶尔有一两只水鸟在水面低飞，清脆的鸣叫划破黄昏的宁静。

“百舸争流”虽没有，但江上往来的运沙船并不鲜见。

转过洲头，另一侧依旧是浩荡的湘江，空气湿润清新，草木茂盛芬芳。相对于东侧高楼林立的长沙城，西侧的建筑很少，最醒目的就是连绵不断的岳麓山脉。极目远眺，岳麓山蓊蓊郁郁，是一道难得的天然绿色屏障。夕阳西下，太阳在山头露出半个脑袋，顽皮地给岳麓山披上了一条五彩丝巾。

“万山红遍，层林尽染”，诗中的美景当下无福享受，远处只是充满勃勃生机的翠绿。想象着到了深秋时节，一江之隔的岳麓山如火似霞，那红于二月花的枫林将会激起人们多少热情。

橘子洲头的青年毛泽东雕像

岳麓山行

“半亩方塘一鉴开，天光云影共徘徊。问渠哪得清如许？为有源头活水来。”流连于岳麓书院古朴幽寂的楼阁回廊间，更加深刻地理解了朱熹这首诗的意蕴。

岳麓书院与衡阳石鼓书院、江西白鹿洞书院、河南应天书院并称为中国古代四大书院，“千年书院”令人神往。

“惟楚有才，于斯为盛”，高悬在书院大门的这副对联，道出无数潇湘子弟的自豪。大禹、朱熹、张栻、左宗棠、曾国藩、毛泽东、蔡锷……单看这些名字，就不能不让人肃然起敬。

原以为岳麓书院是一座古色古香的庭院，进去才发现，除古色古香的亭台楼阁外，还有那么多历经百年的苍劲古木、小桥、流水、清潭、翠竹、花草，俨然是书香与自然芬芳交融的大花园。想起孔子的杏坛，也是如此怡人。两千多年前，孔子杏坛讲学，最多时弟子三千。岳麓书院毫不逊色，公元1167年，朱熹在这里讲学两个多月，引来四方学者，有“一时舆马之众，饮池水立涸”的盛况。朱熹常说：“一日不讲学，则惕然常以为忧。”后来，65岁高龄的他再次来到这里，慕名求学者更多，“道林三百众，书院一千徒”。孔子，朱熹；洙水泗水，潇水湘江；齐鲁大地，荆楚天空。在对传统文化的传承上，两位先哲功不可没。

钟灵毓秀，再一次深深感受到环境对个人成长的意义。人文环境对个人成长的意义不言自明，而我们往往忽视自然环境的影响。走在这花园式的书院，想象着千百年来无数文人墨客晨昏拂晓在此偃仰啸歌，心下钦羡不已。美景如画，伴着潺潺流水和百鸟清歌，捧一本好书坐在参

天古树下，谁会不醉心于书上的文字，那些文字又怎能不入目入心呢？“半亩方塘一鉴开，天光云影共徘徊。”诗中的“半亩方塘”我想它不仅仅指书籍，也是岳麓书院实景的再现。“天光云影”，站在书院那方清池前，“共徘徊”的景象就在眼前。

岳麓书院位于岳麓山脚，走出书院后门，面前就是一条上山的平坦大路。其实我更希望它是一条羊肠小道，依山势而成，就地取材，青石台阶不必过于修整，保持原始的本色最好。

顺着山路，迤逦而行，到处是高耸入云枝繁叶茂的古树，其中香樟树、枫香树最多，它们大多是百岁老人。有一棵香樟树竟然715岁了，历经7个多世纪的风雨，这棵香樟树依旧青翠繁密，树冠犹如一把撑天巨伞，遮天蔽日；那巨大的树身，没有七八个人恐怕抱不过来。树上沟壑纵横，仿佛在诉说它四季轮回中饱经的沧桑与改变；深黑色的树皮与嫩绿的树叶对比鲜明，老树发新枝，不能不惊讶于它生命力的强大。

在北方，被我们放在花盆中栽培的杜鹃花，在岳麓山上随处可见。花期已过，此时的杜鹃，只是在大树下面的低矮草丛中翠绿着枝叶，一簇一簇的。若是在花开时节，这遍布山坡的红杜鹃，一定会给岳麓山增添更多的欣喜。

风景秀美的岳麓山也是革命者的钟爱之地，毛泽东、蔡和森、何叔衡等当年也在这里开展革命活动。蔡锷、黄兴、陈天华、姚宏业……许多仁人志士都把这里作为长眠之所。

“远上寒山石径斜，白云深处有人家。停车坐爱枫林晚，霜叶红于二月花。”“红叶亭”被江南才子袁枚改成“爱晚亭”，岳麓山夕阳西下时的壮美景色的确值得一爱。

漫步在山间小路，看晚霞把西天浸染，绚丽的背景把如黛的山峦衬托得更加迷人。白天的暑气渐渐消去，山风阵阵，带着湘江水薄薄的清凉。沉醉在这样的山水中，几乎要忘记来途归路了。

天堂凤凰

八九年前的某个晚上，上小学的女儿在房间里写作业，我在客厅看一个访谈节目。

访谈的对象是东北的三个普通女人，她们是好朋友，都30出头，孩子正上小学。她们每年都做的一件事是利用公休假结伴旅游一个星期，不带老公，不带孩子。

“每次出去，感觉又回到了做姑娘的时候，很放松，很快乐！回来后干劲十足，无论是工作还是操持家务。然后期待着下一年……”

三个女人的这番话一字一句落在心里。整天被工作、孩子等琐事缠得焦头烂额，我也渴望这样的放松。这短短七天的“大逃亡”，让三个女人活出了生活的乐趣和滋味。

“我也想象她们那样！”我底气不足地对老公说。

“没发烧吧？”意料中的答案。老公那时不分昼夜地忙碌，怎么可能有一个星期的时间在家照看孩子？但那次访谈节目让我知道，有的女人确确实实在像我期待的那样生活着。

3年前，日渐独立的女儿暑假开始和同龄人旅游，我深埋心底的愿望蠢蠢欲动。2011年初，一次和梅去看小邓丽君演唱会，无意中谈起我的心愿，梅说她也有这样的期待。我们一拍即合：暑假自助游去。

我和梅都希望去一个偏远幽静的小城，在那里自由自在无拘无束地小住几日。由于对沈从文的偏爱，凤凰古城便成了不二的选择。沱江、木船、艄公、山歌、吊脚楼、虎耳草、沈从文故居……这些都是促使我们走向凤凰的强大动力。

不用再想着柴米油盐。每天清晨，做的第一件事就是推开吊脚楼的格子窗，那携着江水扑面而来的清风，瞬间吹走了疲惫。对面虹桥酒吧灰白相间的风头墙就在眼前，伸手可及。沱江像多情文静的苗家女，静静地注视着清早的古城，没有任何声息。小船在江面轻轻荡漾，艄公戴着斗笠，撑着长篙，向清流更清处漫溯。不远处，过江的跳岩上，有穿着苗服的人在走。蓝天，碧水，青山，整齐的吊脚楼……那人，便如同在画中游。

"……我昨天就在梦里听到一种顶好听的歌声，又软又缠绵，我像跟了这声音各处飞，飞到对溪悬崖半腰，摘了一大把虎耳草……"上课讲《边城》，我和学生对翠翠这段话都很喜欢，那是一个情窦初开的小姑娘的真实感受。"虎耳草是什么样子？"学生疑惑，我也不懂。只是从网上得知，"虎耳生阴湿处，茎高五六寸，有细毛。一茎一叶，叶大如钱，状似初生小葵叶及虎之耳形。夏开小花，淡红色。"书上说，这种心形的虎耳草在小说中象征着爱情。

到凤凰的第一天，我迫不及待地在沱江两岸寻找虎耳草。江边植被很多，但感觉都不是，因为去之前我在网上认真看过虎耳草的图片。第二天去苗人谷，在土匪洞中，望着两边直入云天的峭壁悬崖，直觉告诉我这里应该有虎耳草，因为小说中翠翠就是"飞到对溪悬崖半腰，摘了一大把虎耳草"的。洞中的石路窄且滑，峭壁上绿色的植物少见。脚，小心谨慎地行；目，仔仔细细地觅。终于，在悬崖的半腰处，我看到几簇匍匐在石壁上缀满心形叶子的藤蔓植物，稀稀拉拉的几根，形状像北方的爬山虎。叶子绿中泛着微红，偶尔还能看到几朵粉紫小花，很小很小，在灰褐的岩石上格外精神。

"你终于找到虎耳草了！"梅祝贺我。

《边城》《长河》《从文自传》《湘行散记》，在沈从文故居买到他的作品让我倍感喜悦，好像这才是真正的原滋原味；新颖别致的苗家土陶竟和去年从丽江买的纳西土陶有异曲同工之妙，真真是意外之喜；逛遍古城的条条街巷，功夫不负有心人，在一家土特产店终于买到了我

想要的野生笋干。

离开凤凰的那天早上，我和梅正在虹桥边上的一家米粉店就餐。忽听外面有乐队的吹拉弹唱声，仔细一听，演奏的是《黄河大合唱》，热闹得很。从声音不难判断，有一队人马正浩浩荡荡地从虹桥上由南向北而来。

身着鲜艳民族服装的乐队在前面整齐地走着，有20多人，乐曲震天响；中间八九个人抬着一口巨大的黑色棺木；最后跟着一群披麻戴孝的男男女女，没有哭声，只有哀戚的表情。

“发丧怎么会吹这种高亢嘹亮的音乐呢？”困惑得很，但没敢冒昧地询问。

也许对古城人而言，生在凤凰，长在凤凰，最后还能眠于凤凰，无疑是升入了天堂，这是喜剧不是悲剧，所以凤凰人才会以这样的方式为离去的亲人送别吧。

人还在凤凰，梅的同事给她发短信：凤凰好玩吗？

梅回道：如果你能找到一个好伙伴，像我们这样自助游，那么凤凰就是天堂。

沈从文在《湘行散记》中写过：“一切生存皆为生存，有爱才能生存下去。”心中有爱，眼中有美，何处不是天堂呢？

泛舟沱江

古城清晨

“梆、梆、梆……”从甜美的梦中清醒，眼睛还没来得及睁开，耳边就清晰地传来这遥远而熟悉的声音。

二十多年没听过这个声音了，但我还是能立即确认这一定是用棒槌捶打衣服的声音。小时候，常能听到这样的声音，而且自己也是这声音的制造者。东北的家乡是个小镇，四面环山，镇东边有一条大河，一年四季，静静流淌。

每到夏天，许多女人和女孩都会到河边洗衣服。孩童时，为了找一个去河边玩耍的正当理由，我也主动去给家人洗衣服。

要洗的衣服并不多，约上几个小伙伴来到河边。首先选一块平滑宽大的石头，然后坐在另一块石头上，把衣服浸湿，放上洗衣粉或是搓上肥皂，用棒槌反复捶打。棒槌都是用材质很硬的木头做成，上粗下细，十分圆润，下有细细的把手，便于握住。在我们孩子眼里，洗衣服从不是负担，是一种游戏。三五人在河边一溜排开，棒槌声此起彼伏，大家有说有笑，逸趣横生。

洗完的衣服，就直接晾在河边草木上，然后我们就下河玩，游游水，弄得浑身上下全湿透。河里的野生动物有很多，我们捉小虾小鱼，偶尔也踩踩河蚌。踩河蚌是最有意思的，光着脚丫在水浅的地方慢慢走，河底大都是淤泥，踩上去软软的，绵绵的。当你感觉有一个长长硬硬像钝刀样的东西在脚心一划时，收获的时候就到了。弯下腰，准能从河底拿出一个大大的河蚌来。

闹够了，玩够了，衣服也晾得差不多了，高高兴兴地踏着夕阳回家。当地的朝鲜族人总是把洗衣盆顶在头顶上，中间放一个毛巾做的圆形底座，不用手扶，走起路来却很快。我们小孩也学着这样做，一开

始，顶不稳，要用两手扶；渐渐地，一只手扶就行；到后来，不用扶也可以掌握好平衡了。

那绝对是一道美丽的风景。夕阳在远山尽头依依不舍，用最后的五彩装点着天边的云朵，我们排成一列走在狭窄的田间土埂上，两边是一望无际的碧绿菜田。黄瓜、茄子、辣椒、土豆、西红柿……应有尽有。闻着新鲜的蔬菜香，唱着歌就回家了。

那“梆、梆、梆”的棒槌声伴我走过快乐的童年，自从离开东北，离开父母，洗衣服彻底成为自己的事情。一人在外，衣服洗得更多了，只是再没有了幸福的“梆梆”声。

拉开厚重的窗帘，推开精致的小木窗，一股清凉的风迎面吹来，带着青草的馨香。低头俯视，清澈碧透的沱江水缓缓向东流淌。外面静得很，石板路上少见行人。江两岸零星有几个正在洗衣的女人，她们手中挥动的棒槌清晰可见。“梆、梆、梆……”一声声，声声入耳入心，仿佛又回到了东北，回到了小时候。

只是眼前的景致很不同。沱江比故乡的河更宽更绿，故乡没有这伫立在两岸的吊脚楼。一根根木柱拔地而起，支撑着上面的多层小楼，江水不停地冲刷它们，总是担心小楼在江水的亲吻下摇摇欲坠。

走在江边，铺满石头的小路潮润清爽，没有一丝灰尘。江风吹来，凉爽得很。一夜沉睡后，江边的树木花朵也容光焕发，愈加清新可人。

“老奶奶，您住在这里是不是很幸福呀？”一位七旬老人挎着一篮衣服朝江边走来。

“幸福，很幸福！”老奶奶慈爱地微笑着，一脸的满足。她说她是地地道道的苗族人，祖祖辈辈居住在这里。

“您会不会到外地旅游啊？”老奶奶很健谈，我们边走边聊。

“凤凰这么美，全世界的人都到这里旅游，我就不用出去旅游了，在这里我哪里的人都能看得到。”老人自豪地说。

一辈子生活在美丽的古城，外面还会有美景再入凤凰人的眼吗？

古城黄昏

黄昏来时，翠翠坐在家中屋后白塔下，看天空被夕阳烘成桃花色的薄云。十四中寨逢场，城中生意人过中寨收买山货的很多，过渡人也特别多，祖父在溪中渡船上忙个不息。天已快夜，别的雀子似乎都要休息了，只杜鹃叫个不息。石头泥土为白日晒了一整天，草木为白日晒了一整天，到这时节皆放散一种热气。空气中有泥土气味，有草木气味，且有甲虫类气味。翠翠看着天上的红云，听着渡口飘乡生意人的杂乱声音，心中有些儿薄薄的凄凉。

每次给学生讲沈从文的《边城》，都要把这个开头反复品读：翠翠到底生活在怎样一个湘西小镇，那里竟有如此沉静美丽、温柔忧伤的黄昏。

黄昏降临，天空被夕阳涂抹成七彩油画，我和梅来到白塔对面的江边。天已渐晚，忙碌一天的当地人也下班了，江边的人越来越多。白天的酷热慢慢退去，空气中满是潮湿的清爽，混杂着岸边花朵的芳香和草木的清香。玩了一天，有点累，我和梅肩并肩坐在被白日烤了一整天的温热石头上。看儿童戏水，听满脸皱纹的苗家老人讲过去现在的凤凰故事，心中渐渐升起阵阵惬意。

好奇而又兴致勃勃地看一位父亲带着一双小儿女在江边捉小鱼，只需一个普通的食品袋，往水底一兜，然后提上来，一二十条小江鱼准会在里面欢快地游泳，偶尔还会有一两只小虾，一蹦一蹦地，煞是可爱！

黄昏的沱江是孩子的天堂，晒了一天的水温热可人，孩子们在水中尽情地打闹，开心的笑声清脆响亮，那是来自心底最动听的声音。坐在江边的人们绕有兴致地看着眼前的一切，目光中没有生活在城市的焦虑

和沉重。这个位于湘、川、黔交界处的深山古城，像是陶渊明笔下的世外桃源，给人身心以最大的放松与自由。

禁不住清透江水的诱惑，脱掉鞋子，光着脚丫，小心翼翼地踩进水里。霎时，一股透心的清凉从脚底冲向头顶，浑身的暑热羞赧而去。江底的沙石踩上去细腻柔软，和温柔的江水一起轻轻地抚摸我的脚心。身边有妈妈正给女儿洗头，我也撩起江水，润湿长发。

没想到，古城的黄昏比小说中更美丽，静谧，醉人。心无杂念时，周围的嘈杂也会变为悦耳的声音或是心底的沉寂。于是，日子就成为简单快乐的东西了。生活顿时在这里充满了情致和乐趣，眼见这样的时光很快就会过去，虽然梦想一直抓住它，但终究不成。

迷人的凤凰只能暂时属于我。

沱江边的白塔

古城夜晚

白天的凤凰是安静的，无论清早、黄昏还是正午。若真来这里，你会发现这个湘西小城人口相当密集，他们大都是来自天南海北的旅行者。

每天早上7点多，古城便热闹起来，一个又一个旅游团在导游的带领下次第从古城的石板路上走过，响亮的讲解声不绝于耳。沱江两岸，人满为患，想拍个以纯风景为背景的照片难度很大，下手一定要又快又准，这样才可能抓得住瞬间即逝的好时机。

人虽多，但不觉嘈杂，冥冥中仿佛有人在调度，一切井然有序，这可能跟古城独特的交通设计有关。古城内全是早年留下来的四通八达的青石小路，很窄，两个人并肩走不是很方便，一人为佳。小路的两边是一个个紧挨的店铺，出售着富有当地特色的各种商品。正是这些鳞次栉比的店铺把纵横交错的古城小路一条一条地隔开，所以每条街道拥有一个相对独立的空间，互不干扰，这自然降低了嘈杂指数。

古城的白天，犹如养在深闺的女子，沉默寡言，温柔恬静。然而，一到夜晚，这看似大家闺秀的女子却出人意料地大秀疯狂，完全没有了白日淑女的乖巧模样。

“跟你们说实话，”老板娘是个老实人，“我这个地方位置虽好，就是晚上特别吵，周围都是酒吧，要一直吵到半夜，许多客人在我这里都住不下去。你们先交一夜房钱，试一晚，如果不行，明天就另找地方吧。”

“没事，我有安眠药。”梅是认真的，她是医生，早有准备。

晚上8点多，一直安安静静的古城好像突然被熊熊的大火点燃，震耳欲聋的音乐从四面八方响起，小城被重金属制造出来的高分贝音响紧紧包裹。它仿佛变成了一面巨大的锣鼓，所有在凤凰的人一同举起了手中的鼓槌，重重地擂向鼓面。

“灯红酒绿，没有哪个词比它更恰当了！”梅感慨万分。举目四望，夜的古城被五颜六色的霓虹灯装点得光怪陆离，如天上的繁星洒落人间。周围的群山静默伫立，成了墨色的背景，更显出灯之红酒之绿来。“缘”“心斋”“守望者”“天下凤凰”“湘西风情”……一个又一个好听的酒吧名字在闪烁的灯光下妩媚地眨着眼，妖娆地向行人招手，蛊惑你向它走近。古城到处氤氲着慵懒浪漫的气息，这氛围很适合谈情说爱，不管是地老天荒还是一夜烟消云散。

古典的、现代的，通俗的、摇滚的，中国的、外国的……夜的凤凰天天会举办声势浩大的世界音乐博览会。在这里，演唱水平的高低并不重要，大凡去酒吧的人唱的不是技艺，而是心情；喝的不是酒，而是情调。从晚上8点到12点，古城夜夜笙歌，早先的田园质朴已被商业化取代。不知是幸运还是悲哀？繁荣还是衰败？欢喜还是哭泣？

“古城月色”是凤凰的一大美景，遗憾的是，去的时候正值阴历七月初，天上没有月亮，只能躺在吊脚楼里默念沈从文《边城》中描写的月下古城，想见一下那样的景致：

月光如银子，无处不可照及，山上篁竹在月光下变成一片黑色。身边草丛中虫声繁密如落雨。间或不知道从什么地方，忽然会有一只草莺“落落落落嘘！”啭着它的喉咙，不久之间，这小鸟儿又好像明白这是半夜，不应当那么吵闹，便仍然闭着那小小眼儿安睡了。

没有月光，满城霓虹灯照样能照亮古城的每个角落。周围草丛中的虫声此时一定也繁密如落雨，只是在震天响的音乐中，它们的歌唱被淹没了。酒吧知道凤凰的夜晚就该这么热闹，于是夜越深，它兴致越高。

一晚、两晚、三晚……不用安眠药助阵，每晚我都安然入梦。

吃在凤凰

凤凰古城的每一条小巷，随处可见米粉店和苗家菜馆。古城世代居住的基本是苗族人，社饭、腊肉、米粉、米豆腐、酸豆角、酸辣椒、酸菜鱼……都是具有苗族风味的特色美食。

苗家社饭是我在凤凰吃的第一餐。社饭？一听这个名字，脑袋里旋即蹦出一个词：人民公社。难道是人民公社时期的大锅饭？

出于好奇，我总是喜欢尝自己没有吃过的东西。端上来的社饭其实就是一碗大米饭，只是里面掺杂了一些碎碎的黑东西，老板娘说它叫社菜，是山上的一种野菜。挑了一些社菜细细嚼，有南方干梅菜的味道，只是它看起来比梅菜细得多。吃的时候配上一些小菜，诸如酸豆角、酸辣椒，好吃得很。

苗族人对酸辣情有独钟，每到一家餐馆，那红红的辣椒一定有，还有酸酸的豆角、萝卜和白菜。凤凰依山临江，夏天潮湿炎热，冬天潮湿阴冷。酸可以开胃，辣既能开胃又能祛湿寒，这也许就是凤凰人偏爱酸辣的缘故。

这酸辣非常适合我的口味，我们吉林汉人受当地朝鲜人影响，同样喜欢酸辣的东西。在所有的苗家酸辣菜品种，我最喜欢酸豆角，一日三餐，它都是座上嘉宾。吃过几家后，发现只有最初吃社饭的那家做得最好，于是又特意去了两次。在第三次去后，老板娘看我们如此偏爱她家，就把腌制酸豆角的方法认真地教给了我。

在凤凰，还有两个意外的美食收获。平日在家，每到中午喜欢看中央台的《希望英语》栏目。它常通过介绍各地美食学习词汇，寓教于乐，我记住了许多著名风景和美味佳肴，姜糖和凉虾便是两例。

第一天到凤凰，走进古老的小巷，看到一个熟悉的镜头：一个年轻人站在路边，用力地拽着一个粗粗的、黄色面团样的东西。拉长，折过去，再拉长，再折……如此反复不断，那“面团”越拉越长。“面团”看起来相当重，很有弹性。最后这“面团”被扯成一个一个的长条，用剪子一小节一小节剪断，一块块姜糖就噼里啪啦地掉在宽大的台子上。看起来又硬又粘的姜糖，咬在嘴里竟然又脆又酥，甜中带辣。浓浓的姜香，让喜欢吃姜的我欢喜不已。

第一次在电视里看到凉虾，很惊讶于它的美色，白白的“虾”，淡黄的汤，主持人说汤是冰的，相当诱人。凉虾不是虾，是大米面煮熟后放入特制的模具制成，因形状像虾仁，所以当地人这么叫。那天去苗人谷，正赶上苗家场集，闲逛时，猛然看到有人在卖凉虾。两元一碗，很便宜。凉凉的，甜甜的，“虾”嚼起来糯糯的，有淡淡的米香。

米粉、米豆腐、血粑鸭、酸菜鱼、酸白菜、油皮衣、竹笋腊肉、酸梅汤、苗家酸菜汤……每顿饭我和梅都大快朵颐。每天不用做饭，还好山好水好美食享用着，这样的日子，真是潇洒又快活！

回到长沙，我和梅换下在凤凰一直穿的当地衣裙。当我把自己原来的一件白色短裙穿上身时，对面的梅也正整理她的连衣裙，我俩同时说了一句话：怎么这么紧了？

吃在凤凰。从来外出旅游都要瘦两斤的我，此番凤凰行却“提重”而归，这也算是战果非凡吧。

穿在凤凰

穿衣戴帽，重要的是要与个人气质及周围环境匹配，否则再美的华服穿在身上也不伦不类，缺少美感。

从小到大，我对美孜孜以求，毫不倦怠。在我看来，心灵美固然重要，但仪表美也不能忽视。所以无论走到哪里，我都尽可能让自己衣着得体，这首先是对自己的尊重，其次也是对他人的尊重。

去凤凰玩，照例带了足够的衣裳。可到了之后，我和梅都发觉那些充满都市味道的服装和凤凰纯净的自然之风不太搭配。

忽然明白为什么古城大大小小的店铺到处挂满花花绿绿的衣服了，开始还觉得过于鲜艳花哨呢。一方水土养育一方人，一方水土当然也要有一方的服饰。还有什么能比这些红红绿绿、花儿朵朵的衣裙与古城的青山碧水相宜的呢。

华丽的阳伞首先要换，来到卖太阳帽的摊位上，我和梅各自拿了自己喜欢的一款，结果发现自己手中的这个戴在对方的头上更好看，于是在哈哈大笑中交了18元钱，将那两顶漂亮的太阳帽分别扣在对方的脑袋上。

白白的底子，火红的芙蓉花；蓝蓝的底子，紫红的蔷薇花。总之花团锦簇让人眼花缭乱。女人一旦离开家，也和男人一样，像脱缰的野马，心变年轻了。平常根本不会穿的花色，如今却成了我和梅的最爱。虽短及膝盖以上，平时根本不穿，但在这个无人相识的异地，谁又会注意这些？每个人都是古城的匆匆过客。

碎花的短袖上衣，清新爽目，配上我们自己的短裙很适宜，50元两件，即便当做一次性拍照用，也划得来。何况那不是一次性的，只要喜欢，尽可以长期穿下去。

那既可以当吊带裙又可以当做单品长裙的两用裙子实在好看又实用，不过自知之明尚在，都不是二八小姑娘了，露出大面积的肩膀大有扮嫩甚至不自重的嫌疑，那就罩件针织的小小披肩吧。梅温文尔雅，选择了孔雀绿裙子白色披肩；我选择了亮粉色裙子和暗粉色披肩。当后来在长沙机场候机大厅看到梅的那款穿在模特身上标价168元的裙子时，我俩窃喜：同样的价钱，在凤凰可以买到6条了。

穿当地衣服，自然还要配当地首饰。苗家银饰在这里比比皆是，虽然这种银饰的含银量很小，但它们物美价廉，造型别致，花瓣、玫瑰、蜻蜓、美人鱼、小铃铛、转经筒……这些复古气息极浓的小挂件在被充分利用后，回家后竟成为孩子们的宝贝。

每天早晨醒来，我和梅都会商量今天穿哪套裙子，很快就会达成一致。我们穿着相同款式的衣服闲散地走在古城的大街小巷，虽然我们的外形并不相似，但我们相似的打扮、相似的气质还是招来了很高的回头率。不止一个陌生女人来到我们身边，眼睛亮亮地问：这么好看的裙子是从哪里买的?

好花未尽落，自有羡花人。衣在凤凰，心舞凤凰。

玩在凤凰

“一洞一桥一沱江，一宅一家一祠堂。一宫一楼一边墙，还有沈老熊凤凰。”奇梁洞、虹桥、沱江泛舟、陈氏大院、崇德堂、杨家祠堂、万寿宫、东门城楼、南长城、沈从文故居、熊希龄故居，都是凤凰的著名景点。没入诗的苗人谷和《湘西剿匪记》的拍摄地——土匪洞，也是热门。

沱江穿城而过，清澈澄碧，江两岸是古老抑或崭新的吊脚楼，吊脚楼背依青翠连绵的山峰，白塔静默江边。看惯秋月春风，阅尽苗家悲欢离合。

喜欢小巷中身背竹篓走过的苗家女人，喜欢店铺门口抱着小孩唱着催眠歌的苗家男子，喜欢热情开朗一边撑船一边跟游人说笑的艄公，喜欢在景点唱着与他们年龄根本不符的情歌迎接我们的苗族孩童。

“你们苗家小伙儿现在还会在夜晚跑到心上人的吊脚楼下唱情歌吗？”去苗人谷的路上，我问20出头的导游。

“只要是自己特别喜欢的女孩子，还会唱的。”青山，绿水，虎耳草；夜莺，月色，吊脚楼，多浪漫的民族。用歌声表达心声，还有比这更美更能深入骨髓的爱情吗?

对山歌、喝米酒、上刀山、竹竿舞，许多人情不自禁地参与其中，感受着暂时脱离喧闹都市的洒脱和轻松。原来人也可以每天这样生活，没有太大欲求，没有名利纷争，只有对内心的关注，只要能自由地唱歌。

绿绿的江水，青青的山脉，木船悠悠荡荡，船老大看似漫不经心地摇橹，唱着漫不经心的山歌，一切仿佛在梦里，美得让人忧郁。这样的

情景我只在沈从文的作品中读过，我以为那是文学艺术的虚构，是作家心中的渴盼与憧憬。泛舟沱江上，豁然懂得，不是沈从文成就了凤凰，而是凤凰的山水先成就了沈从文，而后他才把一生的爱与热情倾注在家乡的一山一水中。

双腿搭在船舷上，把脚放进江水里，俯下身，手逆着船行驶的方向让那涓涓清流从指缝间滑过，凉凉的，滑滑的，柔柔的，匆匆的，那温情的抚摸，落在心底，暖暖的。

“唱得好来唱得乖，唱得桃花朵朵开。桃花十朵开九朵，还有一朵等我来。”苗族人似乎个个为音乐而生，随便哪个人一亮嗓子，那声音便直入心底，在这清丽的山水间，歌声纯朴干净竟如天籁。

穿过湘西崇山峻岭，走过岁月风雨沧桑，如果没有这些终日在沱江靠撑船过活的艄公的歌声，那简居在百年吊脚楼中白脸长身的苗家女子还会款款推开木制的格子窗，向江船投以浅浅的媚笑吗?

生活的目的就是为了享受生活，生命的本质就是要享受生命。沉醉在凤凰的山水中，直想做个自由自在的苗家人了。

清晨的沱江

暖暖的怀念

“若从一百年前某种较旧一点的地图上寻找，当可有黔北、川东、湘西一处极偏僻的角隅上，发现一个名为“镇箪”的小点，那里同别的小点一样，事实上应当有一个城市，在那城市里，安顿下三五千人口……”这是沈从文对家乡凤凰的描述。在这个被先生称作“镇箪”的西南方，有一座山酷似展翅而飞的凤凰，小城因此得名。

青峰峻岭，群山环抱；碧水悠长，沱江深婉。地杰人辈出，钟灵毓佳秀，无数风流人物在凤凰的土地上留下过生命的印迹。熊希龄、田兴恕、郑国鸿、萧纪美、黄永玉……还有让人们最早从文学作品中认识了凤凰的乡土作家——沈从文。

沅水，白塔，木船，橹歌，船老大，吊脚楼，峭壁上的虎耳草，美丽忧郁的黄昏夕照……对凤凰最初的印象均来自沈从文的《边城》。那时感觉凤凰应该是个远离尘嚣的世外桃源，没有高楼大厦，没有市井繁华，没有脚步匆遽，没有名利追逐。

上个世纪20年代初始，凤凰便不太平，血雨腥风。沅水两岸的土地被鲜血浸红。十三四岁从军的沈从文，亲眼目睹了数以千计血淋淋的杀人镜头。

沈从文是温和的，那是他的文字传达给我的信息。文如其人，对此，我深信不疑。一个人也许可以在短期的创作中写出蒙蔽读者的虚假，但他无法在数十年如一日的创作里做长久的欺骗。先生的文字总是不瘟不火，他以满腔的热恋描绘着故乡的山水，那景，那事，那情，那人，无不留下他温暖的爱抚。

“照我思索，能理解我；照我思索，可认识人。”站在林木苍苍的

先生墓前，我把刻在石碑正面的这四行字看了良久。1949年，沈从文在极度郁闷中两度自杀。文革中，他被迫去打扫女厕所。一段时间，他所有的书在北京大小书店被撤掉，台湾也一度把他的书作为禁书。在那样一个时代，人们醉心于"革命"，沈从文简居在自己的书斋中，执着于在外人看来逃离尘世的乡土文学，远离政治，远离时代的最强音，他的文字显然未入主流。

"不懂政治。"这是沈从文对自己的评价。生命包涵了诸多形式与内涵，它的本质在于美，美的事物，美的情感，美的思想。"美在生命"，沈从文以他独特的水的品格，柔中带刚，坚守着自己的人生信条。在他86年的人生历程中，人性之美始终在他的文字间闪耀着灼灼光辉。人性是生命的本源，他对人性的探索，也是人类对生命的共同追问，它比政治更具有超越国别、超越民族、超越时代的意义，它停留在更高层次的永恒的精神层面。

1987年，沈从文成为诺贝尔文学奖5名决选人之一，但最终与大奖失之交臂；1988年，他再度成为候选人。在这次被更多人看好时，他竟突然告别了所有热爱他的人，安静地走了，令人沉痛惋惜！

这就是水一样的沈从文吧，淡泊一切。在世人瞩目的荣誉面前，他选择了像水一样退隐，悄无声息。去沈从文故居前，看了杨家祠堂、熊希龄故居、陈氏大院，心想先生的故居一定不比他们逊色，也一定是古色古香中透漏着富丽堂皇。身置其中，才发现自己亵渎了先生，那不过是一座简朴狭小的江南四合院而已，简陋的设备陈旧不堪，哪里有奢华的影子？原以为书房应该是最豪华所在，进去一看，不到10平方的房间内，一张普通的方桌，一把木头椅，桌上有一个他用过的书盒，靠墙的两个书架是儿根木板拼起来的，美观绝对谈不上，只是能用而已。最奢侈的就是那台老式留声机，旁边的文字介绍说沈从文喜欢边听音乐边写作。

"1988年，几经周折后，沈从文的妻子张兆和抱着他的骨灰从北京

回到凤凰。那天，走的是水路，就是从这个码头上的船，顺江下去，一直送到听涛山。这是他活着时选好的墓地，山名也是他自己起的。”老人缓缓地讲，我细细地听着，心潮起伏。

沈从文墓地位于凤凰城边听涛山的半山腰上，林木繁密，格外清幽。一块并不规整的五色巨石下，埋葬着他的骨灰。

2007年5月，已去世5年的张兆和的骨灰也从北京送抵凤凰，与沈从文合葬。这个让沈从文这个乡下人喝了一杯甜酒的女子，这个与沈从文进行过马拉松式恋爱的女子，这个让沈从文深感“得到爱情是一种幸运，一种写信的幸运，而你正延长了我的这个幸运”的女子，这个让沈从文在《湘行散记》留下无数动人心弦且又妙趣横生的情书的“三三”，终于和她的“二哥”长眠在一起，和她的“二哥”朝朝暮暮共听沱江的涛声了。她最懂得，凤凰的山水是如何养育并培育了“二哥”，又是如何让她的“二哥”无论身在何方都会心心念念。

“听涛”，墓碑右上方这两个朱红大字十分醒目。读沈从文的作品，一次又一次发现他对外界的声音格外敏感。“目明”是所有作家必须具备的，否则便无法展现笔下的精彩；“慧中”也是要有的，否则便无法用思想使文字跳跃，赋予其生命与活力。但不是每一位作家都能做到“耳聪”，在对声音的偏爱上，以我目前的有限阅读，沈从文是第一位的。取名“听涛”，而不是“观澜”，让我丝毫不觉意外且能深深理解。

在沈从文笔下，人类与自然万物每天都在用生命优雅地歌唱：舵手的橹歌，吊脚楼白脸长身女子的山歌，苗家年轻男子月下江边的情歌；流水的哗哗声，惊涛的怒吼声，鱼儿的跳跃声，黄鹂的鸣叫声，小小虫的啁啾声；下雨声，打雷声，行船上的炒菜声。更令人意外的是，那带着乡音的野话骂人声在沈从文听来也是悦耳的，因为它们和上面那些声音一样，饱含着生命的真实和质朴。这些美好的声音曾无数次让沈从文感动到悲悯和忧郁。

“不折不从，星斗其文；亦慈亦让，赤子其人。”沈从文墓碑的背面，刻着这幅他在美国的妻妹张允和与汉斯夫妇写的挽联，这是先生一生为文为人的真实写照。

那一天，没有坐船，而是从居住的虹桥吊脚楼沿着沱江西岸缓缓步行。走过跨江的木板桥，来到他位于东岸的墓地，我想从沿途的风景中寻找先生当年以及他作品中人事的影子。通往墓地的上山石板路狭窄清净，就在我抬脚准备上第一级石阶的时候，视线落在右侧一块简易的宣传板上，上面是沈从文的孙女沈红写给爷爷的纪念文章《湿湿的想念》的简介。细细品读，先生的形象再度清晰地浮现在字里行间，它浸润着沈红的泪水，浸润着沱江的清流，也浸润着我潮湿的怀念。

人性的光辉，在沈从文笔下熠熠闪亮，在他生前的失落和寂寥中走向永恒。他从没有丧失对美的追求，他许许多多文字里满是温暖——温暖的山，温暖的水，温暖的歌声，温暖的情感……他默默地来，静静地走，活得纯粹，活得透明。他少小离家，几十年的漂泊，未曾泯灭他的故土深情。他用一生的挚爱眷恋着湘西的山水人事，他人性的温情温暖了无数曾经飘泊和正在漂泊的灵魂。

永远永远……

暖暖的怀念，写给沈从文。

教学随感

JIAO XUE SUI GAN

走向休息室的一瞬间，我再次回头，虽然我看不清那些还站在校门前的家长的目光，但是我能感觉得到，不仅如此，二十多年前我那慈爱的母亲的目光也变得格外清晰起来。

让孩子快乐地生活

写下这个题目，心情很沉重。

朋友的孩子，今年上高三，因不堪学习的重负与压力，得了抑郁症，被迫休学。

见到孩子，吃惊不小。这还是我记忆中可爱的小姑娘吗？她大女儿两岁，小时候她们经常在一起玩。相对于女儿，她更活泼、更开朗，有点男孩子性格。从小学到初中，学习一直很好，是父母的骄傲，初中毕业顺利考入一所重点学校。朋友夫妇对孩子寄予了很高的期望，孩子也依旧非常努力。可在那个高手云集的学校里，只有刻苦和努力是远远不够的。孩子的努力并没有换来理想的成绩，数理化的严重偏科，使得这个原本优秀的孩子再也无法跻身前列，她不再是老师眼里的佼佼者。失败、痛苦、焦虑、紧张、恐惧，不良的情绪彻底击垮了她，她不敢去上学了。

眼前的她，目光黯淡，没有神采，低着头，话极少，不愿跟人交流。除了电脑，她好像再没有值得信赖的亲人和朋友。我想网络那个虚拟的世界，应该没有分数，没有排名，没有老师和父母的严格要求了吧。

“谁来救救这样的孩子啊？”打出这行字，眼泪也不由得流出来。

我也是一个母亲，自认为很慈爱，但一旦面对别人孩子的痛苦，总是无能为力；我也是一名教师，自认为很负责，可面对学生过重的课业负担与竞争压力，也是无可奈何。

我们无法改变现行的教育制度，更何况，学习本身就是存在竞争和压力的，走向社会后更是如此。作为家长，我们不能带着孩子逃避这样

的现实，我们应教会孩子勇敢地去面对它，教给他们应对现实的本领。

望子成龙，望女成凤，这是每个父母的心愿，无可厚非。谁不希望自己的孩子在同龄人中出类拔萃？但第一只有一个，有时候孩子的付出和成绩不一定成正比。我们要让孩子知道知识可以改变命运；我们要让孩子知道努力了就有希望，不努力一定没有希望；我们还要让孩子牢记只要尽力便可无悔，人生永远有许多不同的道路可以选择。

每个家长都希望自己的孩子一生幸福快乐，可你我是否想过，我们是不是每天也在有意或无意地配合着学校，继续给孩子施加压力？好孩子的唯一标准是不是只有分数，因分数而喜、因分数而悲？有没有像对待朋友那样经常坐下来耐心地听听孩子的心里话？有没有站在孩子的角度想想他们的痛苦快乐？

孩子的生命美丽而娇弱，父母不能再残忍地让他们在本该欢乐的童年和飞扬的青春里戴着镣铐起舞，这样的生命太沉重。

不能等到孩子出了问题后再捶胸顿足，生命难以重塑，人生的轨迹也不可能再来一次，有些东西一旦失去，就再也找不回来。到底什么对家长最重要？当然是孩子的健康和快乐。

教会孩子做人永远是第一位的，给孩子健康的身体、健全的心理和完善的人格。让他们学会交流，学会生活，至于成绩，不能过于勉强，只要孩子努力了，那就顺其自然。上帝把每个人带到世上，一定早就给每个人都准备了一扇门或是一扇窗。

从明天开始，孩子放学归来，让我们都这样来和他们打招呼：孩子，今天你快乐吗？

麦琪的礼物

一直有个习惯，每年圣诞节，我都会在语文课给我第一次教的学生朗读欧·亨利的名篇——《麦琪的礼物》。在这个关于圣诞节的经典故事中，我和学生一起体会着平凡朴实的温暖与感动。每一次，学生都听得很认真。毕业后，总会有一些学生还提起这件事，我知道那个让人“含泪的微笑”的爱情故事留在了学生心底。

曾经有一本《欧·亨利名作欣赏》，是我刚参加工作时买的。1998年，一个外地的大学好友来看我，无意间在我的书橱里发现了这本书。她说她很喜欢欧·亨利的小说，遗憾的是没买到他的作品集。我当时爽快地说，这本就送给你了。

再去书店买一本应该并非难事，可当我真的去书店的时候，却发现在一系列的外国小说作品选中，往往就缺少欧·亨利的。先后去过两三趟，每次都是空手而归。

1998年的12月24日，我非常遗憾地对学生说：老师以往在圣诞节这一天都会给同学们朗读欧·亨利的小说《麦琪的礼物》，今年不行了，因为老师把书送给了朋友，而新书又没买到。

第二天圣诞节，当我上完早读回到办公室的时候，发现办公桌上有一个大大的礼品袋。一个同事说，她早上来时，这个袋子就挂在门上，袋子上贴了一个纸条，上面写着“送给李老师”。

打开袋子，里面有两件包装精美的礼物。同事们都凑过来，七嘴八舌：快打开，看看是什么？

第一件很大的礼物被打开了，是一个印有粉红樱花图案的备课夹，夹子里有一个贺卡，原来这是学生叶子送我的圣诞礼物。

“这个是什么呢？”我摸着另一件笔记本大小的礼物。

“应该是一个本子，还挺厚的。”同事摸了摸，她的话再次印证了我的感觉。

“这个包装纸真漂亮，不打开了，看几天。”我喜欢那个紫色薰衣草的包装纸，一个本子有什么看头呢？于是，这个礼物就被我原封不动地放在办公桌的一角。

那天课间操时，看到叶子，我说谢谢你的礼物。叶子说老师你喜欢吗？我说喜欢，非常喜欢！叶子当时特别开心。她是一个很内向、很害羞的女孩儿，一说话就脸红，和老师说话尤其紧张，尽管我那么喜欢她，可她还是紧张。叶子曾流着泪对我讲述过她的初中生活，她说初中不堪回首，曾深深伤害了她，伤害她的不是别人，而是她尊敬的老师，所以她见到老师就莫名地害怕，唯恐做错什么。我为此不止一次和她谈心，开导她，情况虽略有好转，但不彻底，她和老师说话，依旧像个受到惊吓的小兔子。

大约在半个月后，有一天，同事看到我办公桌上这个包装精美的东西，问我是什么。我说是学生送的圣诞礼物，一个笔记本。她拿起来，说不像是笔记本，笔记本没这么厚，再说学生送你本子干什么啊？

精美的包装纸被拆开了，赫然出现在眼前的东西是那么熟悉：《欧·亨利名作欣赏》。

巧合的是，它和我送朋友的那本一模一样，我的眼睛一下子红了。

深深地自责：我怎么到这时才打开，我辜负了一个孩子那么良苦的用心。

我想象不出，在不到一天的时间里，娟子要上课，放学后几个小时的空儿，她冒着寒冷，马不停蹄地跑了不知几家书店才买到了这本我买了好几次都没有买到的书。

再次轻轻打开这本凝聚了一个女孩无限真诚和挚爱的书，请和我一起来欣赏一下《麦琪的礼物》的最后一段吧：

那三位麦琪，诸位知道，全是有智慧的人——非常有智慧的人——他们带来礼物，送给生在马槽里的圣子耶稣。他们首创了圣诞节馈赠礼物的风俗。他们既然有智慧，他们的礼物无疑也是聪明的，可能还附带一种碰上收到同样的东西时可以交换的权利。我的拙笔在这里告诉了诸位一个没有曲折、不足为奇的故事；那两个住在一间公寓里的笨孩子，极不聪明地为了对方牺牲了他们一家最宝贵的东西。但是，让我们对目前一般聪明人说最后一句话，在所有馈赠礼物的人当中，那两个人是最聪明的。在一切授受衣物的人当中，像他们这样的人也是最聪明的。无论在什么地方，他们都是最聪明的。他们就是麦琪。

我是一个最笨的接受礼物的人，而我的学生——叶子，无疑是馈赠礼物的人当中最聪明的一个，她，就是麦琪！

都是圣诞惹的祸

1999年的圣诞节，那天是星期四，下午我有两节作文课。

和往常一样，课前两分钟，我来到教室。

走进教室，发现气氛有点不同，学生们的脸上都洋溢着喜悦，尽管外面的天气很冷，暖气也不热，但教室却温暖如春，同学们笑盈盈地看着我。

“今天都这么高兴啊？”我随口说。

“高兴”“是”……有的学生附和着，有的则点头认可。

“该上课了，他们三个干什么去了？”我发现后面缺了三个男同学，其中一个是班长。

“他们马上就来！”话音刚落，上课的铃声响了。

就在我还没反应过来的时候，伴随着铃声，教室的门突然被推开，三个男同学走了进来，全班顿时爆笑。我稍一愣，旋即大笑起来。

三个男生一律穿着红色的棉衣，有的明显是女式的，走在前面的班长戴着红色的圣诞帽，嘴巴上贴着浓密的白胡子，手里高高举着仙女棒。其他两个男生，一个手里拿着一束鲜花，另一个手里拿着一个礼品盒。

笑声很快停了下来，教室里很安静。只见班长边向教室后面走边说：“今天是圣诞节，上帝派我们到人间找一个最善良、最美丽的天使，她在哪儿呢？在哪儿呢？”他们三个煞有介事地绕着教室转了一圈，最后在讲台面前停下来，用仙女棒指着我说：“上帝要找的天使在这里啊！上帝让我们把圣诞礼物送给你！”

“哈哈哈……”教室里笑声一片，掌声一片，喊声一片。

“老师，快打开盒子！”学生们七嘴八舌。

盒子被打开，里面是一个装满了幸运星的工艺瓶。

“老师，你知道里面有多少颗幸运星吗？”

“多少颗？不知道，猜不出来！”我已经眩晕了。

“56颗啊，我们每个人在昨天的自习课给你折了一个！”

我被幸福吞没。

“李老师，”，门被推开，教导主任冲我招手，“出来一下。”

“你们班在干什么呢？”主任一脸严肃，旁边还站着一位副校长，同样肃穆，这和里面的气氛形成鲜明对比。

“没干什么，学生在给我送圣诞礼物。”如实回答。

“学校有明文规定，不许给老师送礼物，你不知道吗？”

“我知道有规定，可今天这事我事先不知道啊。”

“现在知道了怎么也不制止？我们在下面就听见你班大喊大叫的，以为出什么事了呢？”主任一脸惶恐，怕出什么乱子。

“这样吧，你先上课，下课后让班长到教导处来一下，前天刚给他们开过会，明知故犯。”主任继续说。

“主任，他们没有错，不过是想表达一下心意而已。”我急忙解释，“要批评就批评我吧，跟他们没关系。”

“你事先又不知道，跟你无关，我找班长。”主任撂下这句话，走了。校长自始至终没开口。

尽管这个小插曲不愉快，但那天我们的作文课还是在其乐融融中度过的。

“主任让你去，批评你怎么办？”下课后，我对班长说。

“批就批呗，反正礼物送了，大家都很开心，他说我听着就是了。”班长很乐观。

事后才知道，就在我上课的时候，班主任先被请到教导处。面对主任的责备，班主任据理力争：“我认为我的学生没有错，在学校明文规定不许送礼物的情况下，他们还这样做，一说明我的学生很有人情味，二说明我的学生非常喜欢李老师，我们应该为有这样懂事的学生和这样的好老师感到高兴。”据说，主任被班主任说得无言了。

班长接受完主任的教育后找到我：“老师，主任让我写检查，你说这检查怎么写啊？”

“很简单，你准备一张贺卡，再买一束鲜花，明天送去。”

“这行吗？”学生忧心忡忡。

“准行，你试试！”我胸有成竹。

都是圣诞惹的祸。不过，这祸，很幸福。

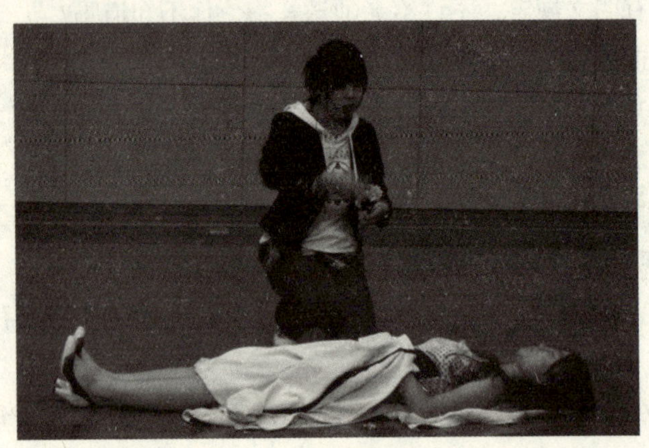

学生表演课本剧《罗密欧与朱丽叶》

吹皱一池清水

在博客里遇到两位95级的学生，看着他们留下的文字，触动了心底许多回忆。

1995年7月，为更好地照顾一岁的孩子，我调到现在这所中学做高一语文教师。领导体恤民情，没有让我当班主任。我不是一个严厉的老师，学生不怕我，但也不气我，我和他们的关系很好。

高一（10）班的学生“命运多舛”：他们不太习惯代数和几何老师讲课，多次向学校领导反映，希望换个老师，但每次都遭到拒绝；而他们都非常喜欢的英语老师却被调到别的年级。英语组师资紧张，那段时间差不多所有的外语老师都给他们代过课。雪上加霜，他们喜欢的那个年轻能干的班主任在高二时调走了。

时至高三，我就是在这种情况下走马上任的。同组的老师曾劝我不要接这样的班级。但我还是接了，理由很简单，教他们两年，我喜欢他们。

尽管那一年我尽了最大的努力，经常置3岁的女儿而不顾，但由于他们在前两年欠下的债太多，尤其是数学和英语，所以最后的高考并不尽如人意，为此我曾内疚不已。

高考前的最后一周，女班长找我，非常悲戚地对我说老师我不想参加高考了。我一听就急了，“还剩下这么几天你为什么不想高考了？”她说觉得没希望不想考了，满脸痛苦的样子。于是，那个早上，我在教室外面苦口婆心地劝她，希望她坚持下去一定要参加高考，否则将来会后悔的，如此这般。20分钟后，她突然喜笑颜开地说：“老师我明白了，我一定不辜负你的期望去参加高考。”然后就欢天喜地地回教室了，撇下一头雾水的我——她的变化有点太快，难道我的几句话就那么管用？

几天后，离校的日子到了，当我宣布放学时，几个班干部拉着我上了一辆出租车，不管三七二十一把我带到一个酒吧。

酒吧装饰一新，“95级10班毕业联欢会”的标语很醒目，这时我才知道，那个晨读，女班长设计把我调离教室，里面的同学背着我收联欢会的钱。

那一天，95级10班的全体同学给了我无限的惊喜：那一面墙的白布上密密麻麻地写满给我的毕业留言与签名，那个巨大的蛋糕和火红的蜡烛，一首首发自肺腑的歌曲，一张张亲昵的合影，一句句深情的告白，那一束怒放的鲜花。大家玩得开心而忧伤，笑声中带着眼泪。

分别的时候，懂事的学生非让我先走，我知道他们是不放心，怕我一个人独自难过。

当老公的车子开动时，我在车里泪如雨下。老公没说什么，只是默默地递过来一包面巾纸。

如今，这些学生大都已过而立之年，许多人早已为人父母。每当看到或听说他们的幸福生活时，我都由衷地感到开心，就像自己的孩子一样。

95级10班的同学们，永远爱你们！

两袋牛奶

早上7点半，我准时来到教室。安排课代表领同学们读课文。

径直走到L身边："来，给我背一下《兰亭集序》。"昨天检查默写，L写的不好，我告诉他一定好好背，今天晨读再检查。

"老师，我忘背了。"L不好意思地说，"我马上背！"

心里有点气，想批评他两句，可看到他笑嘻嘻的样子，态度这么好，又不忍了。

转身来到G处，"G，你课文背的怎么样了？"G和L一样，都属于我今天要复查的对象。

"永和九年，岁在癸丑，暮春之初，……夫人之相与，人之想与……俯仰之间……"磕磕巴巴，G抓耳挠腮，背不下去了。

"我昨天不是跟你讲了嘛，怎么还背成这样？"

"我昨天晚上忙着写别的作业，没时间了。"难道背诵课文不是作业吗？

我在惩罚他们方面总是没有力度。想再继续教育他几句，忽然发现他桌上放了一个面包，"你还没吃早饭吗？"

"没有，起晚了。"

"单吃这个就够了？"女儿的早餐总是很丰富。

"够了！"G豁达地笑笑。

都是孩子，看着有点心疼。天这么冷，饭还没吃，我要再说他几句，那心还不直接掉到冰窖里去？一天之计在于晨，好心情关乎一天的学习实效。忽然想起包里正好有两袋刚从食堂买来的牛奶。

"G，你看这样好不好，L也没背好，你俩来个比赛，谁先背过我奖励一袋牛奶。”

“真的？”G将信将疑。

“真的，老师还能骗你？”

“好，没问题！”G精神抖擞，立即投入战斗。

我又回到L身旁，“你和G比一下，看谁背得快，先背过的奖励牛奶一袋。”

“没问题，我一定比他快！”L也精神大振。

20分钟后，L举手示意。

“永和九年，岁在癸丑，暮春之初，会于会稽山阴之兰亭……”比较流畅，虽然个别地方还需提示，但相对他的语文水平而言，这已经相当难得了。

马上兑现奖品。“我包里有两袋牛奶，一袋是原味的，一袋是红枣枸杞的，你要哪个？”我悄悄地问。

“我要红枣枸杞的。”接过牛奶，L乐开了花，周围的同学一脸羡慕。

这时，G也举起手，“老师，我背下来了。”果然，G背的也不错。和L一样，他的语文也不强。

“晚了，牛奶给L了，你背了也没用。”旁边的同学幸灾乐祸。

“谁说的？谁说没牛奶了，这是什么？”我从包里拿出另一袋牛奶。

G刚刚还失望的眼睛突然大放光芒：“我也有？”“当然，你背的和L一样好，一样奖励。”

“谢谢老师！”拿着牛奶，G像个幼儿园的小孩子。

“没有惩罚的教育不是完美的教育。”但在实际教学中我常常做不到，对学生发火更不是我的专长，尽管他们也会不按时完成作业，上课也会开小差。有一次因为他们周末作业大面积不理想，我在课堂上“大发雷霆”，那是我发的最大的火了。下课后，几个学生跑过来，一边劝

我不要生气，一边说老师你以后可别发火了，你那也叫发火吗？我们一点儿都不害怕，你看我们某某老师人家那才叫发火呢，你不会发就算了吧。末了还补充一句：不过，老师你发火时很可爱。可爱？当发火变成可爱，那还能实现发火的初衷吗？典型的费“火”不讨好。

“温柔地坚持”，这是我对学生一贯的主张，他们已经习惯了，当他们不听话时，我只要站在讲台上不说话，就那样静静地看着他们，很快，他们就老实了。

教无定法，一千个老师也许会有一千种教法，无所谓好坏，只要适合自己又适合自己的学生，我认为那就是最好的。

未名湖畔湖光塔影

写作也疯狂

“老师，评出来了吗？”上午第二节下课的铃声刚响过，七八个学生风一样冲进我的办公室。

“来，下面咱们举行盛大的颁奖仪式！”我边说边把两卷阿尔卑斯糖撕开。学生们笑着说老师要是能亲自剥开糖喂他们，那就是最好的奖品了。

“第四名，博！”把作文递给博的同时，糖也剥开了。

“谢谢老师，我自己来吧。”男孩子不好意思让我喂。

“探花，雯！”

“榜眼，艺！”

“状元，琨！”

三个女孩子张开嘴巴，幸福地接受了我手中的糖。其余的糖也随之被“观众”欢呼着瓜分。

“老师，这是我最近写的随笔，你帮我看看。”婷拿着厚厚的本子给我。

“老师，你有时间吗？这是我昨晚写的一首小诗，您帮我改改好吗？”腼腆的琦来到办公室。

“你们班的学生疯了吗，写作文这么积极？”同事面对学生的写作热情，很是惊讶。

其实，我自己也惊讶。

考前最后两节语文课，复习的内容安排了很多，我问学生先讲哪个，呼声最高的是——讲作文。

那就讲作文吧，反正第一节课做题学生容易犯困。上次作文话题是

“路”，我讲评的重点是“关于作文的亮点”。结合学生的作文，我告诉他们作文的亮点可以从多方面入手，像精彩的语言、深刻的思想、新颖的构思等等。为了进一步说明这个问题，我读了本班学生瑞和新的两篇习作。瑞的作文语言优美，立意比其他同学略胜一筹，他除了写求学之路、事业之路，还写了人与人之间沟通交流的心灵之路。

听完瑞的作文，同学们热烈鼓掌。我对他们说瑞的作文告诉大家什么是思想深刻，而接下来新的作文告诉我们的是什么是构思新颖。

新的作文是这次两个班近100篇作文中我最爱看的一篇，题目是《一条小路》。他写了在一条普通的乡村小路上，除夕那天一位母亲的期待。大儿子儿媳的哭穷要钱，二儿子儿媳怕弄坏新车的半路返回，小儿子请假后匆匆赶回与母亲的团聚。一条小路，写出了亲情的炎凉冷暖。老大怕老婆的窝囊，老二的自私冷漠，老三的忠厚孝顺，在八百字的短文中跃然纸上。

同学们听呆了，掌声更加热烈。他们一定没想到沉默寡言的新会写出这样让人耳目一新的作文来。

“老师，他俩写得太好了！”“新太厉害了！”“老师，我怎么才能像他们一样写出这么好的作文啊？”下了第一节课，十多个同学把我围在讲台前。虽然学生大都不喜欢写作文，但我相信绝大多数学生还是渴望能生花妙笔。

我给他们讲写好作文无他法，只要多读多写多用心即可。

“可是，老师，我们怎么才能做到思想深刻、构思新颖啊？你能再给我们举个例子讲讲吗？”七嘴八舌，学生对我说的这个“写作亮点”很感兴趣。

于是我即兴给他们讲了我和女儿写的同题作文《放生》。“我的文章就事论事，写放生甲鱼；她的文章却写出了放生甲鱼其实也是在放生自我，是一种心灵的救赎。”——这就是思想深刻。女儿初二时期末考试的命题作文《冬日里的花香》，我问学生你要是面对这个题目会写

什么，学生纷纷说亲情、友情，师生情……我说我女儿没有写这些，她独辟蹊径，写校园里的一个送水工和一个清洁工的故事，写默默无闻的他们在寒冷冬天的任劳任怨，写他们的质朴善良带给她的冬日“花香”——这就是构思新颖。

“老师，今天晚上我们四个也来个同题作文比赛，题目我们自己商量，明天你给我们当评委吧。”下了课，艺、雯、琨、博对我说。于是就有了课堂上的一幕。

“老师，你再给我讲一讲，我的作文到底哪里不好？”颁奖仪式结束后，博赖着不走，非让我再给他讲评一下他的作文《梦中梦》（比赛的作文话题是“梦”）。

“你的这篇作文思想有点偏激，语言明显不如她们几个准确简洁。但老师还是要表扬你，能积极主动写作文，还勇敢接受女生的挑战，代表男生孤军奋战！坚持写，你的作文一定会越写越好的。”有时，保护学生的写作热情比教给他们写作技巧更重要。

“老师，期中考试结束后，我再和她们比一次，我一定要超过她们！”博信心满满地说。

写作也疯狂，学生这疯狂，让我狂喜不已。

落寞

“长大后我就成了你，才知道那间教室，放飞的是希望，守巢的总是你……”

想起这首熟悉的歌，心中很是落寞。

给高三（8）班上课时，有学生问我这是最后一节课了吗。我对他们说不是的，模拟考后咱班虽然没课，但是我已经跟数学老师讲好了，她答应给我一节。于是，学生们很开心，安心地做了两节的练习。

没想到，突然得到通知说模拟考试结束后，举行毕业典礼，学生离校。

没有机会给我的学生上我心中的最后一课了。我还想在学生离校前最后一次叮嘱他们高考注意事项，想在学生结束十年寒窗苦读走出校门时送给他们一些美好的祝福，想在最后的分别之际和我的学生回顾一下三年来那些难忘的点点滴滴，我甚至想在最后一节课我当一次学生，让我的学生当一次老师我来回答他们提出的所有问题。

这一切都只能成为一种空想，再没有成为现实的机会。怎么会是这样一种结束呢？

不知道我的学生得知这个消息后，是不是像我一样的落寞。

最后一周学生格外听话，也许他们也在留恋这最后的相聚时光。每节课，在他们做题的时候，我都默默地看着他们，一个一个地，再牢记一遍他们的样子。我喜欢我的学生，虽然在外人看来他们的成绩不是最好的，但是在我心中，他们却是我最好的学生。

“老师，我争取考到你的母校去，就学中文，将来我想当一名语文老师，最好能跟你做同事。”

“老师，你是我唯一一个给做饭吃的老师，离校前，我一定再给你做一次你喜欢的芥末寿司。”

“老师，我觉得你是七中最幸福的老师，虽然我的语文成绩一直不理想，但是能做您这个幸福老师的学生，是我最大的幸福。”

“老师，大课间你一定过来，我一定给你留着你喜欢吃的山楂味的冰工厂雪糕。”

“李老师，我们班刘倩非常喜欢你，高考完她想认你做干妈，让我问问你行吗？”

……

这些话语不断地在耳边响起，深深的失落充斥心底。虽说生活是遗憾的艺术，可是面对这样的遗憾，我还是做不到坦然和释然。

一张张可爱的笑脸，一句句暖人的话语，2007级8班和9班的学生，留在我心底。

“老师，你今天感冒了吗？说话有点哑。”课堂上，当这句话从那个历来桀骜不驯、我行我素的男生嘴里说出来时，内心深受震动！

落寞在心，祝福在心。想想我的学生终于结束了课业繁重的中学生活，就要走进大学，走向社会，那里会给他们的成长提供更加广阔而自由的天地，在那里，他们可以飞得更高、更远，他们可以拥抱一个更加美好幸福的世界。

这样想，心里多少得到一些慰藉。

然而，还是有太多的不舍与眷恋，如常春藤爬满心底。

又是一年高考时

高考第一天，5点多就醒了。想到学生将要走上考场，我的心也莫名地紧张起来。

9点开考，考生8点半入场，按学校要求，送考老师8点到达考点即可。早早出发了，心里惦记着和学生的约定，昨晚答应几个学生一定让他们在入场前见到我，他们说只要能见到我就会踏实了。

转过山大路，只见不远处的校门口已经有很多人，有一些是穿着制服的警察，更多的是家长和学生，他们三三两两地站着。走过去，一切井然有序，人虽多，并不嘈杂。

校园里整洁清净，时间还早，只有几个工作人员忙碌着。有关高考的大红条幅高高悬挂，非常醒目，气氛庄重而热烈。

又是一年高考时，每年的这几天，我要么送考，要么监考，总之，作为一名高中教师，我和高考始终有着千丝万缕的联系，有着很多的牵挂。

“老师，你在哪儿？我们几个在校门口呢。”电话响了，是晓月。

我快步走向校门口。

“老师，见到你了！”三个女孩子像久别重逢一样，扑了过来。我一一拥抱了她们。

看到她们笑嘻嘻的，心宽慰许多，这是我最希望的。良好的心态是成功的一半，只要第一场沉住气，正常发挥，后面的问题就不大了。

“为什么没让家长来呀？”我发现这三个学生都是自己来的。

“在自己学校考，一切都熟悉，没必要让家长来，他们来了反而压力更大。”明显感到今年送考的家长好像不如往年多。无论是孩子还是

大人，对待高考，都理性多了。

“老师，你帮我削一下2B铅笔，我用它涂卡，一定考得好！”平时就调皮的雷这时还是没改本色，把铅笔和小刀递过来。

“好吧，好吧，今天竭诚为你服务，但愿你借我的手气超水平发挥啊！”我十分认真地削好铅笔给雷，真的希望这支铅笔给他带来好运。

“老师，开考后你能到我们考场转一圈吗？那样我们会考得更好。”

“行，一会儿趁校长不备，咱们把他的主考牌抢过来，这样我想去哪个考场就去哪个考场。”

“哈哈哈……”在我看来，学生这时的笑声是多么难得。

“老师，再抱抱！”进场的铃声响了，我分别和他们拥抱。

“孩子们，一切顺利！”看着他们的背影，心中默念着。

开考的铃声已响，没再有考生进来，可送考的家长大都没有离去。有的家长在学校周围找阴凉处坐下，有的家长站在已经关上的铁门前向里面眺望。其实除了校园里的花草树木，考场的情况他们根本看不到。但他们还那么痴痴地看着，也许只有这样心里才踏实吧。可怜天下父母心，考场里的孩子是无法得知考场外他们的父母所做的这一切的。

“难道妈妈那时也是这样？”我忽然想起我的高考。

1987年，不流行送考，当妈妈提出要天天送我考试的时候。我坚决反对，大家都自己去学校，妈妈却要天天骑车送我，实在是太可笑了。可我的抗议没有用，妈妈很坚决。于是，我就成了那年学校里的一道风景，妈妈每场都骑车带着我，把我送到校门口，笑着看我进去。每场结束出来时，妈妈一定笑盈盈地站在门口，乐呵呵地带我回家。上车下车，用不了5分钟。

那时，每一场考试，妈妈是不是都会站在校门口，一直看着我的背影，直到看不见我，还是要停留片刻，我当时好像没有回头看过。

现在想想，妈妈那时虽然天天笑着面对我，但三天高考对于她的煎熬也许大于我。妈妈是个急脾气，平常心里装不下事，那段时间她一定用了她最大的耐心来包容我。十多年寒窗苦读，一直在她眼中那么优秀的女儿却在考前一个月退学了。我那时似乎也并不是太难过，但我没有试着想过妈妈是不是会非常伤心。现在想，一定会的。妈妈之所以非要送考，我想她一定是希望在女儿人生的关键处，尽自己的微薄之力给不幸的女儿一点力所能及的帮助和力量吧，除此以外，她还能做什么呢?

走向休息室的一瞬间，我再次回头，虽然我看不清那些还站在校门前的家长的目光，但是我能感觉得到。不仅如此，二十多年前我那慈爱的母亲的目光也变得格外清晰起来。

家乡的向日葵

目送

夜里，窗外噼里啪啦地下起雨来，雨点很大，偶尔还伴有雷鸣。我的心悬了起来：明天的毕业典礼能如期举行吗？

早上醒来，急忙拉开百叶窗，外面阳光一地，心终于放了下来。

梳妆打扮，在这个特别的日子里，我要高高兴兴、漂漂亮亮地为我的学生送行。情绪是可以传染的，我不希望把送别弄得太悲戚，学生们马上就要参加高考，心情不宜有太大的波动。

三年了，我和我的学生有太多的欢乐。我们是师生，也是朋友。课堂上，我们一起赏读美文，提问答疑，各抒己见，有时也会争得面红耳赤；我们开朗诵会，大家带来自己最喜欢的文章，声情并茂地与同伴分享；我们开读书会，一篇篇精彩的读书心得博得一次次热烈的掌声；我们演课本剧，惟妙惟肖的表演让我们对许多同学刮目相看，也平添了许多学习的乐趣。课下我们是朋友，说说笑笑、打打闹闹尽可使得。我们谈学习，谈心愿，谈时尚，谈明星，偶尔，也谈谈爱情。春天到了，我们一起去踏青，玩着稚嫩的丢手绢、老鹰捉小鸡的游戏，那青山绿水记录了我们的欢歌笑语；夏天来了，大课间我们全班躲在教室里，一起吃着冰凉清爽的雪糕，直引得邻班同学隔门张望，口水直流……点点滴滴，都是我们难忘的记忆。

上午9点，毕业典礼正式开始。学生临别抒怀，校长深情致辞，之后的任课教师走红地毯掀起了一轮高潮。这是今年毕业典礼的亮点，高三所有的教师，面对草坪上的全体学生，一个一个从红地毯上走过。

我从来没走过红地毯，因为我既不具备模特的条件，也没有明星的特质。“你是第一个，要带好头，后面的老师都要按照你的路线和形式

走，他们可都没有彩排过。”领导的叮嘱还在耳畔。音乐响起，突然有些紧张，我最怕众目睽睽下被人直视，一千多双眼睛，让我有点无所是从。

深吸一口气，踏着节拍，迈稳每一步。音乐声中，主持人读着学生写给我的毕业赠言，“您就像百合花一样……”只记住了这一句，其余的都淹没在学生的掌声和叫喊声里。

接下来，校长亲自给各班颁发毕业证。然后，全体学生集体宣誓——

我们庄严宣誓，在今后的生活中，自强自立，不断进取。孝敬父母，谦恭诚信。遵守公德，严于律己。不负父母的期盼，不负母校的厚望，不负恩师的教导，不负青春的理想。用我们的实际行动为母校争光，用我们的双手创造美好的未来。

响亮而整齐的誓言在操场上庄严回荡。

“老师，我们照张相吧。”毕业典礼结束时，几个学生找到我。我们在绿色的草坪上留下一张张亲密难舍的合影。

“老师，抱一下！”

“抱一下！”深情相拥，我再也控制不住自己，眼泪奔涌而出。

“老师，不哭了，我们会常回来看你。”学生流着眼泪给我擦拭着泪水。

“老师，再见！”

“再见！”我轻轻地挥手，却挥不走一颗泪滴。

屈指算来，大学毕业后我先后送走了八届高三毕业生。八次，每一次都是这样，站在校园里看着我亲爱的学生们，然后，在我难舍的目光里把他们送走。

所谓师生一场，只不过意味着你和他们的缘分就是今生不断地目送他们的背影渐行渐远。我站在校园里，看着我的学生走出校门，然后各奔东西。他们也在用背影告诉我：不必追。

自私的爱

讲曹禺的《雷雨》，当问周朴园对鲁侍萍有没有真感情这个问题时，学生基本选择“有”。的确，三十多年，周朴园一直记着侍萍的生日，一直保持着侍萍在时房间的样子，侍萍给他补洗过的旧衬衣始终也没有丢弃，就连侍萍因为生孩子着凉不能开窗的习惯都保留着，而且他还规定侍萍的房间下人一律不许进一个人做这些事，坚持三十多年，相当不容易，几乎让人觉得周朴园简直就是一个情圣了。

我也相信周朴园真心爱过侍萍，只是在三十年前。三十年前，一个是20出头的大少爷，一个是温柔美丽的小丫鬟。公子哥爱上伺候自己的女仆人，这样的爱情故事自古有之。他们应该有过一段美好的幸福时光，周萍、鲁大海便是见证。

然而，这样的爱情像梦一样易被惊扰和击碎。当周家要给周朴园娶一个有钱有门第的小姐时，侍萍被赶出周公馆便也在预料之中。

愧疚？还是后来的婚姻生活不尽如人意？抑或对当年的感情尚有一丝留恋？这些原因对周朴园来说也许都有，也许都没有，总之，本以为已经投河自尽的鲁侍萍在周朴园的心里活了三十多年。

回忆很美好，现实很残酷。当周朴园得知面前这个老得他没有认出来的女人就是侍萍时，他骤然扯去脸上温情脉脉的面纱，厉声问道：你来干什么？谁指使你来的？

周朴园怕什么呢？他怕侍萍的出现影响他现有的家庭、地位以及社会声誉。在这些名利面前，曾经念念不忘的爱情原来竟如此不堪一击！三十年的怀念与追忆建立起来的“爱情”大厦在实实在在的切身利益面前轰然倒塌。

能理解三十年前周朴园的无奈，相爱的人不能终成眷属，很多时候确有其不得已。但不能接受三十年后他的冷酷绝情，面对侍萍，他没有一丝温情。这只能说明，三十年来，周朴园爱的不是侍萍，起码不是现在的侍萍，他爱的是那个他以为死了的年轻的她。他爱的是那段曾经的美好，爱的是一个虚幻的影子。现实中妻子繁漪的桀骜不驯一定强化了他对温顺而善解人意的侍萍的怀念，但这种怀念不过是暂时逃避现实填补精神空虚的手段而已，侍萍成为周朴园虚幻的寄托，情感的符号。

当周朴园把一张五千块钱的支票递给侍萍时，他不仅亵渎了他们曾经的感情，也亵渎了他自己三十年来的“痴情”，他亲手揭开了自己的虚伪，打了自己一记响亮的耳光。

相对而言，女人是感情的动物，男人是理智的动物。面对爱情，女人往往会被冲昏头脑，义无反顾；男人大多不会，他们能清醒地权衡利弊，从而做出更有利于自己的抉择。对于女人，爱情是她们生活的重心，甚至全部；对于男人，爱情多是他们生活的点缀。

在周朴园与侍萍的感情中，周朴园是太阳，侍萍却不是月亮，也不是恒星，充其量她只能算作一颗一闪而过的流星。

无论是三十年前还是三十年后，周朴园对侍萍的爱都有一个前提，那就是你的存在不能影响我的利益。爱应该是双向的，是对等的。当爱的天平倾向了一方，这样的爱，只能是自私的。

周朴园爱过侍萍，自私地爱过。

破　碎

第一次看台湾作家陈启佑的小小说《永远的蝴蝶》是在十多年前，很偶然的，那是做一套试题，其中的现代文阅读是它。寥寥五百余字，却在留在脑海里。

“我们就在骑楼下躲雨，看绿色的邮筒孤独地站在街的对面。我白色风衣的大口袋里有一封要寄给在南部的母亲的信。”骑楼下，热恋中两人的幸福与对面邮筒的孤独凄凉形成鲜明对比。雨虽下着，但在恋人眼中，那是幸福的毛毛雨，洒向人间都是爱。

“‘谁叫我们只带来一把小伞呐。’她微笑着说，一面撑起伞……”樱子的笑容在“我”眼中无疑是世上最美的花朵。巧笑倩兮，一切是那么美好温暖，也许樱子嘴角的笑纹还没来得及收拢，樱子的笑声还在我耳畔回响，蒙蒙细雨中的世界也因为樱子的微笑而慢慢张开笑脸，只是还未完全绽放。悲剧，在一瞬间，没有任何征兆地发生了。

最美的一切就在一瞬间被彻底毁灭。雨下得更大，那是“我”心头下起的平生最大的一场雨，一场只有开始却没有终结日期的雨。

樱子变成蝴蝶，轻轻飞走了，带走了笑声，带走了温情，带走了所有的憧憬。混沌苍白，世界没有了色彩，仿佛又回到蒙昧之初。春天还没有结束，秋天陡然降临，凄风苦雨中把一切凝固冰封。

那幸福的骑楼也在樱子飞走的刹那成为“我”今生最不忍再目睹的角落，“我缓缓睁开眼，茫然站在骑楼下，眼里裹着滚烫的泪水。”突如其来的灾祸，击垮了“我”，只有缓缓睁开还裹着泪水的眼睛表明“我”还活着——然而，生不如死。

五公尺的距离，从此阴阳两隔，今生今世遥不可及，此岸花开，彼

岸无人。心爱的蝴蝶，只能在余生梦的花海中飞舞。

没有血腥的车祸场面，没有撕心裂肺的哭喊，甚至也没有滚滚而下的滂沱泪雨，有的只是看似出奇的冷静与沉默。哀莫大于心死，心若死了，便也不会痛了，这是一种彻底的解脱。更深的痛，是对那哀而未死的心的必然馈赠。“我”的心没有死，因为“我”还有泪，还有温度，“我”的“眼里裹着滚烫的泪水”。

生活中，有太多爱情的悲剧。然而，更多时候爱情的悲剧都是“人祸”所致，而“我和樱子”的悲剧却是天灾，难道上帝也嫉妒他们的相亲相爱?

小说的结尾最是震撼人心，这样一个结尾让每位第一次阅读它的读者都会目瞪口呆。原来樱子为之丧命替我去寄的那封连她自己都不知道内容的信竟是这样一句让人痛彻骨髓的话：

妈：我打算下个月和樱子结婚。

读到这里，蓦然明白，为什么“我”会一个人在骑楼下躲雨，而让樱子一个人穿越马路去寄信，不是“我”粗心，不是不疼樱子，而是因为那封信是我送给樱子一生的承诺，那份沉甸甸的爱只属于樱子，“我”是想让樱子亲手去放飞属于她的幸福。

有人说“一朵花的美丽，就在于她的绽放，而绽放其实正是花心的破碎。”樱子变成了美丽的蝴蝶，“我”的心在蝴蝶的飞舞中一片、一片、又一片地破碎，零落成泥。

乔叶在《破碎的美丽》一文中说：“我不能不喜欢这些能把眼睛剜出血来的破碎的美丽，这些悲哀而持久的美丽。”美丽，有时只能属于那些无关痛痒站在桥上看风景的局外人，对当事人而言，破碎后，只有心痛，与美丽无关。

如果美丽都要以破碎为代价，那么我宁可选择永不绽放。可是，有时生命的绽放，我们自己能左右得了吗?

祥林嫂之死

每次给学生讲鲁迅的小说《祝福》，总会想起作家丁玲的这句话：“祥林嫂是非死不可的，同情她的人和冷酷她的人、自私的人，是一样地把她往死里赶，是一样的使她精神上增加痛苦。”

“祥林嫂是非死不可的”，这句话看着总令人心痛。“非死不可”，祥林嫂自己的生命不能由自己做主，不得不死。什么是悲剧？“悲剧就是将人生有价值的东西毁灭给人看。”鲁迅在小说《祝福》中很好地诠释了这个悲剧的内涵。面对她的悲惨遭遇，小说中那些人物，她的婆婆、大伯，柳妈、鲁镇的人们，鲁四老爷、四婶，还有“我”，没有一个人给她真正的关怀与温暖。无论是有意的伤害还是无意的，这些人都一样是把她往死地里赶，成为杀害祥林嫂的集体凶手。

以往在探究祥林嫂的死因时，总是按照教学参考归结到封建制度、封建思想、封建礼教。当然，这也是作者的本意。

我问学生，即便祥林嫂不生活在封建社会，像她这样一个命途多舛的女人会不会也走上人生的绝路？学生的回答是：会。甚至有一个女生站起来说我认为死是祥林嫂最好的结局，她活着实在是太痛苦了，生不如死。

美国心理学家马斯洛把人的需要从低到高分为五个层次：生理需要，安全需要，归属与爱的需要，尊重需要，自我实现需要，一个人对这些需要的满足程度决定了他能否生存以及能否更好地生存。

按照马斯洛的理论，浅析一下祥林嫂个人需要的满足状况：

首先是生理的需要。衣食住行是人生存的根本。祥林嫂第二个丈夫死后，大伯来收屋，她居无定所。无奈之下，只得再次到鲁四老爷家打

工，希望解决食住问题。小说中有个细节，两次来到鲁镇的祥林嫂，她的衣服是一模一样的：乌裙，蓝夹袄，月白背心。这期间的时间跨度是两年多，但衣服没变，说明祥林嫂贫困的生活条件没有改变。鲁四老爷把她赶出家门，祥林嫂最终沦为乞丐，衣食住行也就无从保障了。

二是安全的需要。被婆婆从鲁镇抢回家中，被五花大绑地塞进花轿，被几个男人捺着头拜天地，被大伯抢了房子，被鲁四老爷扫地出门。“安全”这个字眼与祥林嫂的生活状态实在没有什么缘分。

三是归属与爱的需要。祥林嫂有过两任丈夫，她是第一任丈夫的童养媳，比他大十岁，谈不上爱情；第二任丈夫应该年龄相当，但一来这一次婚姻是被迫的，二来这个男人不到三年又病死了。儿子阿毛是她的挚爱，阿毛也爱她，但狼吃了阿毛，那唯一的一点人世温情竟被狼带走了。没有了爱情和亲情，鲁镇的人成为不了她的社会支持系统，她没有爱，也没有归属，她是天地间孤苦无依的悲惨女人。

四是尊重的需要。尊重包括自尊和来自他人的尊重。童养媳、寡妇、短工、乞丐，祥林嫂既无法维护自己的自尊，也根本得不到别人的尊重。鲁四老爷的冷漠固然可恨，但柳妈看似无意间对祥林嫂鬼魂思想的灌输，鲁镇的人们对“狼吃阿毛”故事的咀嚼，更让人深深体味到世态的炎凉，这可怜的祥林嫂竟连一个尘芥都不如。

最后是自我实现的需要。这是人类高层次的需要，指实现个人的理想、抱负，最大限度地发挥个人的潜力。祥林嫂最大的愿望是“坐稳了奴隶”，可最终却落得个“想做奴隶而不得”。可悲，可叹！

一言以蔽之，祥林嫂真的是“非死不可的”。她有幸来到人间，不幸的是她的生命里没有春天。祥林嫂生活的时代已经一去不复返了，但谁又能说祥林嫂那样的悲剧也跟着销声匿迹了呢？

致命的温柔

——浅析小说《山楂树之恋》中老三的语言

静秋爱老三，爱得死去活来。老三魅力何在，直叫静秋竟至以死相许呢？

除了老三“非无产阶级”的英俊外表，最得静秋心的应该是他“小资产阶级的温柔”。无论时代如何变迁，这种温柔对女人而言，所向披靡。男人的温柔，女人的陷阱，掉进去，很难出来。

能把心中隐藏的温柔说出来的男人不多，他们似乎不习惯这样的表达。在我看来，老三之所以能被苏童称为“中国情圣”，他的语言功不可没。哪个女人会喜欢终日正襟危坐说话一本正经全是大道理的男人？会说话的男人，总是能琢磨透女人的心思，把话说到女人的心坎儿上，让女人听了，冬日添暖，夏日生凉。

老三的语言也许可以作为男人恋爱的教科书，熟读，细品，确有绕梁三日而不绝之魅力。

静秋因偶听大嫂说“老三有个未婚妻”，觉得老三欺骗了她，非常生气。她不理老三，也不跟老三说为什么，急得他团团转。在静秋离开西村坪回K市的前一天晚上，老三偷偷给静秋一封信，静秋以为是绝交信，打开一看，有这么一段：

“你不理我，我不怪你。你是个聪明有智慧的人，如果你不愿意理我，肯定有你的理由。如果你不愿意告诉我原因，也肯定有你的道理。我就不逼你告诉我了，什么时候你愿意告诉我，再告诉我。”

面对静秋的刁难，老三丝毫没有怒气，言语中全是理解和尊重，这种宠溺对静秋而言很受用。

“傻瓜，我怎么会不理你？不管你做什么说什么，不管你怎么不理我，我都不会生你的气、不理你，因为我相信不管你做什么，都是有你的苦衷，有你的道理的。你说的话，我是理解的要执行，不理解的也要执行。所以你千万不要说言不由衷的话，因为我都当真的。”

在那个天天阶级斗争一切上纲上线的年代，老三这些“大逆不道”的小资思想深得同样喜欢小资情调的静秋的心。想起一句话：“第一，老婆永远是对的；第二，如果老婆错了，请参考第一条。”老三和当今新好男人的这条宣言有异曲同工之妙。

“我不要你到我下乡的地方去，我就要你等我。”

“好，我等你。”

她又得寸进尺：“我不到二十五岁不谈朋友的，你等得来？”

“等得来，只要你让我等，只要我等你不会让你不高兴，我等你一辈子都行——”

她扑哧一笑：“等一辈子？人也进棺材了，那你为什么要这么等呢？”

“就为了让你相信我会等你一辈子，让你相信世界上是有永恒的爱情的——”他又低声道，“静秋，静秋，……我肯定不是第一个爱上你的人，也不是最后一个，不过我相信我是最爱你的那一个。”

如此深情款款的话，有几个女人能抵挡得了？

老三得了白血病，静秋悲痛欲绝，一心想要跟了老三去。老三劝她一定要活下去：

“……你活着，我就不会死；但是如果你死了，我就……真正地……死了……我要你好好地活着，为我们两个人活着，帮我活着，我会通过你的眼睛看这个世界，通过你的心感受这个世界……想着那一天，我就觉得我只是——到另一个地方去，在那里看你——幸福地生活——”

一个行之将死的人说出这样的话，如何不让爱他的人痛彻心扉，肝

肠寸断。活下去，为了自己爱的人，还有比这更让人无法拒绝的生之理由吗?

“老三走了，他把他生前的日记、写给静秋的信件、照片等都装在一个军用挂包里，委托弟弟保存，说如果静秋过得幸福，就不要把这些东西给她；如果她不顺利，或是婚姻不幸福，就把这些东西给她，让她知道世界上曾经有一个人，倾其身心爱过她，让她相信世界上是有永恒的爱的。”他还在一个日记本的扉页上写着：“我不能等你一年零一个月了，我也不能等你到二十五岁了，但是我会等你一辈子。”

这是老三最后的温柔，这温柔是致命的，它让静秋相信这世界是有永恒的爱的，这份爱没有随着老三的离去而消失。

静秋是幸运的，因为老三给了他童话般的爱情；静秋是不幸的，因为老三没有给她相伴一生的现实的爱。在他离去后，静秋也许会失去爱的能力，因为静秋难以再遇到超越老三的爱情。她难以再爱，只剩下被爱的无奈。

作家王蒙说：“我们再也不愿意去经历这样的一段历史，但愿这样的爱情故事已经绝版。”那样的历史不再会重遇，但那样的爱情呢？会随着那样的历史而结束吗？不。老三和静秋的爱情不是绝版。人类生生不息，人们追逐爱情的脚步依然铿锵有力。

孩子啊，我为什么打你？

看完毕淑敏的《孩子，我为什么打你？》深有所感，我问女儿："宝贝儿，妈妈打过你吗？"

"没有！"女儿很果断。

"再想想，小时候，很小的时候……"我启发着。

"没有，想不起来。"女儿先是若有所思，接着不置可否。孩子忘了，忘了我第一次也是最后一次打她的事。

女儿三岁的一天，刚从幼儿园被我接回家。已经不能准确地回忆起缘由，好像是我不让女儿做一件她想做的事，小小的她竟然挺着脖子，仰起头，张口来了一句脏话。我当时一下子愣住了，以为是自己的耳朵出了岔子，她在这之前从没有说过这样的话。

"你说什么？"我疑惑地追问。

女儿把刚说过的话原封不动地重复了一遍，瞪着她那天真无邪的大眼睛。

"啪！"来不及再想，重重的巴掌实实在在地甩了过去，女儿娇嫩的脸蛋上顿时出现红印。

"哇……"女儿放声大哭，她被这突如其来的巴掌打疼了，吓着了。"妈妈为什么打遥遥？"那样子委屈极了。

手很疼，从小到大，我没有打过人，没想到第一巴掌却落到这个世界上我最疼爱的宝贝身上，那一刻，心很疼！强忍着眼泪，对自己说不能掉，我不能让女儿觉得打她后悔了。

"为什么说脏话？"还是很生气，尽管心疼，女儿红红的脸蛋格外刺眼。

“妈妈，幼儿园的小朋友也这样说，我跟他们学的。”大颗大颗的泪珠从女儿眼里流下，每一颗都重重砸在我心尖上。

“孩子，这是骂人的话，很不礼貌，不能对任何人这样说，知道吗？以后不许再说了！”女儿虽不再嚎啕，但眼泪还是未断。

“遥遥错了，遥遥记住了，以后不说了。”女儿依旧抽噎着，她知道错了，知道妈妈生气了，可是她一定不能理解就为了一句话妈妈竟会打她，而且打得这么疼。

三岁的孩子已逐渐懂得是非对错。我从不后悔那次打她，因为从那以后她再也没有说过脏话。只是她一直不知道，就在打她的那个晚上，她睡熟后，我看着她，眼泪如断线的珍珠无声地滑落。

正如毕淑敏说的那样，“对毫不懂道理的婴孩和已经很懂道理的成人，我以为都不必打。”女儿一岁左右，莫名其妙地，几乎每天半夜都准时哭闹，少则半小时，多则四五十分钟。这种情况持续了一年多，那时看遍了省城各大医院，结果基本一致：一切正常。但女儿就是哭，夜深人静，人乏体困，正是睡眠最沉时，初做母亲的我，几近崩溃。春夏秋冬，四百多个深夜，我抱着哭闹不止的女儿在房间里走来走去。看着襁褓中泪流满面的她，只有不停地安慰，温柔地拍着，一任自己的泪水和她的混在一起。不舍得动她一下，只有无尽的心疼，因为我不知道心爱的宝贝为什么夜夜要哭？她哭得那么伤心，那么无助，仿佛整个世界都抛弃了她。

痛过，才会铭记。破茧为蝶，成长总伴随着磨难和苦痛。女儿刚会走路时，对家里台式电风扇非常感兴趣。她常趁大人不注意，蹒跚着靠近，然后用小手去摸。不止一次，我严肃地警告她这样做很危险，但不懂危险的她依旧我行我素。直到有一天，当她再一次趁人不备，大胆地把她的小手指从风扇罩的缝隙伸进去时，她真正体会到了“危险”的含义，撕心裂肺的疼痛让她从此远离了电风扇，再也没有犯第二次。

打之痛与把手伸进电风扇里的绞痛有着相同的效应，只是为人父

母，我们不能滥用手中的权力，打，是不能轻易出手的。做父母的都有体会，巴掌落在孩子身上，痛则留在自己心里。打，是对父母和孩子的双向惩罚。天下没有哪个父母不爱自己的孩子，没有哪个父母真心想打自己的孩子，只是有时，当一切说教都无济于事、当孩子的倔强任性冲破了父母忍耐的极限时，他们才会极不情愿地举起手。

借用毕淑敏文章的最后一句话：孩子，打与不打都是爱，你可懂得?

最是这一低头的温柔

亲爱的，外面没有别人

“我是谁？”在日复一日的忙碌中，有没有静下心问自己这样一个问题。如果没有，那么现在试着回答一下。你能给自己一个明确的答案吗?

我不能，也许许多人都不能。在这个世界上，我们常常是自己最陌生的朋友。太多的人与事纠缠着我们，为人儿女，为人爱人，为人父母，为人同事，为人友人，为人下属，为人领导，为人师长，为人学生……众多的社会角色集于一身，忙于应付，身心俱疲，恨不能肋生双翅，恨不能三头六臂，希望在社会的汪洋中如鱼得水。

我们不快乐，尽管有许多人已走在富裕的道路上。权利和金钱，不仅没有给我们带来更多的欢欣，相反有时它们还会让我们离幸福更远。

于是，我们怨天尤人：是它们让我不快乐!

正如张德芬在《遇见未知的自己》中所说，其实外面没有别人，只有你自己。

莫让浮云遮望眼。从今天开始，学会关注自己，管好自己的事，别人的事自有别人自己去管。关注自己的身体，关注自己的情绪，关注自己的思想，用心体会自己的一切。工作、权利、金钱、名誉，这些身外之物不必太在意。对别人，给予更多的自由和尊重，哪怕是你的爱人和孩子，因为他们也是独立的人，不是你的私有财物。难为别人，就是难为自己；宽容别人，就是善待自己。

人有悲欢离合，月有阴晴圆缺，此事古难全。当我们离开母体的那一刻，就注定将开始漫长的磨难之旅。每一个婴儿都是以大声的啼哭来到这个世界上，那是因为在出生时他就历经了切肤的阵痛。那曾经温

暖舒适、无忧无虑的生存空间不存在了，每个人都无法避免成长性的缺失。生命是在磨难中走向坚强与成熟的，所以我们要学会感激痛苦。

山重水复疑无路，柳暗花明又一村。亲爱的，当愤怒、欺骗、悲伤、烦恼、不幸到来时，不要因为惧怕或厌恶而逃避，因为那些你刻意逃避的不良情绪，其实没有离开你，它们统统会隐藏在你看不到摸不着的潜意识里，在今后一个又一个相似的情境下，跳出来折磨你。它们让你在负面情绪中难以自拔，痛不欲生，而你又茫然不觉，因为那些不良情绪在日久天长中已变为自动化程序，成为你固定的行为模式。面对磨难，学会接受，学会释放，不迁怒于别人。试着对自己说："我看见并接纳，我有被深深伤害的痛苦感觉，进而放下对它的需要。"这样想，这样做，便会身心放松，海阔天空。

回首向来萧瑟处，也无风雨也无晴。所有的人与事都是你内在的投射，就像一面镜子一样反射着你自己。同样的雪花，面对它，有人欢喜，有人哭泣，有人无所谓。外面的事物本身不带有情绪，是你自己主观的评价给它们蒙上了不同的色彩。乐观的人看山看水充满喜悦，悲观的人看风看月充满忧伤。喜怒哀乐，都是无意中给自己的馈赠。亲爱的，"每个发生在你身上的事件都是一个礼物，只是有的礼物包装华丽，有的简单素雅而已。"悲欢离合都是人生宝贵的财富。遇到问题，多向内看，既然已经发生，首先学会臣服，让自己定静，然后慢慢去觉察、感悟。在反复臣服、定静、觉察中，你会越来越靠近更真实的自己，那个未知的自己会变得越来越熟悉。"我是谁？"你会说"我是被层层迷雾笼罩但又终身追寻爱、喜悦与平和的自我，我是身、心、灵的和谐统一体。"

带着感恩的心上路吧，你会发现，当你真心想要一样东西时，全宇宙都会联合起来帮助你。

冷雨

也许每个人心中都有挥之不去的心结。“康桥情结”是诗人徐志摩短暂一生的牵挂，而对于台湾诗人余光中，“怀乡情结”则是他漫长人生的永恒眷恋：

小时候，乡愁是一枚小小的邮票，我在这头，母亲在那头。

长大后，乡愁是一张窄窄的船票，我在这头，新娘在那头。

后来啊，乡愁是一方矮矮的坟墓，我在外头，母亲在里头。

而现在，乡愁是一湾浅浅的海峡，我在这头，大陆在那头。

“从21岁负笈飘泊到台岛，到小楼孤灯下怀乡的呢喃，直到往来于两岸间的探亲、观光、交流，萦绕在我心头的仍旧是挥之不去的乡愁。”谈到作品中永恒的怀乡情结，余光中如是说。多年来，余光中“右手写诗，左手写散文”，他两手紧握的始终是对中华民族的深情与眷恋。

学习余光中《听听那冷雨》，学生直呼文章很美但就是读不懂。望着一张张朝气蓬勃的脸，说不出是喜还是悲。是为他们没有经历人世艰难而喜？还是为他们缺少生活磨难而悲？安逸也好，忧患也好，对于人的成长，永远是一把双刃剑。

《听听那冷雨》，从余光中的文字里听出了他对祖国的眷眷深情，那份深沉而执著的感情浸透他半个多世纪的沧桑，一路走来，潮潮的，湿湿的，粘粘的，润润的，潇潇冷雨温暖了无数炎黄子孙的心。

喜欢文章末尾的一段文字：

正如马车的时代去后，三轮车的时代也去了。曾经在雨夜，三轮车的油布篷挂起，送她回家的途中，篷里的世界小得可爱，而且躲在警察

的辖区以外，雨衣的口袋越大越好，盛得下他的一只手里握一只纤纤的手。台湾的雨季这么长，该有人发明一种宽宽的双人雨衣，一人分穿一只袖子，此外的部分就不必分得太苛。而无论工业如何发达，一时似乎还废不了雨伞。只要雨不倾盆，风不横吹，撑一把伞在雨中仍不失古典的韵味。任雨点敲在黑布伞或是透明的塑胶伞上，将骨柄一旋，雨珠向四方喷溅，伞缘便旋成了一圈飞檐。跟女友共一把雨伞，该是一种美丽的合作吧。最好是初恋，有点兴奋，更有点不好意思，若即若离之间，雨不妨下大一点。真正初恋，恐怕是兴奋得不需要伞的，手牵手在雨中狂奔而去，把年轻的长发的肌肤交给漫天的淋淋漓漓，然后向对方的唇上颊上尝凉凉甜甜的雨水……

课堂上，有学生提出这段描写和全文的格调不和谐，认为整篇文章都给人冷冷的感觉，但这段文字却是暖暖的；整篇文章都是对祖国的崇高热爱，这里写的却是爱情。

我笑了，告诉学生——为什么余光中几十年来无论身在何处都抛不开他的怀乡情结？那恰是因为那块他深情眷恋的土地给年轻时的他留下过许多美好温暖的记忆，爱情不会减弱他热爱祖国的高度与深度，亲情、爱情、友情、故园情，它们都是人间最美好的感情。艾青说“为什么我的眼里常含泪水，因为我对这土地爱得深沉。”我想说：为什么余光中的心中一直下着冷雨，那是因为他对祖国爱得深沉。

很多人品尝过“冷雨”的滋味：“给我一瓢长江水啊长江水，酒一样的长江水，醉酒的滋味，是乡愁的滋味”，这是余光中的冷雨；“路漫漫其修远兮，吾将上下而求索”，这是屈原的冷雨；“安得广厦千万间，大庇天下寒士俱欢颜”，这是杜甫的冷雨；“何当共剪西窗烛，却话巴山夜雨时”，这是李商隐的冷雨；“小楼昨夜又东风，故国不堪回首月明中”，这是李煜的冷雨；“十年生死两茫茫，不思量，自难忘”，这是苏轼的冷雨；“凭谁问，廉颇老矣，尚能饭否？”这是辛弃疾的冷雨；“梧桐更兼细雨，到黄昏，点点滴滴”，这是李清照的冷

雨；“淮南皓月冷千山，冥冥归去无人管”，这是姜夔的冷雨……这冷雨下在人们的心底，淅淅沥沥，细细密密，轻轻地叩，沉沉地弹，徐徐地敲，重重地叹，走走停停，停停走走，从少年到青年，从青年也许还要到暮年。

“少年听雨歌楼上，红烛昏罗帐。中年听雨客舟中，江阔云低，断雁叫西风。而今听雨僧庐下，鬓已星星也。悲欢离合总无情，一任阶前，点滴到天明。”蒋捷的《虞美人·听雨》最让人心动，它道出了命途多舛的人生酸痛。

世道沧桑，人生莫测，我等凡人没有先知先觉的智慧，许多事情无法预料。天空落雨了，可以撑起一把雨伞；心中的雨若来了，何处才是我们躲避风雨的港湾？

澳门古榕树

呼　唤

惊蛰已过，却没有一丝春天的气息，一切还在冬眠中，不愿醒来。

夜晚，很静，想起《简·爱》中那个最经典的片段——

“你听到了什么啦？你看见什么了吗？”圣·约翰问。我什么也没有看到，可是我听见一个声音在什么地方叫唤着——

“简！简！简！”随后什么也听不到了。

“呵，上帝呀，那是什么声音？”我喘息着。

我本该说“这声音是从哪里来的？”因为它似乎不在房间里——也不在屋子里——也不在花园里。它不是来自空中——也不是来自地下——也不是来自头顶。我已经听到了这声音——从何而来，或者为何而来，那是永远无法知道的！而这是一个声音——一个熟悉、亲切、记忆犹新的声音——爱德华·费尔法克斯·罗切斯特的声音。这声音痛苦而悲哀——显得狂乱、怪异和急切。

“我来了！”我叫道。“等我一下！呵，我会来的！”我飞也似的走到门边，向走廊里窥视着，那时一灯漆黑，我冲进花园，里边空空如也。

“你在哪儿？”我喊道。

沼泽谷另一边的山峦隐隐约约地把回答传了过来——“你在哪儿？”我倾听着。风在冷杉中低吟着，一切只有荒原的孤独和午夜的沉寂。

这是小说最让我心动的地方。刚上大学的时候，一个秋日的午后，独自坐在学校的萃华园里读它。第一次读到这个片段时，心就被彻底俘获。那些文字的力量是那么强大，牢牢地牵住你，然后把它们一行一行

深植到你记忆的沃土上。从此它们就在你的心里安家落户，生根发芽，直到长成参天大树。年复一年，历经岁月沧桑，它们还是那么根深蒂固，枝繁叶茂，只是，似乎永远都不会开花结果。

罗切斯特耗那尽生命的呼唤，穿越漆黑沉寂的午夜，穿越千山万水，清晰地传到朝思暮想的爱人心里。值得欣慰的是，在那个忧伤狂乱的夜晚，罗切斯特也听到了他期待中的呼唤。要知道，不是每一个呼唤都有回音的。

人生有太多的无奈和纠结，欣赏简·爱和罗切斯特的爱情。困窘时，不怨天，不尤人。生活是公正公平的，当时空遏制了他们说话的自由时，上帝却在更宽广深邃的心灵世界赐予了他们飞翔的能力。那是一个没有羁绊、没有艰险、没有任何障碍的天空，精神的交融，随心所欲。痛苦着，欢欣着……在微弱的灯火中，汲取着尘世的温暖。

父母给了她名字，你给了她最深情的呼唤。那开辟鸿蒙的呼唤，是那样遥远。可它依然是那样熟悉，不论经过了多少年。

那时光，不是一天一天地流淌，而是一分一秒地沉默。那绕梁的余音，可曾一日断绝？在短短的音节里，无数次体味其中的起承转合、酸甜苦辣——试探、期盼、热烈、消亡？那沁人心脾的声音，有梅的纯、兰的幽、莲的洁，百合的芬芳，也有赤的诚、橙的忠、黄的恋、绿的生机、青的宁静、蓝的忧伤、紫的悲凉。

它生于草色遥看近却无的春，长于映日荷花别样红的夏，消于草木摇落露为霜的秋，寂于北风卷地白草折的冬。漫天皆白，似乎可以把一切掩盖无迹。只有那呼唤，像暮色里的钟声一样悠远，任何时候从任何方向都是那样清晰，它敲击的不是耳膜，而是心坎。

一花一叶醉中看，
一颦一笑梦里寻。
月缺月圆本无意，
青山踏遍不由身。

红楼幽思——家

重读《红楼梦》，最让我感动并黯然落泪的是第十八回——荣国府归省庆元宵。

元妃省亲是贾府的一大盛事，单从省亲别墅大观园的建造不难看出。元妃此番省亲可谓衣锦还乡荣归故里，对贾府是无尚的荣耀。依常理，骨肉团聚应是笑语喧天，皆大欢喜。但细品这一章节，就会发现看似热闹隆重的省亲场面下，元妃却一直泪眼婆娑。

茶已三献，贾妃降座，乐止。退入侧殿更衣，方备省亲车驾出园。至贾母正室，欲行家礼，贾母等俱跪止不迭。贾妃满眼垂泪，方彼此上前厮见，一手搀贾母，一手搀王夫人，三个人满心里皆有许多话，只是俱说不出，只管呜咽对泣。邢夫人、李纨、王熙凤、迎、探、惜三姊妹等，俱在旁围绕，垂泪无言。

半日，贾妃方忍悲强笑，安慰贾母、王夫人道："当日既送我到那不得见人的去处，好容易今日回家娘儿们一会，不说说笑笑，反倒哭起来。一会子我去了，又不知多早晚才来！"说到这句，不禁又哽咽起来。邢夫人等忙上来解劝。贾母等让贾妃归座，又逐次一一见过，又不免哭泣一番……

又有贾政至帘外问安，贾妃垂帘行参等事。又隔帘含泪谓其父曰："田舍之家，虽齑盐布帛，终能聚天伦之乐，今虽富贵已极，骨肉各方，然终无意趣！"……

……元妃命快引进来。小太监出去引宝玉进来，先行国礼毕，元妃命他进前，携手拦于怀内，又抚其头颈笑道："比先竟长了好些……"一语未终，泪如雨下。

……

众人谢恩已毕，执事太监启道："时已丑正三刻，请驾回銮。"贾妃听了，不由的满眼又滚下泪来。却又勉强堆笑，拉住贾母、王夫人的手，紧紧的不忍释放，再四叮咛……

省亲，是一次短暂而难得的家人团聚，元妃的伤感多于喜悦。她贵为皇妃，是何等尊贵显耀，但读罢小说，不用掩卷长思，就能鲜明地感觉到尊崇的地位并没有带给她快乐和幸福。在元春眼里，皇宫是"不得见人的去处"。后宫深幽，勾心斗角。杜牧在《阿房宫赋》中写过："雷霆乍惊，宫车过也；辘辘远听，杳不知其所之也。一肌一容，尽态极妍，缦立远视，而望幸焉。有不得见者，三十六年。"一朵朵娇艳的女人花，被搁置在皇宫极尽奢华的大花瓶里，随着时间的流逝，一点一点枯萎凋谢，那些美丽女人的孤独、寂寞和痛苦是外人难以想象的。

所以，元春才会对他的父亲贾政说出这样的幸福观："田舍之家，虽齑盐布帛，终能聚天伦之乐，今虽富贵已极，骨肉各方，然终无意趣！"幸福是什么？幸福是和亲人在一起，是和自己所爱的人在一起，即便没有锦衣玉食，但只要有爱，苦也是乐。若骨肉分离，即便大富大贵又有何意？人活着，没人能来分担你的失败固是不幸；但如果你的成功也没人来分享，那一样也是痛苦的。

皇帝富甲天下，皇宫富丽堂皇，可皇宫里缺少或者说没有爱，因此皇宫不是元春的家；贾府有爱，但元春却身不由己，不能在这生养她的地方安身，所以贾府也只是元春形式上的家，梦的天堂而已。

喜欢爱人的一句话：有房子有爱，这才是真正的家。

红楼幽思——死而复生

《红楼梦》第八十二回写道，一日，宝玉下学回来，先见了贾母、贾政、王夫人，然后就赶着出来，恨不得一走就走到潇湘馆才好。脚底生风，一踏进潇湘馆，宝玉就道："嗳呀，了不得！我今儿不是被老爷叫了念书去了么，心上倒像没有和你们见面的日子了。好容易熬了一天，这会子瞧见你们，竟如死而复生的一样，真真古人说'一日三秋'，这话再不错的。"

宝玉这话逗笑了紫鹃，逗笑了多愁善感的林妹妹。古人云"一日不见，如隔三秋"，似乎已经把相思夸张到极致。没想到山外有山人外有人，"死而复生"，宝玉这四个字真真是惊心动魄。

宝玉身边美女如云，虽然终日被花团锦簇着；虽然这位公子哥尤爱红，爱吃女孩嘴上的胭脂膏，动不动还猴到人家女孩身上；虽然他和袭人等丫鬟耳鬓厮磨；虽然他偶尔见到宝姐姐也会暂时短路，心猿意马，但他自始至终心里只情钟一人——黛玉。

宝玉爱黛玉，深入骨髓。这份爱超越了对其他女子外表的悦纳，更多的是心灵的默契和精神的眷恋。黛玉的言行左右着宝玉的一切，她的喜怒哀乐就是宝玉日常生活的晴雨表。黛玉是宝玉的知己，是他的灵魂，是他顶礼膜拜的神。

读过《红楼梦》的人一定记得"慧紫鹃情辞试忙玉"那一章。紫鹃故意试探宝玉对黛玉的感情到底有多深，她对宝玉说："我们姑娘来时，原是老太太心疼他年小，虽有叔伯，不如亲父母，故此接来住几年。大了该出阁时，自然要送还林家的……"

贾府进进出出的女孩很多，别的且不说，像元春、迎春、探春、秦

可卿、史湘云、妙玉、惜春，她们都跟宝玉感情很深。这些人离开宝玉时，他也难过，但难过程度犹在正常人情感表达的正常范围之内。这次紫鹃说林妹妹要走了，他的表现可就不同凡响了：

“宝玉听了，便如头顶上响了一个焦雷一般。”

紫鹃的话对宝玉不啻于五雷轰顶，他整个人立即傻了，呆子一般。他被前来找他的晴雯拉回怡红院，依旧呆呆地，一头热汗，满脸紫涨。“两个眼珠儿直直的起来，口角边津液流出，皆不知觉。给他个枕头，他便睡下，扶他起来，他便坐着，倒了茶来，他便吃茶。”在他心里，黛玉就是他的生命，没有黛玉他也失去了活着的意义。

再看黛玉，当她从前来向紫娟兴师问罪的袭人口中得知宝玉已经不中用时，“哇地一声，将腹中之药一概呛出，抖肠搜肺，炽胃扇肝地痛声大嗽了几阵，一时面红发乱，目肿筋浮，喘得抬不起头来。紫鹃忙上来捶背，黛玉伏枕喘息半晌，推紫鹃道：‘你不用捶，你竟拿绳子来勒死我是正经！’”这个大家闺秀此刻也寻死觅活起来。

“他俩就是一对冤家！”贾母面对宝黛隔三差五的折腾不止一次这样对众人讲。不是冤家不聚头，爱极生忧，爱极生怨，爱极生怒，爱极生恨。

失去父母无依无靠的黛玉，在风刀霜剑严相逼的贾府中，时时小心，步步留意，寄人篱下的生活让她对自己的明天充满忧虑。贾母已风烛残年，她不可能是黛玉一生的保护伞，宝玉是她活下去的唯一动力。

所以，小说第九十六回，当黛玉意外地从傻大姐那里得知宝玉要娶宝钗时，也如同遭遇疾雷，呆了！心里顿时翻起五味瓶，油儿酱儿糖儿醋儿倒在一处。“那身子竟有千百斤重的，两只脚却象踩着棉花一般，早已软了……紫鹃取了绢子来，却不见黛玉。正在那里看时，只见黛玉颜色雪白，身子恍恍荡荡的，眼睛也直直的，在那里东转西转。”又一个为情被瞬间击垮的人。

黛玉和宝玉有所不同，宝玉虽独钟黛玉，但是他的社会支持系统中

还存在更多的人，他是贾府的金凤凰，是老太太的掌上明珠，是贾府未来的继承人。除了宝玉，黛玉什么都没有。宝玉娶宝钗，无疑是要了黛玉的命，她再没有生的希望。焚稿断痴情，冷月葬花魂，除此之外，那样一个黛玉在那样一个时代，实在没有更好的选择。

问世间，情为何物？直教生死相许。想起这句话，却不知该如何写下去。

说到辛酸处，荒唐愈可悲。

由来同一梦，休笑世人痴。

碰碰香

红楼幽思——一场幽梦

一直不看好李少红重拍《红楼梦》。一部经典之作，原滋原味，那才叫过瘾，况且1987年版的《红楼梦》是我认为改编最好的。

断断续续看了一点新版作品，对我来说，或许对很多红迷来说，它已成鸡肋：看，看不下去；不看，又担心会有改变。

客观地说，新版红楼在人物服装、场面布景、拍摄技术方面都是87版无法比拟的。最令我失望的是小宝玉和黛玉，看面相，年龄差距太大，似乎黛玉要比宝玉大五岁之多，小宝玉还一口一个“好妹妹，好妹妹”，应该叫“好姐姐，好姐姐”才对。

原著中对宝玉的描写是“面若中秋之月”，“中秋之月”应是圆而白的脸型，像当年的欧阳奋强，而不是今日演员之瓜子脸。“虽怒时而若笑”，宝玉爱笑，生气都像在笑，笑得至性单纯，孩子般。而新版中的小宝玉，往往笑中带着一股狡黠。

而黛玉呢？那“似蹙非蹙的罥烟眉”在哪里？那“似喜非喜的含情目”在哪里？哪里有“泪光点点”？哪里有“娇喘微微”？哪里有“娇花照水”？哪里有“弱柳扶风”？蒋梦婕圆圆鼓鼓的娃娃脸，更让黛玉少了几分灵气。当年只有十八岁的陈晓旭，恰当地表现了原著中林黛玉那份孤高自许才华横溢的风韵。

姚笛扮演的王熙凤漂亮有余，泼辣不足，根本找不到“粉面含春威不露”的影子，这样的人怎能成为“白玉为堂金做马”的贾府大管家？还得是邓婕，她的厉害劲儿着实了得。薛宝钗温柔敦厚，贤淑可人。是她的笑过于妩媚，背离了她贵族小姐的身份。

再说说新版的音乐。87版《枉凝眉》摄人心魄，恰如其分地表现了红楼的凄惨故事。新版主题曲我一直未完整地听一次。背景音乐有时更是来得蹊跷，原本专心看着，音乐突然变得阴森诡异，幽幽的，听得脊背直冒凉气。

费解的还有镜头的转换，人物时而快速前进，时而又被定格。第一次看到这情景，以为是自家的电视出了问题，拿着遥控器反复调试。后来这种情况多了，才恍然大悟。乾坤大逆转，人物大漂移，新版红楼要的就是一个“玄”，一个与众不同，要把红楼一梦变成“红楼幽梦”。

新版红楼努力遵循原著，台词基本是原文，但是，每每看那些俊男靓女在电视里表情呆滞地背原文，生硬的语调脱离了对人物的深刻理解，内心无限悲哀。不过，新版红楼加了旁白，这很好，它们把场面的切换自然衔接起来，使电视剧的整体感增强。

总体而言，新版红楼梦还是让人遗憾多多。曹老先生若是地下有知，不知道会不会掩面而泣？“字字看来都是血，十年辛苦不寻常。”作品是作家的孩子，自家的孩子被“糟蹋”成这样，哪个当爹妈的不会仰天长叹呢？无人能解其中味，作者那一把辛酸泪又抛向何处？

红楼幽思——妙玉不妙

在金陵十二钗中，妙玉是唯一一个跟贾府没有关系的外人。这个祖上是读书仕宦之家的女子，自幼多病，无奈带发修行，在美女如云的红楼梦中是特立独行的一位。

对于新版红楼梦，爱恨交加，爱的是小说《红楼梦》本身，恨的是李少红把这部名著“糟蹋”成这个样子。有空扫一眼，电视里正热闹上演刘姥姥二进大观园，贾母等人拿刘姥姥开涮，酒过三巡后来到栊翠庵。

“栊翠庵？”心底一亮，妙玉要出场了。这之前，金陵十二钗中的十一个都已登场，只有妙玉犹抱琵琶半遮面呢。“那些已经出场的大都让人失望，不知这最后一个能不能一扫先前阴霾？”胡思乱想之际，妙玉现身了。

这……这是妙玉吗？

清晰地记得原著在“红楼梦十二曲——世难容”中对妙玉的描写：气质美如兰，才华阜比仙。这是一个秀外慧中的妙龄女子！小说第十八回通过林之孝家的也第一次向读者介绍了妙玉其人：文墨也极通，模样又极好。

妙玉似乎和黛玉有相像之处：美丽孤高，才气过人，超凡脱俗，卓尔不群。妙玉虽身在佛门，但并未真正做到六根清净与四大皆空，她会因为宝玉的话而脸红，她会在宝玉过生日的时候给他下帖子。总之，无论是外貌还是气质神韵，妙玉是不输黛玉太多的。

看看如今的妙玉吧，首先那身衣服就太煞风景，原白色长裙尚可接受，但外面那个灰底红花的无袖罩衫俗不可耐，灰色脏兮兮，红色艳兮

兮。其次头饰，怎么能让妙玉头顶一朵大红花呢？她不是刘姥姥，也不是小芹她娘，更不是杨二车娜姆，一个带发修行的贵族女子在头上带个大红花做什么？

我曾非常欣赏李少红在《大明宫词》《橘子红了》中唯美的艺术追求，如今这是怎么了，难道李少红自己看不出来她御用的这批红楼女子被打扮成这样，丧失了艺术的美感吗？尊重原著不仅是尊重原著的文字本身，更重要的是要尊重原著中人物的气质神韵。

现代汉语大辞典中对“妙”的解释有三：美，好；奇巧，神奇；青春年少。妙玉在曹雪芹眼里本是一个美好、神奇、青春年少的玉女，而李少红打造的妙玉既不美也不好，神奇更没有，就连青春年少都不知跑到哪里去了。如果不是贾府之人称其妙玉，没准观众会以为李少红觉得刘姥姥进大观园很有趣，就擅自增加了一个“刘大嫂进栊翠庵”的情节了。

“欲洁何曾洁？ 云空未必空。可怜金玉质，终陷淖泥中。”妙玉的结局在小说中实堪怜，没想到二百多年后，妙玉再次遭受罹难，被李少红又生生推进“淖泥中”。

仿《世难容》填词一曲，聊解心中郁结：

气质美如兰，才华阜比仙。新版红楼人皆罕。你道是妙玉早作古，地下无尘缘；却不知哗众人皆怨，商演世同嫌。可叹这，妙龄玉女被亵渎；辜负了，雪芹辛苦十年寒。到头来，终究是千人同唾违心愿。好一似，无瑕白璧淖泥陷；又何须，左右逢源借口添。

永远的“康桥”

1931年11月19日，我生活的这座城市大雾弥漫，一架由南京飞往北京的飞机在距这座城市25千米左右的党家庄附近撞山坠毁，机上无一人生还，一位36岁的天才诗人在这次空难中逝去了。

他就是被梁启超誉为“现代诗坛的奠基”的新月诗派的掌门人——徐志摩。

36岁，多美的年华，正值他文学创作的高峰，就那样瞬间走了，莫说带走一片云彩，就连挥一挥衣袖的空隙都没有，难道是天妒英才?

略感欣慰的是，徐志摩的作品会永留人间。他的诗作中，我对《再别康桥》情有独钟。

其实，徐志摩对康桥（英国剑桥）更是情有独钟，“康桥情结”贯穿了他短暂的一生。出生在豪门望族的徐志摩，没有继承银行家父亲的禀赋。也许是从小过惯了锦衣玉食的生活，少小不愁钱的他对经济不甚感兴趣。

1920年到1922年间，徐志摩留学英国剑桥大学，在那里他度过了一生中最幸福美好的两年。他在《猛虎集·序文》中写过，在24岁以前他对于诗的兴味远不如对于相对论或民约论的兴味。正是康河的水，开启了诗人的心灵，唤醒了久蛰在他心中的诗人的天命。因此他后来曾满怀深情地说：“我的眼是康桥教我睁的，我的求知欲是康桥给我拨动的，我的自我意识是康桥给我胚胎的。”

徐志摩的人生理想是：爱，美，自由，这些愿望在康桥都得以实现。在康桥的两年时间里，无论是行为还是思想，徐志摩都成为一个自由人。他放慢了生活的脚步，真切地聆听着四季的声音。康桥的天，康

桥的水，康桥的翠柳，康桥的碧草，康桥的繁星和月亮，无一不带给他美的享受。在那里，他不可遏制地爱上了文学，走上了文学创作的道路；他不可遏制地爱上了林徽因，深味了爱的甜蜜，也深味了爱的烦忧。

康桥给徐志摩留下了太多的美好，那里有他想要的爱，有他想要的美，更有他渴望的自由。康桥成为他精神的家园和心灵的栖息地。1928年，徐志摩故地重游，眼前康河依旧，金柳依旧，“美”依旧，可是昔日的“爱和自由”呢？物是人非事事休，他感慨万千，在返回祖国的轮船上，写下了《再别康桥》这首动人的诗篇。

许多美好都已成为遥远的记忆，康桥的一草一木，一山一水，都烙下了徐志摩生命的印记。他悄悄地来，又悄悄地去。情到深处更孤独，他的沉默不是冷漠。面对康桥，一部二十四史他不知该从何说起，万语化无声，“沉默”是他对康桥最好的告别。

如果说诗歌是人生命的花朵，那么《再别康桥》无疑是徐志摩短暂人生中最绚丽的那一朵。

斗胆仿照《再别康桥》的最后一节，写下几句话，权且作为对这位天才诗人的纪念：

悄悄地，你走了，
正如你悄悄地来；
你来不及挥一挥衣袖，
也没带走一片云彩。
但你那隽永的诗行，
为岁月——
留下永恒的芬芳！

读书，一生的财富

学生的现代文阅读一直很差，每次考试，不管试题的难易，他们的分数变化不大，基本是个位数（一般满分是18分）。

我问学生："你们自己想一想，为什么做现代文阅读这么费力？"

一个学生说："我读不懂，尽管那些字都认识，但有时就是不知道作者到底要表达什么。"其他同学频频点头。

"那为什么会读不懂呢？"我又问，想让他们进一步寻找原因。

"我们还小！"一个男生的回答立刻招来一片笑声。

"还小？"我也笑了，都十七八岁了，小什么？

"作者的年龄一般都很大，我们又没有他们那些丰富的人生阅历，等我们长到四五十岁的时候也许就懂了。"这个男生的解释是我没想到的，但他说的的确有道理。阅读中的选文作者都不是等闲之辈，别说学生，就是老师也望尘莫及，让这些十几岁的孩子去理解那些成人的作品自然有难度。我在认可这个男生的观点后，发表了自己的一点看法：

"同学们，高考是不会等我们长大的，要知道还有许多学生做阅读题做的很好啊，那又是为什么呢？帮助人类健康成长的经验有两条，一是直接经验，二是间接经验。获取间接经验最快捷的方法就是读书，同学们，你爱读书吗？你常读课外书吗？我调查一下，今年完整地看过一本正规文学类作品的同学请举手。"

接下来的情况大大出乎我的意料：两个班，只有8人举手，其中普通班6人，实验班2人。"为什么不读课外书啊？即便是平常学习忙没有时间，周末、节假日总还是有吧？"

那一刻，我一下明白了为什么学生在现代文阅读面前束手无策了。

不读课外书，很少接触那些与试题相关的文章，语感就无法形成，在这种情况下，要想在规定的时间里出色地完成考试题，绝对是难上加难。

面对学生的读书现状，感到很悲哀。我一直满足于课本教学和课内的阅读，对学生的课外阅读没有引起高度重视，尽管口头也说，但没有把建议落到实处。

这已不只是个如何应对考试的问题，读书对人一生的成长和幸福都非常重要。教育要为学生的未来着想，要为学生的终身发展服务。

于是我对学生讲："同学们，人活着，不仅需要富裕的物质基础，更需要丰富的精神给养。一个人，可以物质贫穷，但精神不能不富有，否则人生的意义要大打折扣。"接下来，我谈自己的读书情况，"老师每天也很忙，但每天都坚持读书，睡觉前雷打不动一定要看，少则半小时，多则一两个小时，周末、假期则会更多些。我习惯把近期要读的书放在床头柜上，比如最近一段时间，我和我的女儿一直在看六本书：《中国最佳教育随笔》《高原上的探戈》《心理学的诡计》《梦的解析》《时间简史》《宇宙的起源与归宿》。"我把六本书的名字写在黑板上，学生瞪大眼睛看着，很认真、很安静。

"每个人选择一本自己喜欢的文学类作品，边读边写随笔，假期读完。开学时大家把书带来，每人一本，加起来四十多本，足够建成一个班级小小图书馆了。下学期，我们每周拿出一节课，大家交换着看，当然平时也可以借阅。不要说我没有钱买一本书，不要说我没有时间看，这都是给自己的懒惰找借口，要把阅读养成一种习惯，让它成为我们生活的一部分，慢慢地，你就会发现读书的乐趣。多读书，看眼前，对你们的阅读和写作有益，对你们的高考有利；看远些，它将是你们一生取之不尽用之不竭的财富。"

当读书成为一些习惯，生活将走向更加宽广深邃的空间，平凡的人生将变得更充实瑰丽而富有生机。

素心含香

SU XIN HAN XIANG

你曾经走进我的生命，我无法奢望我们的天长地久，我只能珍藏我们的曾经拥有。昙花一现，曾经最美，你带给我一段生命的传奇。我爱你，与你无关。

我的小甜心

女儿来去学校都有班车，每次回来，都是老公接。这次他有事，迎接女儿的接力棒自然传到我手里。

女儿住校半个多学期了，这是我第一次接她。我们家是典型的男主外女主内，接女儿也属于我家的“外事活动”，更何况我有明显的不利因素：不会开车。我的任务就是在厨房里折腾，折腾出一盘又一盘的美味佳肴，然后幸福地看着他们两个狼吞虎咽，风卷残云。

不停地翘首东望，盼着校车出现。心里莫名地有点激动，6天没见女儿了，很想念。如今，住校已成为女儿的习惯，而思念成为我生活的一部分，也渐渐成为一种习惯。每当一个人在空荡荡的房子里无所事事时，女儿的音容笑貌便会在眼前清晰地出现，那美目，那笑容，那甜兮兮的小嘴儿，总令我情不自禁地微笑。

“妈妈，不是说好了我自己回家吗？”一下车，女儿就抱怨。上周走时，女儿坚定地说老爸有事她自己回家，不用接。

“我不放心！”

“妈妈真好！”女儿笑靥如花。

“你和你妈妈真像啊！”女儿的同学对她说。

“真的吗？我就希望别人说我像我妈，我妈可是大美女啊！”女儿在外人面前从不掩饰对妈妈的偏爱。

“像爸爸有什么不好？像爸爸就不漂亮了吗？”我每次都这样纠正她。

“像爸爸也好，也漂亮；但是像妈妈更好，更漂亮啊！”女儿背着大书包，左手搂着我，右手拖着拉杆皮箱。我伸手想拉箱子，被女儿拒绝了：“我自己就行，不沉。”再要，女儿还是不答应，只好作罢。

“打车回去吧？”我跟女儿商量。温度骤降，早晨下了一场雨，风冷冷的，跟冬天没什么区别。

“两站路，打什么车，一眨眼就到了，省点吧。咱俩就这样散步回家，多有意思啊！”女儿笑着说，好像她是大人我是不懂事的孩子。

“我是担心你饿了。”

“不饿，和妈妈在一起，一点儿都不饿。”女儿紧紧地拉着我的手，很温暖。我的心也很温暖。

叽里呱啦，一路上，女儿一刻也没停下来，把学校一周来的大事小情绘声绘色地向我汇报。真是奇怪她怎么就不累呢。

“你还累呀？你看这一路都是我在说话，你只是听，听还累吗？”回到家，我一说累死了女儿就反驳我。

“美呀！”我和女儿挤在一个被窝里美美地睡了一大觉，一睁眼，女儿亲了我两下，对我说。

“美吧？还是在家睡觉好是吧？”

“我是说你，你美，小傻瓜！”女儿笑了，“我真想吃了你！”

“吃了我？吃了我你可就没有妈妈了。”

“不是的，我要是吃了你呀，你就永远待在我肚子里了，这样我走到哪都能带着你，多幸福啊！”

女儿一脸美好憧憬。这孩子，怎么就这么会说话呢，她灵动新颖的语言常让我这个从教二十年的语文老师感到汗颜，自愧不如。

亲爱的宝贝，你是我的小甜心，读你千遍也不厌倦。

我和女儿“谈恋爱”

每天晚饭总是轻松和愉悦的，那是我和宝贝女儿快乐交流的驿站。

当然，更多的时候，是女儿讲我听。她会把在学校一天的“重大见闻”告诉我，开心的，烦恼的，感动的，难过的。女儿外向开朗，阳光般的性格使得她什么都会对我说，这一点，最让我感到欣慰。如果有一天，女儿的心门对我关闭了，我想我会非常失落，因为那代表女儿从此在感情上也进入了断乳期。

上了一天班，往往很疲惫，但每天坐在餐桌前，听女儿“上课”早已成为一种习惯。我默默地听，女儿滔滔不绝地讲。她的词汇丰富生动，我常常被她逗笑。而有时，她不经意间蕴含哲理的话语，也让我刮目相看，如果不是面对面，我真的难以相信那些话是女儿说的：

“青春期的女孩子对异性产生好感很正常，有时也许会喜欢某个男生，但这种喜欢只是一种欣赏，比一般朋友略微多那么一点点罢了。她喜欢的不是眼前这个人，而是自己的一种幻想。女孩子进入青春期，会对自己喜欢的异性有一个想象，当在生活中碰到了一个跟自己想象有些类似的人，便会对他产生好感，但实际上这个人只是一个替身、一个影子，一旦走近，很快就会发现他根本不是自己想象中的那样。”

“中学生并不成熟，谈恋爱根本不合适。我看不惯那些整天在同学面前搂搂抱抱的，素质太低了。而且现在谈恋爱一般也成不了，他们迟早会分手，与其那时痛苦，不如现在不谈，自找苦吃。”

“距离产生美，有时你看着一个人挺好，那是因为接触的少。我们班有谈恋爱的，整天黏糊在一起，看着挺热乎，但他们常常会吃醋、生气、吵架，一般朋友之间，就不太会这样。”

“学生还是要以学习为主，学习不好将来到了社会也不行，看那些谈恋爱的，大都成绩不怎么样，谈恋爱很影响学习。”

听着女儿这些关于中学生爱情的宏论，惊讶于它们出自女儿之口。

望着女儿，心里再一次感谢上苍，感谢她赐给我这么可爱的天使。她总是不会让我过多地操心，总是给我更多的放心。进入青春期的女儿能站在这样的高度和深度来理智地认识爱情，它带给我的幸福远远大于满分的好成绩。

“老妈，你上学的时候心里有没有喜欢的男生啊？”居然探起我的隐私来了。

“有啊，但只是心里喜欢而已。”对孩子不能撒谎，更不能装所谓的正经和高大。

“有才正常，没有就不正常了。”女儿很得意。

“那你现在有喜欢的男生吗？”

“也有，两三个呢。”女儿笑嘻嘻地。意料之中，不吃惊。

“他们都是谁呀？能给我介绍一下吗？”

“这可不行，这是我的小秘密哦！”

“噢，秘密，那就好好保密吧，想告诉我的时候再说。”

谁能没有自己的秘密呢？孩子不是父母的私有品，他们是具有独立人格的人，他们的一切同样应该得到尊重。

“还是朦胧一点好，把喜欢放在心里。我不会对一个男生说我喜欢你，如果别的男生对我说我也不会接受。做哥们儿最好，一个人，同性、异性的朋友都要有，朋友多了快乐多。遇见朋友说句话很开心，遇不到也无所谓。做朋友和谈恋爱不一样，朋友之间彼此不约束，都自由自在的，将来回想起来，一定挺美！”

合格的父母不只是教会孩子如何去获得知识，还应该教会他们如何与人交往以及在交往中获得幸福和快乐。

美丽的谎言

圣诞的脚步近了，办公室里的姐妹常常给大家描述家中小儿女期待圣诞礼物的有趣情形。小孩子们为了得到礼物，努力地表现着，唯恐一不听话惹怒了圣诞老人，与礼物失之交臂。

小孩总是格外认真，单纯得很，他们相信爸爸妈妈的话，相信这个世界上有圣诞老人，而且深信每一个乖孩子在圣诞节这一天都会得到圣诞老人的奖励。

女儿小时候也是这样。有一年，大概她四五岁的样子，进了12月份，我对女儿说起了圣诞节的事。我告诉她圣诞老人在每年的12月都会总结全世界小朋友一年来的表现，听话的好孩子会在圣诞节这一天得到圣诞老人亲自送来的礼物，而且这个礼物还是你特别想要的。

“妈妈，我是个乖孩子，我会在圣诞节得到礼物吗？”女儿对圣诞老人充满向往。

“会的，遥遥一直是个乖孩子，一定会得到礼物的。你许个心愿，看看能不能实现。”看着女儿的大眼睛，我发现孩子的心是那么纯真可爱。

于是，每年到了12月份，女儿都会在某个晚上对着窗外的星星或月亮许愿（一定是有星星或月亮的夜晚，她说太黑了圣诞老人看不见），虽然她的小嘴儿念念有词，但是圣诞老人听不到，只是旁边的我听得一清二楚。

清晰地记得女儿第一次得到圣诞礼物的情景。

那个圣诞节的早上，我还没起床，女儿醒了。

“妈妈，我会有礼物吗？”女儿没有急着下床，而是站在床上忐忑不安地看着我，眼里满是期待和焦急。

“你自己去看看吧。”我鼓励她。

女儿下床了，咚咚咚，朝房门的方向跑去。

“妈妈，门上没有啊？”一会儿，她失望地回来了，很伤心的样子。

“那你再到阳台看看，圣诞老人也可能是从窗户爬进来的呢。”看女儿那难过的模样，心都有点儿不忍了。

只几秒钟，“爸爸妈妈，爸爸妈妈，有礼物，我有礼物了！”女儿的声音大得出奇，惊喜溢于言表。

“快让我看看，圣诞老人都给我们遥遥什么礼物了？”我做出一副相当吃惊的样子。

和女儿在金鸡岭

“妈妈，大熊，还有卡通画，还有圣诞帽，都是我想要的，圣诞老人真厉害呀！”女儿快速翻着礼品袋，一个一个把礼物拿出来，她对圣诞老人佩服得五体投地。

欣喜过后，女儿就开始给七大姑八大姨打电话，告诉他们这一特大喜讯。其中有人对她说：“没有圣诞老人，那是你妈妈装的。”女儿很失望，问我是这样吗？我说不是，妈妈昨晚一直搂着遥遥睡觉，哪有功夫买礼物去啊？女儿信了，小孩子是最相信妈妈的话的。

接着，我悄悄地给揭穿秘密的人打了电话：“不要打碎小孩子的美梦，帮我成全她。”

从此后，全家人都和我一起为女儿编织这样的圣诞故事，女儿在每年美好的期待中渐渐长大了。她一直努力地做个好孩子，因为她坚信她

的一举一动圣诞老人都会看到。

“你能骗她到什么时候呢？”妈妈有一次目睹女儿得到圣诞礼物狂喜的时候对我说。

“骗到啥时算啥时呗，又没什么不好的。”我也奇怪，女儿竟然一直相信着。这期间她也不止一次对我讲过幼儿园的小朋友、小学的同班同学对她说圣诞老人是假的，是大人装的，但她说我不信，他们不是好孩子没有得到礼物所以才会这样说。

直到女儿上小学三年级的那一年，我精心编织的谎言被戳穿了。一天，我下班刚一进家，女儿就怒气冲冲地冲我大嚷：“妈妈是个大骗子，老师今天上课讲了，根本就没有圣诞老人，你一直说有，你还告诉我要诚实，可你一直撒谎，你不是个好妈妈！”女儿很伤心，哭了。

我一时呆住了，“我错了吗？”我拉着她的小手：“遥遥，圣诞老人的确是妈妈装的，但妈妈不是故意欺骗你，妈妈只想满足你的心愿，给你个惊喜，难道你每年收到礼物时不高兴吗？”

女儿收住了眼泪，好像明白了。

其实，我只想让我心爱的女儿更多地体会到生活的美好和幸福，学会感动，学会感恩。

冬日里的花香

“妈妈，你知道吗，今天考试的作文简直就是为我出的。”女儿满脸抑制不住的喜悦，尽管窗外雨雪霏霏。

“什么题目啊？”从她上小学起，我就养成了一个习惯，每逢考试，如果她不说，我不会急着主动询问她考试情况。我不想让女儿认为在家长眼里考试是那么重要，甚至比孩子还重要。

“冬日里的花香”。兴奋仍写在女儿被冷风吹红的脸上，“妈妈，你知道吗？太巧了，我最近一直想写一篇文章，就跟这个题目有关，只是没空，没想到今天考试考了，我当时一看题目就笑了，大笔一挥，半个小时写完了，自我感觉非常好。”

“你写的什么呀？”我很好奇。

“作文要求我们写亲人、朋友、同学、老师或陌生人带给你的温暖和感动，我写的是陌生人。”

“陌生人？你写的谁呀？”

“我写的是我们学校的一个送水工和一个清洁工。送水工五十多岁了，很矮很瘦很黑，每天骑着三轮车在校园里跑来跑去给各班送纯净水，很辛苦。可每次他来送水，我发现他都是笑眯眯的，非常和蔼。那个清洁工也是五十多岁了，那么大年纪，每天打扫厕所的卫生，又脏又累又冷，但是每次看到她，她总是对我微笑，可亲切了。我觉得他们都非常勤劳、非常友善，每次看到他们，我心里总是很感动，早想写写，今天终于如愿了。”

女儿滔滔不绝地讲着，面前的美味动也不动，她竟把自己写的作文从头到尾给我背了一遍。

静静地听着，我的眼睛湿润了，不是因为她作文写得好，而是为她那悲悯的情怀。90后的孩子基本是独生女，他们从出生伊始，就被浓浓的爱紧紧地包围着。这些来自父母和长辈的爱尘封了许多孩子的爱心，使他们在不知不觉中变得冷漠麻木、自私狭隘，人人可以为我，我不能为人人。没想到，女儿能对校园中最弱势的群体抱有如此善良真诚的情感，实在难得。

“妈妈，做现代文阅读时我掉眼泪了。”

“为什么呢？”考场上掉眼泪，我第一次听说，尽管我已经做了快二十年的语文教师了。

“那篇现代文叫《善意》，讲的是一个年轻的妈妈如何教育自己的小孩善待另一个天生手有残疾的小孩的故事，我看着看着，眼泪就掉下来了，太感人了！”

女儿真的长大了，懂得爱、理解和尊重了。她那么真实，那么善良，在我眼里，她是那么美。

我对她说：“宝贝，无论这次考试你考得多么糟，妈妈已经给你打了满分。”我知道，女儿不是学习成绩最棒的；但我相信，在同龄的孩子里，她的做人是最优秀的。

在做人与做学问之间，我始终认为做人应该是第一位的。教会孩子如何做人，才是父母送给孩子一生的最大财富。

“妈妈，许多同学对学校里的清洁工和送水工很冷漠，看不起他们，可我觉得他们很好、很善良，应该尊重他们，每一个人都应该得到别人的尊重，你说是吧？”女儿很严肃。

“是，每一个人都需要别人的尊重，也都应该得到别人的尊重。”我看着心爱的女儿，微笑着点头。

在这大寒的日子里，我闻到了一股幽兰的花香，它是那么沁人心脾。

女儿解放了

“妈妈，我解放了！”女儿一进家门，就冲我欢呼起来。

“解放啦，宝贝，祝贺！”我拥抱了一下浑身散发着冷气的女儿。

女儿的学习一天忙似一天，整个人就像是上紧了发条的钟。8门学科轮番轰炸，无休无止的复习作业让女儿置身于书山题海中，晚上11点后睡觉是家常便饭。而早上6点又要起床，没有一个早晨女儿能自然醒，都是在我三番两次的催促中，她才极不情愿地从热乎乎的被窝里爬起来，眼睛眯成一条缝，眉头紧蹙，嘴里哼哼唧唧地。每次都看得我心疼，可是没办法，现实如此，学总是要上的。

考试的前一天晚上，迷迷糊糊睡了一小觉后，我发现客厅里还透着淡淡的灯光，拿过手机一看，快12点半了。“难道女儿还没睡？”我睡时，女儿说还有一些复习题没背完。

悄悄起身，来到女儿房间。

“妈妈，我实在是太困了。”只见女儿倚在床头，手中还拿着讲义，眼睛已经快睁不开了。

那一刻，我的眼泪要出来了。这是学习吗？获取知识应该是快乐，可孩子为了知识怎么就这么痛苦？

“睡吧，不背了。”我拿过女儿手中的讲义。

女儿一下子躺了下去，衣服都没脱，转眼睡过去了。那样子，真让人心疼！

作为一名老师，我可以对我的学生仁慈，尽量不给他们带来沉重的学业负担，尽我的最大可能让他们愉快地学习。可面对自己的女儿，我却常常感到无奈。女儿就读的是一所重点学校，在大力提倡素质教育、减轻学生课业负担的今天，我没有从女儿的身上看到轻松。面对她的牢骚，我只能违心地站在学校和老师的一面，明知有些做法确有不妥，但也不敢一味地迎合女儿，我怕我的赞同会加重她的苦恼。作为家长，我无力改变学校教育的模式和方法。所以，她只有服从，别无选择。

希望女儿能接受更多更好的教育，但愿一个“好”字可以满足我这些小小的愿望：她每天能在晚上10点前完成作业，然后看看报纸、杂志、课外书；她每天能睡够8个小时，正是长身体的时候，而且中午在学校不能睡午觉，所以晚上的充足睡眠尤为重要；周末的作业量能控制在一天之内，另一天带她出去爬爬山、看看电影、逛逛书店……总之，莫让上课、考试、写作业充斥孩子成长的每一天，让他们被迫成为学习的机器，铸成麻木空洞的灵魂。

今晚，从放学回来到现在，笑声和歌声一直伴随着女儿。吃完饭，她洗碗，洗衣服，看博客，评文章……快乐得像只老鼠，忙得不亦乐乎。“终于有时间看我心爱的《时间简史》了！”女儿对深邃无垠的宇宙充满好奇，霍金的《宇宙的起源与归宿》和《时间简史》已买了很久，可她就是挤不出时间阅读。

我和女儿挤在一把椅子上，勾肩搭背，嘻嘻哈哈，共同欣赏着网友的美文佳作，互相交流着各自的体会，这感觉，好极了，但久违了。

我清楚地知道，女儿的快乐轻松只是暂时的，漫长的求学之路还会使她长久地处在紧张艰苦的状态中。谁能来拯救我们的孩子，归还那些本该属于他们的无忧无虑的童年和多彩多姿的青春？

叫我如何不爱她

“妈妈，我今天要掀起一场战争，我要向他挑衅！”刚睁开眼睛的女儿便一脸严肃地说。

“大早晨起来，你就要向谁宣战啊？”

“向爸爸，我要把他赶走，从今以后咱俩在一起睡觉。”

“哈哈哈……”看着女儿那鼓鼓的脸蛋儿，我大笑不已，“多大个事呀？就为这，还要挑起一场战争？”

“当然，谁不想天天和美女在一起啊，凭什么他总霸占着你？”

真是个孩子，我笑不可抑。

女儿对这件事一直耿耿于怀，虽然能理解，但她一直不愿接受这样的现实。在她看来，妈妈应该是她和爸爸的共同财产。

小姑子带女儿到家里玩，席间她对宝贝说：“宁宁，你要向姐姐学习，你看姐姐总是哄舅妈开心，从不惹舅妈生气。”

“宁宁，让妈妈高兴很简单，你就甜言蜜语，天天夸妈妈，夸她漂亮、美丽，像个天使……什么好听说什么，这样妈妈就会非常开心了。”女儿现场传授秘诀，“妈妈都喜欢听好听的话，一说就管用。”话很老道，她也的确一直身体力行，直把我哄得晕头转向，不知东西南北。

“涵涵和她爸爸吵架了，四天不说话了。”中午和朋友小聚，得知此讯，因为女儿和涵涵是好友，所以晚饭时我告诉她，女儿不解。

“因为他期末考试没考好，所以俩人吵架了，吵得谁也不理谁。”

“唉，可怜的涵涵啊！他爸爸也太过分了吧，不就是一场考试吗？在这一点上，所有的家长都得向你学习，你看你，从不会因为我没考好而发火，总是能平静地面对我的好成绩、坏成绩，当家长就得像你一样，我好好幸运哟！”

心生甜蜜，原来家长和孩子一样，也喜欢被夸奖。

监了一天考，中午由于聚会没有休息，身体便不舒服，陪女儿吃了几口饭，我就躺到了沙发上。

“妈妈，喝点水，还难受吗？”多懂事的孩子，自己在家呆一天了，一直在学习，也没人陪，中午饭也是一个人吃的，但毫无怨言。

“妈妈，给你‘玫瑰俏佳人’。”“玫瑰俏佳人”是我和女儿的泰迪熊，因为是玫瑰色的，所以得此名，女儿知道它是我目前最喜欢的玩具。因为难受，我把小熊推到了一边。

“别，让小熊陪着你，你看着它，一会儿就好了。你看你俩在一起多和谐多搭啊！”女儿不过是个孩子，却像大人一样耐心地哄着我，小时候，妈妈在我生病时才会这样。

“抱着小熊躺一会儿就没事了。”女儿温柔的话语减轻着我的疲惫。天使是什么样呢？天使还能是什么样，天使一定就是我女儿这样。

刷锅洗碗洗衣服……像蜜蜂一样，女儿忙碌着。放假后，这些家务活女儿全包了，不仅保量，更保质。她愉快地唱着歌，飞到西，飞到东，我深深地感受到小棉袄的贴心和温暖。

不知什么时候，房间静了下来。睁眼一看，女儿的房门紧闭。

抱着泰迪熊，悄悄打开女儿的房门：“亲爱的，我能采访你一下吗？你在做什么？”我挥舞着小熊的手。

“我在学习啊。”女儿笑了。

“学了一天了，你不累吗？”小熊又举起了它的右手。

“我不累呀，我要再写两篇作文。”甜甜的声音，蜜一般。

“哦，那我们就不打扰你了，拜拜！”我带着小熊离开了。

从小学到现在，女儿的学习态度一直这样，就凭这，我从不忍心怪罪于她偶尔不理想的成绩，我知道，女儿努力了，尽力了。

叫我如何不爱她，这样的好孩子，今生今世，上天竟送给了我。

老鼠爱大米

“哈哈哈……”一扭头，从书房正好看见在卫生间忙碌的女儿，我忍不住大笑起来。

“你笑什么呀？”正在洗拖布的女儿被我突然的大笑吓了一跳，转过头，一脸茫然。

看她那莫名其妙的样子，我笑得更厉害了，“我笑你像个勤快的女主人。”

“哼，你这个小孩儿，竟然敢笑我？好好练字，否则我用尺子打你。”女儿板着面孔，很严肃。

“哇，好怕怕啊，我练，我练，我好好练。哈哈哈……”她那配合极佳的面孔实在是太搞笑了，这小孩儿，越来越可爱，越来越幽默了，常逗得我狂笑不已。

整个假期，女儿除了按照自己的计划写作业、阅读课外书、写博客外，家务活，只要是她会做的基本全包了。每天刷碗、拖地、洗衣服、整理房间也成了她必修的功课。

“宝贝，你就这么爱干家务吗？妈妈是不是有点太残忍啊？据我所知，现在的孩子一般都不喜欢干这个。”我问手始终没闲着的女儿。

“不残忍，我愿意。但是谁天生爱干家务啊？我是因为爱你，爱妈妈，知道不？”义正词严，声音洪亮。

这话听着怎么这么耳熟呢，真是有其父必有其女。不久前其父也说过类似的话，“谁天生爱干活？我不是爱拖地，我是爱老婆！”（出自《月亮代表我的心》）很好！这样的遗传基因可以发扬光大。早上老公临出门前嘱咐女儿：“遥儿，吃完饭别忘了拖地，快开学了，把自己的书包洗干净。”

自从我知道有一个勤快的妈妈就会有一个懒女儿这个一般规律后，我就下定决心一定要改变自己，培养出一个勤快的女儿来。我一直是圈内公认的贤妻良母（主要是因为无怨无悔地做家务），随着女儿渐渐长大，我发现我不能再勤快了，否则的话，我心爱的女儿会失去很多未来生存的资本。我不能以所谓的爱（不让孩子做家务）去害她，所以我就开始权利下放。当然，这是一个长期工程，好在女儿如今已步入正轨。

面对独生子女，我们应更多地教会他们独立生活的能力，因为我们不可能照顾他们一辈子，更多的路需要孩子自己去完成。他们总有一天要离开我们，飞向更加广阔的天空。我们要在他们还没有走出我们的巢穴时，使其羽翼丰满、再丰满，只有这样，他们将来才能飞得更高，飞得更远，才能更加自信顽强地迎接那些突如其来的风吹雨打。

女儿干家务为什么会乐此不疲呢？除了她说的“爱妈妈”的理由外，还有另外一个原因，就是她喜欢做家务时的一个附属享受——听音乐。

女儿喜欢音乐，她人生的第一句话就是一句歌词：小燕子穿花衣。“校园十大歌手”是她目前“歌唱事业”中的最高荣誉，我相信这仅仅是个开始，她在她热爱的音乐天地里会走得更远。

投其所好，最初让女儿学做家务时，我给了她听音乐这个附带的奖励。这个英明的举措空前地激发了她干活的热情和积极性，为其注入了强大的精神动力。要知道，平时除了规定的上网时间，女儿不被允许随随便便听歌。让孩子做事情，尤其是他们不喜欢的事情，心平气和讲道理可以，训斥不得法，惩罚更不可取，因为训斥和惩罚会加深孩子对本就不爱做的事情的厌恶感。最好的办法是奖励，用她最喜欢的事情当作奖品。当一个人要做的事情和自己最愉快的情感体验联系到一起时，他就会在潜意识里不知不觉地爱上那件事，而且还会期待下一次的到来。每个人在内心深处都有对美好感受的渴求，尽管他自己也许没有深刻地意识到。

“你看这个发型多好看，像个小公主，就是外国童话故事里的那种小公主。”干完活的女儿又开始折磨我的头发，她在我的头顶用一个小卡子卡起一绺儿，“要是再戴一个小王冠那就更漂亮了。”她对着镜子里的我说。

“妈妈，我爱你，就像老鼠爱大米，我要强吻。”话音未落，那热烈的小嘴儿便落在我的脸上。

“你是老鼠我是大米啊？”摆脱女儿的纠缠，我问。

“这还用问吗？当然你是大米我是老鼠了。”在我面前，她总很强势。

没有再接茬儿，我笑眯眯地看着她，就像欣赏一件无价之宝。她不知道，在我心里她才是大米我是老鼠，“老鼠爱大米”，这是我用生命为她演唱的一辈子的情歌：

我会加倍努力好好对你永远不改变
不管路有多么远
一定会让它实现
我会轻轻在你耳边对你说
我爱你爱着你
就像老鼠爱大米
不管有多少风雨我都会依然陪着你
……

到哪里去找这么爱你的人

“你就不能安静一会儿，让我好好看看新闻联播吗？”女儿紧紧地抓着我的胳膊，脸贴着我的脸，嘴巴不停地在我耳边絮叨，热气呼呼地吹进我的耳朵。

“电视哪有你好看，我就看你！”女儿答话痛快，毫不犹豫。

“我还想安静地看新闻呢！”

“你看就是了，你看电视我看你，各干各的，两不误啊！”她振振有词。

“可我听不清啊，你不停地骚扰我！”我有点烦了。她除了不停地说话，还不停地捏我的鼻子捏我的脸。

“你就知足吧，你说你到哪里去找像我这么爱你的人？你说我是不是这个世界上最爱你的人？”她瞪大了本来就很大的眼睛，直视着我，不到两厘米。

自从女儿放假回来，我的生活一下子就热闹了。平时老公忙，一个人在家的时候居多，很安静。现在好了，只要女儿睁开眼，只要她没写作业，我就别想安静，她似乎永远有说不完的话题，根本不用准备，不用思考。

早上醒来，她一定要先冲到我身边，抱着我，亲一下；中午睡觉，再亲一下，互道午安；晚上睡觉前，她还要亲眼看着我躺下，再来一个kiss，晚安，吻别！十多年来，这些繁琐的程序从未改变。

没事的时候，她就来折磨我。“你就是我的宠物，你说你是dog、rabbit、horse、pig、cat、chicken还是snake？”她又捏着我的鼻子问我。

“我可不做snake，我做chicken。”

“你也不合适做chicken，你应该是hen！”女儿纠正。

“好吧，那我就做一只母鸡吧。”

“哇，你连hen都知道啥意思啊？真棒，亲一个！”天，刚吃过饭的嘴巴给我盖了一个油油的印章。我急忙擦嘴。

“好啊，你还嫌我脏，哪有你这样的妈妈呀？罚你，陪我玩游戏！我妈妈叫我小狗狗……”属狗的女儿又开始了这个百做不厌的游戏。

“我妈妈叫我小马马！”属马的老公训练有素，马上配合。

“你们俩玩儿吧，我回家了。”属鸡的我嗫嚅地说道。

“继续，老爸开始说！”老公遵命：“我是马娘养的。”

“我是鸡娘养的。”这次我可以大声说了。

“你们俩玩儿吧，我回家了！”女儿低眉顺眼。不过，我一想也不对啊，吃亏的还是我！

一直非常喜欢女孩，无论婚前还是婚后。上大学时，我对婚姻生活最美好的想象就是整天跟一个天使般的女儿在一起，我照顾她，关心她，全心全意地爱着她，她永远是个小宝宝，等待我的精心呵护。可是，生活在不知不觉中悄悄发生了改变，女儿不知从何时开始占据了我俩之间的领导地位，现在不是我哄她，而是她整天哄着我玩了。

到哪里去找这么爱我的人？女儿说得对，能整天不厌其烦哄得我哈哈大笑的人，这世界上只有一个：我的宝贝女儿——思遥！

家有中考生

一直有意无意地淡化家有中考生的现实，并非出自麻木。有一次谈起中考，同事对我说你看你哪里像家有中考孩子的家长呢。有中考生的家长是什么样呢？紧张兮兮、并肩作战、废寝忘食、忧心忡忡。满眼满心日里夜里都是自家那个要参加中考的小人儿，孩子被迫成为焦点。

我不愿做这样的家长，更不愿意把女儿变成被过分关注境遇下的中考生。“中考是一件很正常的事情，每个人都要经历，爸爸妈妈当年也是这样，作为学生，要重视它，但没必要搞得风声鹤唳草木皆兵。一分付出一分收获，功到自然成。”我偶尔会这样告诉女儿。

一年来，一切都和原来一样，女儿在家中的地位没有因为她是中考生而发生改变，被我欺负的频率依旧。“你又要大牌？都是我和爸爸把你惯坏了。”尽管有时把女儿气得这样大呼小叫，但我丝毫不会让步。

不管作业多多，复习多忙，周末女儿洗衣刷碗的家务一样没减少，这是她多年养成的好习惯，不能剥夺。天热了，女儿每天满头大汗地坐公交车回来，校服被浸湿，一个多月来，她每天放学一到家都要把衣服洗一遍，“这样第二天穿着才舒服”，女儿这样解释。我也高度赞同，但我没有帮她洗过一次，尽管我下班后的时间比她充裕。我照旧看我的闲书，写我的闲文，喂鱼浇花看电视。好在女儿从来没有抗议过，在她眼里，生活一直就是这样。

我能熬夜，但不熬夜，因为担心熊猫眼和长皱纹，所以我经常于女儿奋战正酣时对她说“我困了，晚安宝贝！”她每次都以最快的速度回应我“晚安，妈妈！”兴高采烈的。

4月份，因报志愿的事女儿和爱人展开一场旷日持久战。爱人认准了实验中学，女儿抱定了外国语学校。“你必须跟我站在一条战线上！”爱人威胁我。但对我而言，去哪所学校不是最重要的，重要的是她自己愿意去。当我把这个想法对他讲时，这个受过高等教育且自诩很民主的人根本听不进去，还言之凿凿地说：“孩子小不懂事，大人不能不理智。”看我依旧不那么配合，后来他干脆不跟我谈这个话题了，我倒也乐得轻松。看着他们吵来吵去，义正言辞互不相让的场面，蛮有意思。我保持中立，其实中立就是无声地支持女儿。

“我喜欢和原来的同学在一起，喜欢外国语有那么多社团和活动，我不想做个书呆子。”我也不想她变成学习的机器，失去成长的快乐。

“学是孩子上，又不是你，你愿意违背自己的意愿天天硬着头皮去上学吗？三年呢，又不是三天两天。”关键时候，敲打敲打爱人两句。

“你有选择学校的自由，但你也必须承担因此而产生的责任和义务，将来你要用实际行动来证明你今天的选择是正确的才行。”对女儿，也要点拨点拨。

软硬兼施，在三十六计终无效的情况下，爱人败下阵来。最终，女儿如愿以偿，在中考志愿上写下了“外国语”。

考点地处偏远，交通不熟。和女儿商量去考试的方式，女儿说送可以但不要接，自己坐车回来。她想独立体验一下中考的滋味，我同意了，但爱人坚决反对：

“天这么热，路这么远又不熟悉，还要倒一次车，出事怎么办？安全第一。你要锻炼她也不差这三天吧？出了意外后悔都来不及。”

说得在理。《齐鲁晚报》曾报道我市一高考生坚持自己坐公交，结果乘坐的公交车突然中途抛锚，出租车也打不上，最后多亏交警飞车相送才没误考。看了之后，心有余悸。

一年啦，对女儿这个中考生一直没有什么特殊的“最惠待遇”，这次就听爱人的，全程接送。

祝福你，我最亲爱的宝贝！

破茧而出——中考第一天

“宝贝，蚕蛾出来了！”6点半我带着满心的欢喜轻呼着女儿。

“什么？”睡意朦胧的女儿呓语般问道。

“蚕蛾出来了，快起来看看吧！”我压抑不住喜悦。

“真的吗？”女儿眼睛突然睁大，亮晶晶的。

“真的，两个呢。你知道它们为什么出来了吗？”

“为什么呀？”

“因为今天你要中考了，它们是专门来为你加油祝福的啊！”

“哇，太好了！”话音未落，女儿一骨碌爬起来。

“哇，好可爱，好漂亮啊！叭叭叭……”女儿一连串香吻飞了过去，“谢谢你，蚕蛾哦！”女儿伏在盒子旁，脑袋都快掉进去了。

这蚕蛾真是出乎我的意料，自从知道蚕蛹并不是化为蝴蝶后，我就以为那个只会产卵不会飞的蚕蛾一定其貌不扬。所以当我第一眼看到它们时，被它们的美惊呆了。

一只原白色，一只略呈淡褐色，大大的翅膀（相对于它的身体而言）尤为突出。“薄如蝉翼”，其实说“薄如蚕翼”也未尝不可。蚕蛾的翅有两层，上大下小，翅面有褐色的条纹，非常薄，半透明状态。肚子上宽下窄，背部一节一节，毛茸茸的。腹下有三对足，头上有一对触角，弯弯似牛角，黑色网状并有白边儿，很好看。

两只蚕蛾的到来，让我非常惊喜，它似乎预示着女儿第一天考试吉星高照好运当头。

头一晚临睡前，女儿对我说：“妈妈，我紧张，可能睡不着。”她瞪着大眼睛可怜兮兮地望着我。

“宝贝，有点紧张是正常的，一点不紧张才奇怪呢，考生适度的紧张更有利于考试的。”我拍着她的脸蛋安慰着。

“妈妈，你和爸爸对我这么好，我要是考不好会觉得非常对不起你们。”女儿有些忧心。

“你怎么这样想呢？什么叫对不起我们啊？爸爸妈妈知道你尽力了，尽力就好。妈妈没陪你学过习，没给你洗过衣服，妈妈还觉得对不起你呢。”我的话是发自肺腑的。

“妈妈，我不觉得那种爱陪着孩子学习啥事都替孩子做的家长好。我就喜欢你这样的，相信孩子，给孩子自由。”女儿很认真。

眼睛热热的，我还以为她不能理解我做的一切呢，原来她都懂。“睡吧，妈妈也困了。晚安，宝贝！”

“晚安，妈妈！”女儿似乎平静下来了。

我根本没有困意，回到房间，我没像往日那样把门关上，而是虚掩着；也没像往日那样立即进入梦乡。我拿过毕淑敏那本《心灵密码》继续看。

平日女儿入睡很快，10分钟左右。20多分钟过去了，我悄悄起来，赤着脚猫一样来到一墙之隔的女儿房间门口。

“妈妈……”女儿的声音让我的心猛地一沉，“怎么还没睡着呢？”这可是考试的大忌。

我急忙走到床边。“妈妈，我刚才睡着了，可是突然又醒了。”看不清女儿的表情，但听得出她话语中的一丝焦虑。

“没事，你刚才是睡着了。来，妈妈陪陪你。”我揽过她的头，轻轻地拍着她的背，就像她小时候。消极的心理暗示要不得，杀伤力很大。

“妈妈，你去睡吧。”几分钟后，女儿推了我一下，示意我离开。

悄悄出来，回到房间，拿起《心灵密码》，继续看。耳朵一直听着，我不希望女儿再叫“妈妈”。

半个小时过去，没有动静。再次赤脚出来，站在她门口，一点反应都没有；又等一会，还是没有。心一下踏实了。

早上5点，一睁开眼，“今天中考”四个字立即出现在眼前。房门开着，隔壁的女儿睡得正香，没有任何动静。我喜欢安静，睡觉历来是房门紧闭。但昨晚一直没关，我担心女儿那边的风吹草动不能第一时间感觉到。客厅里，冰吧来来回回的启动声，鱼缸里换水管中的水流声，以及那些淘气的鹦鹉的扑棱声，让我第一次在寂静的夜晚听得那么清楚。

“不要醒！”我心里不停地祈祷。女儿平时上学都是6点半后起床，而且每次都是被迫而醒。今天我还是希望亲自把她叫醒，如果她自己醒了那只能说明一个问题：紧张。

好在女儿一直睡着，直到一早被那只美丽的蚕蛾叫醒。

“宝贝，加油！”出门前，我使劲抱了抱女儿，就像高考时拥抱我的学生一样，不同的是我还给她多了一份礼物：在她的左脸蛋和右脸蛋分别盖了一个印章。于是，女儿美美地出发了。

11点半，楼道里熟悉的脚步声响起，打开门，两张笑脸出现在眼前。

“妈妈，你猜猜我的作文写的什么？”女儿一进来就问，满脸得意与兴奋。

“不会写的樱花吧？”考试前的晚上女儿临睡前翻看自己初三的得意之作，她跟我说她最喜欢樱花这篇，考试要是能用上它就好了。

“恭喜你，猜对了！作文题目是《一份______在心头》，我就写的《一份释然在心头》，把我写樱花的那篇《播下一粒种子》搬过来了。”女儿掩饰不住她的喜悦，兴致勃勃地给我背她写的作文，根本没我插话的份儿。

美丽的蚕蛾果然给女儿带来了好运，这好运来自女儿平日积累的每一份勤奋。成长都要经历一个艰辛的过程，三年的初中生活对女儿、对其他孩子都不会全是快乐、欢笑和成功，一定有许多烦恼、忧愁和失败。然而，没有蚕作茧自缚般的痛苦和在黑暗中默默的孕育，又怎会有今日破茧而出的美丽和欣喜呢？

祝福你，亲爱的宝贝！祝福所有奋斗中的孩子们！加油！

美丽心情——中考第二天

早上起来，又有两只蚕蛾羽化而出。每天诞生两只蚕蛾，且都是天使。我对女儿说你每考一门上帝都会派一个美丽的天使来祝福你。女儿面对着蚕蛾双手合十，虔诚无比地说了一句让我笑翻的话：拜蚕蛾，不挂科。

面对中考，女儿格外轻松，心态好得超出想象。第一天下午理综有些难，女儿说有的题没把握，没等我安慰，她自己就平静地对我说：没什么，要难大家都难。上午考数学，这也不是她的强项，中午回来了，乐呵呵的，她没说我也没问。吃饭的时候老公又沉不住气了：数学是不是考得不错啊？女儿的回答是不好也要每天给爸爸妈妈一个笑脸。

每次出门前，我都偷偷地叮嘱不善掩饰的老公：她出来了你不要主动问她考得好不好，尊重她的话语权，让她有一个好心情。

每天，我在家不停地看表。“该进考场了吧？”这时我总要打个电话，“遥儿进去了吧？”其实我知道她一定进去了，但还是要从老公的嘴里听到那句“进去了”，心才踏实。该发试卷了吧？题是不是难啊？女儿会不会着急？快交卷了吧？是不是都做完了？有没有再认真核对一遍准考证号和答题卡？明知道这些都是多余，还是禁不住想。但我从没对女儿说过，怕她又笑着说“你就是个小女人”。

我是相信女儿的，百分百地相信。我的担心不关乎信任，只关乎爱。爱之深，忧之切。

中考对很多孩子来说，是他们人生面临的第一次重大考验。工作

中，我发现中考给许多学生留下了挥之不去的阴影，考试失利没有实现自己的第一志愿带来的遗憾在他们心中根深蒂固。现实生活中，面对中考的打击，能知耻后勇奋发图强的学生要比一蹶不振甚至破罐子破摔的少很多。原因何在？家长、学校的后续教育固然有关，但有一点不容忽视，就是孩子从小形成的心理承受能力弱，尤其是承受失败的能力不够强大。这些在蜜罐儿里长大的孩子，是温室的花朵，太缺少外界风风雨雨的磨砺了。

焦虑紧张、吃不下饭睡不着觉、考场意外丢三落四，各种最坏的预测都没有出现，看着女儿开心地考试，感到莫大的欣慰。在我心中，成绩永远不是第一位的，我看到过太多高分低能的现象。生活中，情商永远比智商更重要。女儿的成绩可以不是最好的，但我希望她的心理素质、性情品格都是最棒的。面对大事，沉着冷静，从容洒脱，这才是她一辈子享之不尽的财富。

蚕蛾的到来给中考的女儿送来一份意外的美丽心情，走之前，回来后，她要做的第一件事都是看看那可爱的小精灵。能在紧张的考试中，带着一份欢喜和平静欣赏蚕蛾，我想这不仅是因为蚕蛾本身的魅力，更可贵的是在女儿的心底一定深藏着一份热爱人生的美丽吧。

美丽心情，美丽中考；美丽记忆，美丽人生。

小崔和老崔

曾经最美——中考最后一天

清晨4点醒了。很清醒，有心事。

悄悄地，怕惊扰女儿。满怀期待地来到客厅的沙发上，低头一看，心都凉了。

盒子里，最后一只蚕蛾没有像期待的那样破茧而出。拿起来仔细看了看，什么变化也没有，找不到任何蚕蛾要出来的蛛丝马迹。

失望极了。

“妈妈，我觉得这只蚕蛾明天早上一定会出来，它得来祝福我啊！”昨晚女儿对我说。

没想到女儿对这小小的精灵如此笃信，本来是一件巧合的事，她却坚信这是上天的恩赐，她甚至还说妈妈我前世可能就是一只蚕蛾，所以我中考它们都来祝福我。把偶然事件上升到这个高度，我忽然觉得当初跟她开的玩笑有点过了。

“你可别这样，这蚕蛾出不出来咱们可说了不算，它自有规律，你该怎么考还怎么考，跟它无关。”赶快给女儿泼冷水。

“那不行，明天早上它要是没出来，我英语一定考不好。”女儿撅起了嘴。

“蚕蛾出来需要一定的温度，它喜欢热，你今天一直开空调，没准冻着它了，明天出不来呢。”我真是一点把握也没有。

“我还是希望它出来。”无论我怎样找借口，女儿还是不动摇，这可麻烦了！第一天中考，出来两只蚕蛾我觉得只是个偶然；第二天考试，又出来两只蚕蛾我也认为是个巧合。“这第三天考试，老天还会让

那最后一只蚕送来祝福吗？”昨晚睡觉前我不停地想着这件事，因为它会影响女儿的心情。

所以，当我面对这只完美如初的蚕茧，失望透顶。

盖上盒盖儿（一直都是开着），没有一点睡觉的情绪了。躺在床上，我努力编织着能让女儿信服的谎言：

“一定是开空调冻着了……”

“可能这只蚕蛾很调皮，故意逗你，等你考完试它就会出来……”

“这可能是一个帅哥（前面四个都是美女），帅哥嘛，当然和美女不同，早上不出来，可能中午呢……”

想了很多解释。可我发现再多的解释似乎也没用，因为有一个事实没改变：蚕蛾没出来。女儿还是会失望。

没办法，顺其自然吧。

没能再入睡，起来给女儿准备早餐。想想那蚕蛾，心里还是郁闷。走过去，再看一下。

幸福一家人

盒盖轻轻打开，没报什么希望。

“五只？不对吧？”真的是五只，而且这最后一位还是王子，它已经和先前的公主喜结连理了！

喜极而泣，眼泪出来了。原来真的有奇迹，原来爱可以感天动地！这就是所谓的心想事成梦想成真吗？我揉揉眼睛：不是梦啊！眼泪还是止不住地流。

“宝贝，快起来，蚕蛾出来了！”

“我就知道它一定会来给我祝福的。”女儿一点也不觉得意外，但她还是非常高兴，“今天英语一定能考好。”

中考的最后一天，只有一场英语。英语是女儿所有科目中最让我放心的，三年来，在大大小小的考试中，她失误最少。

考试前两天我一直驻守在家里，乐此不疲地给女儿当后勤部长。第三天早上我问她对老妈这几天的服务满意否，她笑着说那是相当地满意。

我要亲自去考点接她，而且要买一大束紫色雏菊送给她。

为什么非要送花给女儿呢？我想让中考给女儿留下更深的印象。我想让女儿知道，生活里其实隐藏着许多快乐和惊喜，中考不全是黑色，也有其亮丽的色彩；我想让女儿知道，生活中虽有假恶丑，但真善美的东西更多；我想让女儿知道，生活是理性严峻的，可也有温馨浪漫的一面；我想让女儿知道，生活虽然对每个人都是公平的，但它更厚爱那些善良真诚的人们；我想让女儿知道，妈妈每天虽然要做许多看似和她无关的事，但在妈妈的心里，她永远是妈妈最柔软的牵挂，在她成长的每一个关口，妈妈都会义无反顾地和她站在一起，给她支持、鼓励、理解、欢喜和无限的爱。

面前的蚕蛾很快会离去，但它们带来的感动和美丽将永远留在我心里，留在女儿心里。我特别希望未来的某一天，当女儿回首她的中考时，能从心灵深处流淌出四个字：曾经最美。

女儿是老公的小情人

几乎是数着日子，盼星星，盼月亮，终于盼到了女儿的归来。

女儿是我一手带大的，为了不让她离开我们，无奈之下，当年我狠心地把才一岁半的她送进了幼儿园，虽然她因此吃了一些苦头，但是毕竟能天天和爸爸妈妈在一起。16年来，女儿长时间离开我们的日子并不多，屈指可数：小学五年级跟学校去新加坡半个月，跟报社夏令营去台湾8天，去欧洲12天，仅此而已。

女儿开学后住校，我的理智还是能战胜感情的。老公在这个问题上，摇摆不定，理智和感情龙争虎斗。4月份报中考志愿的时候，他曾经软硬兼施让女儿报可以不住校的实验中学，为了这事，两个人僵持了近一个月，最后以女儿的胜利而告终。老公虽有时固执，但讲理，他最终还是尊重了女儿的选择。

女儿住校的10天里，老公小病了一星期，他素日很少长毛病，我不很清楚这跟女儿不在家是不是有关系，但我知道很多病都是情绪型的，尤其像感冒。每天晚上，只要他早回来，都要不停地念叨女儿，想给女儿打电话，想给女儿发短信，每一次都被我拦住了。“这小玩意儿，怎么就不知道给我们汇报汇报情况？”每次他放下手机，都这样抱怨。

我知道，女儿汇不汇报情况不重要，重要的是他想听听他心爱的宝贝女儿的声音。

早上6点多，老公醒了。虽然他每天已经习惯于晚起，但今天为了迎接女儿的回来，吃上新鲜的美味，他早饭没吃，去市场买回各式蔬菜和水果。

下午3点，女儿回来了，军训一个星期，明显晒黑了，我俩紧紧地

抱在一起，老公站在一边，一脸幸福，笑得跟花似的。

下午，女儿和同学约好回母校看望初中老师。傍晚，我练瑜伽回来，老公已经做好了女儿平时最爱吃的几样小菜。要知道，他虽然厨艺很棒，但不轻易出手，每年以个位数计算。

“怎么还不回来？”他说着就打电话。电话通了，女儿没接。

沙发上的他明显开始烦躁不安。每隔几分钟一个电话，但每个电话都落空了。

“可能是听不见吧，别着急！”看他越来越焦躁，我劝他。

“能不急吗？这孩子，太不懂事了，去看老师是应该的，可这么晚不回来也不打个电话，她心里还有爸爸妈妈吗？没心没肺的！”老公真的生气了，声音格外尖厉。

“你怎么这样呢？你不是想孩子吗，她现在回来了你应该高兴啊，怎么生气了呢？”我真是不理解他，天天念叨女儿，想成那个样子，人家回来了，他却发火。

“我要是不天天想她，我还不这么生气呢。”说的是孩子般的气话，但一想，也有道理。

“好啦，冷静点，一会儿遥儿回来，你不要说她，10天没见了，对她好点儿。”老公哪儿都好，就一个不足：急脾气。我真担心女儿回来后他会失控，因为我面前的他已经失控了。

快晚上8点时，女儿回来了，原来是遇到很多现在已经不在一个学校的昔日好友，聊得太开心没听见电话，也忘了打电话。

“对不起，爸爸妈妈，我错了，我一高兴就忘了打电话了。”女儿一进家门，连连道歉。

老公沉着脸，没发火，默默地吃过晚饭，气呼呼地走了。

都说女儿是父亲前世的小情人，我看今生还是。

女儿更懂事了

住校生活会对一个孩子产生改变，有好有坏，庆幸的是，女儿在朝好的一面改变，而且是在很短的时间里。

看着面前的乖女儿，心中满是喜悦，先前对女儿住校的所有担忧都如潮水般退去。只一个月，女儿就变成现在的样子，真让人高兴，就连一直高标准严要求的爱人也是赞不绝口，“看我家遥遥多好”不时从他的嘴里蹦出来，说话时眼睛放光，就像葛朗台看到了金子。

女儿更加沉稳了。住校前，女儿在家里总像是个六七岁的小娃娃，只要她在，房间里总有她的声音回荡，而且说话的速度非常快，经常听得我心跳加速，不得不提醒她“宝贝儿咱慢点好不好，妈妈的心快受不了了。”现在的女儿更像个沉稳的大姑娘，言语速度明显缓慢下来，一字一顿，笑眯眯的，我听着，再也不心慌了。

女儿做事更理性了。若是以往，七天长假，女儿一般会要求出去旅游。我问她想出去玩吗？她说作业太多了，国庆节人也多不出去了吧。原以为住校与世隔绝的枯燥生活会让她在假期里恶补电视电脑，我也做好了思想准备：她想看就看想玩就玩吧，孩子不容易也需要放松放松。可自从放假，女儿除了和我看看新闻，偶尔用电脑完成班级、学生会的一些工作，再没有像从前那样对电视和电脑恋恋不舍。湖南卫视的《快乐大本营》是女儿的最爱，几乎每期必看，然而那天她打开电视看了一眼却说这期没啥意思就写作业去了。

女儿不再“慢动作”了。她一直有个让我和爱人倍感头疼的毛病，那就是做事总比我们慢。假日里，我发现她这个毛病基本没了，这可是困扰了我们近十年的心病，为此没少跟女儿上火。现在每天早上、中

午，我只要一叫女儿，她就会乖乖地笑着睁开眼睛，马上起来，不会像从前总把时间推迟那么久，以至于我不得不叫第二遍、甚至第三遍，直到心生怒火。我和爱人都问女儿你现在做事怎么这么快啦，她说住校后什么事都要快有时间限制不快能行吗？

你是我的甜心

女儿更贴心了。放假在家的女儿，每天饭后都自觉地洗碗收拾厨房，每天都会主动给她老爸洗衣服；没事的时候会陪我看看新闻、说说话，时不时地送上一句妈妈我爱你；她会搂着耍脾气的我对我说不要这么任性不过你生气时嘟起小嘴真是好可爱；她会笑着抱着我在客厅里走来走去并且问我你听话吗我现在可是想把你放在哪儿你就得待在哪儿；她会饶有兴致地欣赏我练瑜伽的一些高难动作并跟着我学，还耐心地给我拍照，左一张右一张直到挑剔的我满意为止；她会把我写的所有她没看过的博文一篇一篇细细地读，或哈哈大笑，或暗自落泪，每一篇她都要认真地留下长长的评语；她会为我的每一个微不足道的小成绩欢呼雀跃，并且一次又一次不厌其烦地对我说“妈妈你真是个传奇！”

“宝贝，我发现你现在懂事了。”每当我这样说，女儿都会故意沉下脸，“什么叫现在懂事了？难道我原来不懂事吗？”这咬文嚼字的毛病，像极了我。

女儿每天都有条不紊地写作业，有一天她出去和同学聚会，6点多回家说饿了，我说爸爸马上就回来你先吃点水果等等他。结果一转眼，

她钻到书房静静地写作业了。

“我觉得她学习态度非常端正，性格开朗温顺，工作能力也很强，做人没什么问题，这些足够了。不管她今后成绩如何，名次多少，我们都不要太计较，只要她尽力就好，有些东西是不能强求的。”我对爱人说，他点头同意。

想起一首小诗，摘选一节，送给我至亲至爱的宝贝女儿：

爱一个人是让我们所爱的人
保持自己的个性，
而不是按照我们自己的形象
来扭曲他们的天性。
否则我们所爱的只是
投射在所爱之人身上自己的影子。

好孩子

“妈妈，周末考完试回来我想把这件羽绒服干洗一下。”

“没问题。”

“但我再回学校时穿什么呢？”女儿忽然又问。

“你可以穿另一件长的啊。”

“我不喜欢长的，拖沓。”教室里穿一件长外套确实不太方便。

“那我就给你再买一件短的，快过年了，就当新年礼物吧。”

“谢谢妈妈！”女儿总不吝惜表扬，“妈妈真好！快过年了，那我再跟你商量个事行吗？”女儿小心翼翼地说。

“行啊，说吧。”女儿瞪着大眼睛看我，眼里闪着亮光。

“我想要一双雪地靴，又暖和又漂亮，穿上很可爱，我喜欢。”女儿边说边风一样跑回她的房间，拿过来一本中学生读物，“你看，就是这样的！”她指着书中的一个插页广告。

“好，没问题，不就是一双雪地靴嘛。”女孩子哪有不爱美的，我上学时也这样，“回去好好考试，下周末咱俩逛街去。”

“考不好你是不是就不给我买了？”一提考试，女儿脸色一变，刚才的兴奋全没了。

“不会的，宝贝，你考好考坏跟我给你买新年礼物没有任何联系。考试是考试，衣服是衣服，它们本来就风马牛不相及。我这样讲只是想让你在紧张的考试中想想考完试就可以和妈妈一起逛街去啦，心情多好啊！”

“噢，是这样啊。那我问你我要是考不好你会不会很生气呢？”女儿最近为即将到来的期末统考忧心忡忡。

“你考好了我一定会很高兴，但你没考好我不会很生气，妈妈知道你已经尽力了，为什么还要生你的气呢？”女儿学习一直很主动、很刻苦，每个周末回来，都马不停蹄地写作业、作辅导，晚上学到半夜更是家常便饭。她不过才是个高一的学生。“记住了，宝贝，你考80名是妈妈的好孩子，考800名依然还是妈妈的好孩子，分数的高低不影响你在妈妈心中的地位。你学习态度端正，勤奋努力，性格开朗，尊敬长辈，待人真诚，擅长与别人交往，工作能力强。你有那么多优点，分数只是评价你的一个方面，不是全部。”

“可是学校要给我们排名的，老师、同学都很在意。学校说了考不进前300名（女儿所在年级有1200余人）的学生会干部要受到严重警告。”女儿学校的许多事情都和学习成绩挂钩。

“学校按分数来评价学生自有其道理，你不能改变它，但是你可以尝试改变一下自己对成绩的态度，豁达一点儿。做学生的都想考第一，但第一只有一个。一个人要把目光放得长远些，向未来看，一个人将来成就的大小和他上学时的成绩并不完全成正比，今天的高分数也不一定就代表你明天的幸福。我们学校的学生成绩在全市一般，但他们毕业后一样能找到适合自己的社会位置，他们和那些名校出去的许多学生一样能获得快乐和成功。”

“妈妈，有你这样的妈妈真幸福！”女儿的眼圈红了。上课时我对考前焦虑的学生们也说了这段话，有几个学生冲我大喊：“老师，你给我们当妈吧！”

孩子的轻松和快乐到底来自何处？愿更多为人父母者，能把孩子的分数看开些，再看开些，不要和学校一样再唯分数论，否则我们的孩子真的就无路可逃了。

默默地祝福我亲爱的女儿、亲爱的学生，祝福所有参加考试的孩子们能快乐面对， 轻松上阵！无论何时何处，好成绩绝对不是好孩子的唯一标准。

亲亲我的宝贝

“主持人，我有个请求，我能在答题前先说两句吗？”

“当然可以啦！”主持人蔡紫说。

“其实我对这道题也没有把握，”这是比赛的最后一道抢答题，在场的其他四个选手都没有按抢答器，因为题难，而且答错了要倒扣20分。“但我还是想试一试，今天有机会参加SK状元榜活动，我已经很满足，答对了，当然开心；答错了，也没有任何遗憾。”美丽的小姑娘在舞台上侃侃而谈。幸运的是她最后答对了。

这段对话出自北京电视台SK状元榜的录制现场，这个不按套路出牌临场随意发挥的小姑娘就是我的宝贝——遥遥。

那天晚上，女儿在学校宿舍给我足足打了40多分钟的电话，直到她手机接近没电才停止。

女儿得到了去北京参加SK状元榜的机会，但她很纠结，担心万一自己表现不好给学校丢脸。不自信使得她害怕面对那些来自全国各地的优秀选手，不敢与他们同台竞技。

夜深了，女儿还在电话里絮絮叨叨，一旁的老公实在听不下去，他跟我说不想去就算了。我也被女儿唠叨得烦躁，她这种表现不是我期待中的样子。但理智告诉我一定要冷静，不能着急。耐心地劝女儿，跟她讲这样的机会多么难得，告诉她别人优秀你同样也优秀，告诉她这只是一项娱乐节目而已，告诉她要以完全娱乐的态度参与而结果并不重要。最后我平静地跟女儿说这是你自己的事，决定权在你自己手里，去与不去你自己选择，爸妈不会为难你。

“妈妈，你不要觉得我很强大，其实我也很脆弱。”

听了女儿这句话，心猛地一震，我突然意识到女儿这句话不是情急之下的脱口而出，应是她真实的体会。平时总觉得女儿开朗乐观心理素质好，其实她还是个孩子，面对新问题新情况也会胆怯犹豫、再三思量。大人做一件自己没做过的事也会瞻前顾后左思右想的，何况孩子呢。可就是女儿这句话，更坚定了我劝她去北京的念头，我要趁此机会锻炼锻炼她。

“你为什么不嫌烦那么费劲地劝她呢？我听着都烦了。”老公不解。

“我当然也着急，也烦，但一听她说她心理并不那么强大时反而坚定了我让她去的决心。如果这次因为胆怯她放弃了，那么下次遇到类似的问题她还会打退堂鼓，人都是有惰性的。我又不是非让她去拿个什么状元，只想让她通过这个活动开阔一下视野，增加一些阅历，特别是能跟来自全国那么多城市的同龄人交流，这样的收获不是课堂上能得到的。最重要的，我想让她通过这次活动锻炼自己，让她的内心慢慢强大起来。”最终，女儿答应去了。

“妈妈，星期五开见面会，主持人蔡紫说看我个人信息知道我是校园十大歌星，就问我能不能现场给大家唱一首，我就唱了一首英文歌。今天比赛做个人介绍时，蔡紫又让我现场唱了一首。比赛结束后我去洗手间卸妆时被一群女生围住，她们都夸我唱得太好了……上台前心里还有点紧张，没想到走到台上反而一点也不紧张了……”昨晚电话里女儿一直激动得不得了，我想插句话都不能。“回家再跟你细说，精彩的事多着呢。”

虽然女儿不是最后的状元，但她的表现已大大超出我的意料，万分满意！我觉得我最初的愿望实现了，这次活动的确让女儿得到了锻炼。

“不后悔此行吧？”我故意逗女儿。

“不后悔，一点都不后悔，要是没来才后悔呢，谢谢妈妈！”女儿的兴奋从电话那边真真切切地传过来。

历 练

女儿小时候开朗活泼，是幼儿园的台柱子。唱歌、跳舞、当主持，样样做得有声有色。她3岁开始接拍白鹤泉酒、花旗蛋卷、佳宝等产品的广告。4岁到电台绘声绘色地讲故事，5岁她以最小年龄参加全省少儿模特大赛并获得优秀奖。总之，儿时的女儿自信胆大，天不怕地不怕的。

小学依旧不怯场，五年级跟学校去新加坡游学半个月，不仅中途没有想家掉眼泪，回国后还带回一万多字的随笔，得到校长的大大表扬。

进入初中后，女儿在不知不觉中变得敏感谨慎，最明显的变化就是对自己第一次接触的事物不问青红皂白首先是拒绝，不再像小时候那样敢闯敢冲。

2008年夏天，老公的朋友邀请女儿跟报社组织的夏令营去台湾，当我们把这个喜讯告诉女儿的时候，她非但没有我们期待中的惊喜，相反语气冷淡而坚决地说：不去！

“为什么呀？”我和老公面面相觑，“宝贝儿，多少孩子想去还去不了呢？”

她的理由很简单：一是爸爸妈妈不能陪着，自己没有单独旅游过；二是这个团全是报社的子女，只有自己是外人，谁也不认识太孤单。

耐心地跟女儿讲：你已经是初中生，可以离开爸爸妈妈跟同龄人旅游，和同龄人在一起多快乐，没有代沟；不认识怕什么，在一起不就认识了吗，人家不跟你说话你就主动跟人家说呗……

劝慰的话说了一箩筐，到头来女儿还是那两个字：不去！

这是我第一次发现女儿对没经历过的事情的态度，何况这不是什么坏事。女儿越是这样，我觉得越应该让她去。她不可能永远在我们的羽翼下生存，总有离开我们的时候，她必须要学会独自面对生活，独自去解决自己面临的新情况、新问题。

工作继续做，但依旧做不通，最严重的一次是带女儿办理台湾通行证，照相的头天晚上跟女儿说了，没想到她情绪特别激动，竟至泪流满面。“我就是不去，你们喜欢你们去！”

其实，女儿是喜欢旅游的，几乎年年暑假我都会带她出去；女儿也是喜欢台湾的，对阿里山、日月潭一直很向往。她不喜欢的无非是怕自己在那个旅行团里落单，被其他人冷落。女儿从小在她生活的群体里就是中心，被别人捧惯了。

尽管女儿又哭又闹，台湾之游还是在她极不情愿中成行。“她越逃避咱们越不能退步，不能心软，咱俩又不是把她往火坑里推。一定要通过这种方式锻炼她，她会喜欢的。”我和老公在这一点上达成一致。

果然，8天的台湾之旅女儿玩得不亦乐乎，她不仅很快和报社的那帮孩子混熟了，而且还有几个黏黏糖天天跟着她。从台湾回来后，他们之间还有往来，出去聚个会，网上聊个天，打个电话，发个短信，俨然成了老朋友。

2009年暑假，当我们问女儿是跟报社夏令营去欧洲还是跟爸爸妈妈去云南时，女儿毫不犹豫地说：我跟报社去欧洲，你们俩去云南吧。

从欧洲回来，女儿和那群孩子玩得更开心，接着就宣布：2011年暑假我还跟报社夏令营旅游。

不久前女儿从北京回来，她开心地给我讲述她愉快的SK状元榜之行，告诉我学到了好多东西，尤其是锻炼了自己的胆量和能力，如果以后有机会一定还去。

一个人在成长过程中，总有一些自己不曾经历的事会让自己担心害怕。但害怕不等于就要逃避，相反要敢于面对，要努力尝试，尤其孩子。只有这样，他们才能在不断的经历中变得成熟坚强，进而从容乐观地走进纷繁复杂的社会。

父母给孩子最好的礼物，就是教会他们独立、自信、快乐地生活。

那些温暖的记忆

连续多日的低温天气，让人不适应。在这座城市生活二十年了，这是我记忆中感到最冷的一个冬天。

想起小时候。那时东北的天气比现在还要冷，零下二三十度很正常，雪花飘飘更司空见惯。漫长的冬天，积雪很厚，基本不化。每天上学，踩着白雪覆盖的地面，听着脚下吱嘎吱嘎的摩擦声，心生惬意。

那时没有又轻又暖的羽绒服，用来御寒的衣物都是妈妈亲手缝制的。我在东北度过了十五个寒冷的冬天，但从没有给我留下冻伤的痕迹，也没有留下瑟瑟发抖的记忆。那时家境并不富裕，但妈妈心灵手巧，棉袄、棉裤、棉鞋、棉大衣、棉手套、棉帽子，别的孩子有的我们兄妹三人一应俱全。为了保暖，也为了漂亮，妈妈总会在我的手套、帽子的边缘缝上兔皮，那灰色或是白色的兔毛软软的、柔柔的、暖暖的，驱散了一个又一个寒冷的冬季。

东北夜晚的温度更低，天一黑，人们就很少出门。一家人围坐在热炕上的火盆旁，其乐融融。窗外寒气逼人，窗内温暖如春，三四十度的温差，房内房外，一墙之隔，却是天壤之别。大家在一起边嗑瓜子边唠嗑，有时也打扑克，讲故事，或者玩一些小游戏，很热闹，家的感觉非常强烈。

偶尔也会很安静，那是作业没写完的时候。爸爸妈妈虽然学历都不高，但他们对我们的学习都相当重视。只要为了学习，一切都会大开绿灯。我不记得爸爸妈妈怎么教育过我们，但我却从他们的行动中感受到他们对学习的高度重视。那时买不起几元钱一盏的台灯，可晚上学习的确又需要，聪明的爸爸就亲手给我们做了一个。直到现在，我还清楚地记得那个台灯的样子：粗铁丝围成的框架，上窄下宽，外面糊着一层红纸，有点像两头敞口的灯笼。就是那盏小小的台灯，伴我走过小学，又走过初中。

三十多年过去了，我还能记起爸爸在那个台灯的红纸上写的三幅对联，“吃得苦中苦，方为人上人”、“书山有路勤为径，学海无涯苦作舟”、“一寸光阴一寸金，寸金难买寸光阴”。这几句话至今还清晰地印在我的脑海里，甚至那黑色的清秀字体都依然可见。小时的我并不是特别理解这几句话的含义，尤其是第一句，后来懂了：知识改变了许多人的命运，包括我自己。

松花江

别看东北天气寒冷，我们在冬天大都还是喝凉水，渴了，直接从水缸里舀起一瓢仰头就喝，那绝对是冰水，但没有人会因此生病。有时我们还会到水井里凿冰吃，那是非常惊险刺激的。一般情况下，大点的男孩带领大家，先用长长的铁钎把井壁上的厚冰敲碎，然后再用水桶捞上来，大家就蜂拥而上，一人抢一块，放在嘴里像吃雪糕那样美美地嚼起来。有时手头没铁钎，我们也会趴到井口边上，然后用手去拽里面的长条冰溜子。这事很危险，大人常警告我们不能这样做，但我们禁不住诱惑，还是会偷偷地去。我曾经干过一次，尽管后面有人拉着我的腿，但还是心惊肉跳，唯恐一滑，整个人掉到井里。不过，数九寒天里吃冰的感觉真的很不错。

在异乡这个寒冷的夜晚，想起小时候这些事，很温暖，很感动。

那年元月时

人生旅途，已经历40个元宵节，印象最深的是1987年那个。

那一年，在山东读高三。应试教育的年代，学生的春节被缩短到极限，春节没放几天假，正月初三就开学了。

对于那时的我，假期的长短都无所谓。一个人漂泊异乡的日子里，所有的佳节对我来说都失去了它本来的意义。那些在一般人眼中幸福的节日，非但不会给我带来欢乐，相反还会带来浓浓的忧伤。只是那时候，似乎没有眼泪了。从小特别爱哭的我，自从1985年1月离开东北，好像把所有的眼泪也留在那里。面对每天为我操劳的姨妈，只能压抑那个小小的任性的自我，不敢放纵自己的感情。总觉得自己是个弃儿，寄人篱下。十七八岁，正是多愁善感的季节，顾影自怜，把一切都深藏在心底，不愿对任何人谈起。

白天上课，晚上自习，每天都是一种重复，今天重复昨天，明天重复今天，说不出的单调、乏味和枯燥。能够回忆出来的高中学习生活少得可怜。我几乎想不起来任何一节有趣的课，能想起来的又几乎和学习无关。

1987年的元宵节那天，晚饭后，照例是去学校上自习。没想到到了学校，班主任却宣布：今天是元宵节，晚自习不上了，同学们可以看花灯去。话音刚落，教室里就一片喧闹，同学们三三两两兴奋地商量着。

热闹是他们的，那流光溢彩的世界不属于我。没有立即回家，但也没去县城最热闹的地方看烟花。我选择了人很少的城北那条路。

那晚的月亮不大，但很圆，很亮，高高地悬在天空，冷冷地俯视大地。

那晚的风很冷，很冷，刺透肌肤，我穿的衣服不多，因为我没有预料到生命中会有这样一次夜行。远处不时传来“噼里啪啦”的鞭炮声，一簇又一簇璀璨的烟花接连不断地在半空开放。“东风夜放花千树，更吹落，星如雨”，它们吸引不了我的视线，我沉浸在自己的世界里，没有读者。

不知不觉中走了很远，很远。快到城边儿了，突然发现四周很黑。寒风中停下脚步，心怦怦跳。我使劲拉着围巾，既想抵御寒冷，又想抵挡恐惧。抬头看天上的月亮，它也正看着我，只是没有温度。

不敢久留。返回时，选择了一条小路，一条直接通向姨妈家的胡同。曲曲折折的小胡同，不太平坦，加之胆怯，走得有些跌跌撞撞。

走到胡同口时，松了一口气。停下来，微微抬头，突然看到了像眼睛一样明澈的月亮，莫名的暖意和感动从心底升起。

“去年元夜时，花市灯如昼。月上柳梢头，人约黄昏后。今年元夜时，月与灯依旧。不见去年人，泪湿春衫袖。”从此后，每年元宵节，欧阳修的《生查子·元夕》都会如约而至。

无人知晓我那晚的心情，一个18岁女孩跌宕起伏的心情。如今想起来，还是很痛。

尊前拟把归期说，欲语春容先惨咽。人生自是有情痴，此恨不关风与月。离歌且莫翻新阕，一曲能教肠寸结。直须看尽洛城花，始共春风容易别。

“直须看尽洛城花，始共春风容易别。”我辈平庸，何时能拥有欧阳修豪迈和豁达的情怀呢?

郁 结

假期，回到母校曲阜师范大学。

记忆中的母校偏居一隅，安静厚重，不饰喧哗，像个不愿抛头露面的大家闺秀，内敛而优雅。校园里的树木花草特别多，教学楼、办公楼、图书馆都掩映在繁茂的绿荫下，若隐若现。

如今的校园，增添了许多高楼，一座座拔地而起，它们倒是能见证母校的发展和壮大，可我总觉得少了些什么。

萃华园只剩下一点模糊的影子，假山没有了，拱桥没有了，小溪没有了，蜿蜒的回廊也没有了……只那亭子还在，孤零零的。取而代之的草地平整翠绿，一些大树零星点缀着。没有看到一个学子在里面，当年，我们在这里读书、散步、聊天，回忆无限。

校园里的林荫道

那长满紫藤的长廊呢？曾经图书馆前都是绿地，有各种各样的树木，尤其是那一架紫藤特别惹人怜爱。每年在这样的季节，紫藤就会盛开，远远望去，紫气升腾，走近去，花香沁人。许多学子都喜欢坐在茂密的紫藤下，聊天，看书，遐想。

那宿舍楼前的操场呢？彻底消失了。以至于我费了很大力气才找到昔日的宿舍。大学四年，我始终住在五号楼里，它前面有一个大操场。那时我从教学楼上完课常常穿过操场，回到宿舍，其实也省不了几步路，只是为了好玩，因为要翻越两次护栏。现在这里变成了平地，护栏不见了。

只是，那排法桐还在，它们好像长高了，枝叶婆娑，散发着勃勃生机。我抚摸着法桐粗糙的树干，像抚摸多年不见的亲人的手臂，失落而神伤。

时过境迁，事事休，人非了，物也大都找不到往日的踪影。站在法桐树下，百感交集，那曾经的愿望和梦想，有多少都已随风而去?

“多少悲欢，多少神秘，才能唤回一个你。梦已醒来，人已分离，让我再回到梦里。”耳畔响起这首歌，心中洒落纷纷雨。

司马迁在《报任安书》中写道：“诗三百篇，大抵圣贤发愤之所为作也。此人皆意有所郁结，不得通其道也，故述往事，思来者。”我不是圣贤，但我和圣贤一样都是人，都有情感，都有郁结的时候。

心有千千结，解不开；今夜没有听众，只有晚风习习。

圣诞狂欢

在我心中，圣诞的意义仅是对孩子表达爱的一个机会，我从没有把它当做真正的节日。

不曾大张旗鼓地过圣诞节，除了今年。

一星期前，办公室有小孩子的姐妹讨论怎么给孩子过节，讨论来讨论去，最后大家一致选中我家，理由是能扑腾开。受宠若惊，难得姐妹们对我如此信任！

从没在家举行过规模这么大的聚会，七个大人，六个孩子。重任在身，压力巨大。安全第一，家中一切不安全的隐患一律要清除，该藏的藏，该搬的搬；吃饭是第二件大事，孩子吃饭要讲究，为此我和爱人多次讨论食谱，最后敲定萝卜丝饼、拉丝饼、烤排子、烤鸭、可乐鸡、木须肉、糖醋里脊、水果沙拉、蔬菜沙拉、鱼香肉丝、咖喱牛肉粒等15种，每一种，都经过慎重考虑。

为了这次活动，姐妹们从星期一就开始忙活，采购孩子们的礼物及装饰用品。那天上午，我们“象征性”地上了一小时班后，留下两个人坚守办公室，其余的偷偷溜出学校。

经过两小时的忙碌，我的家顿时焕然一新，拉花、气球、彩灯、圣诞树等各就各位，节日的气氛非常浓厚。六七十个小礼物被挂在圣诞树上，在彩灯下闪烁着迷人的光芒。下午时分，同事带着孩子们陆续到来。

每个孩子的脸上都写满了兴奋，他们期待好久了。大人也一样，我们这一群女人也像回到了少女时代，一下子都变年轻了。

身体是玩儿的本钱，温饱问题要先解决。七点整，圣诞晚宴正式开

始，还没等我致辞，孩子们面对美食勇猛地冲了上去，场面极度混乱。我看着他们，喜悦填饱了肚子。

八点整，圣诞联欢晚会正式拉开大幕。本来我和小三儿事先设定了一个节目单，可没想到，一上来就被孩子们超乎想象的表演热情给打乱了。这要得益于主持人遥遥，她一上场就说："小朋友们，我们今天的主题就是玩儿，开心地玩儿，表演节目的小朋友可以到圣诞树上摘一个礼物，表演一次摘一个，小朋友们加油哦！"

小朋友一听这个，顿时来了劲头，争先恐后上台表演，原先的演出顺序统统被打乱。由于表演一次就可以摘一个礼物，所以小朋友是你方唱罢我登场，不仅没有空场，而且还经常发生撞车事件。武术、拉弓、独唱、小合唱、笑话、魔术、双节棍、背诗歌、脑筋急转弯儿……表演层出不穷、花样翻新。一边忙坏了孩子们，一边乐坏了大人们。

最有趣的要数最小的政政了，他才三岁。演出刚开始时，他还对我说阿姨我只看不演。可后来，在那些诱人的礼物和其他小朋友的激励下，政政自己勇敢地上台了，他背了一首白居易的《江南春》：千里莺啼绿映红……背完后，就高高兴兴地到圣诞树上给自己拿了一个礼物。过了一小会儿，政政自己又上去了，大家掌声雷动，"我再给大家表演一个节目，'千里莺啼绿映红……'"接下来，政政把这首"千里莺啼绿映红"背了不下十遍。最后政政妈强烈要求"孩子你换一个吧！"这孩子真听话，说换就换："清清的水，绿绿的河……"那语调、那情感，真不愧是语文老师的儿子！我听得陶醉，正期待着下文，政政却说："完了，我去拿礼物了！"大家一愣，旋即笑翻。

圣诞老人该出场了。主持人遥遥再次掀起新的狂潮："小朋友们，现在圣诞老人已经来了，就藏在某个房间，大家快去找，先找到的有礼物哦！"

话音刚落，五个小朋友分头散去，噼里啪啦，一个个房间门被重重打开。"我找到了，我找到了，圣诞老人在这里！"干儿子流星就是机

灵，第一个在主卧的阳台上发现了圣诞老人。大家闻声蜂拥而至，只见阳台上一片混乱，圣诞老人倒在地上，流星正趴在圣诞老人身上，拼命拽着圣诞老人脸上的面具和胡子，便拽还边喊："我看看是谁装的？我看看是谁装的？"可怜的阿莲啊，眼镜都找不到了，她辛辛苦苦准备的面具和胡子都被撕坏了。

在大人的救驾和护送下，圣诞老人才得以安全地来到客厅。"下面开始给小朋友们发礼物，看看谁最乖啊？"圣诞老人这句话最管用，只见孩子们迅速坐在地板上，没动静了。他们虔诚地望着圣诞老人，期待着她从那个大袋子中变戏法般拿出礼物来。

"淼淼今年表现很好，这是你的礼物和卡片！"

"馨馨今年特别乖，圣诞老人也有礼物给你！"

……

拿到礼物的六个孩子，一个个欢呼雀跃，特别是得到圣诞老人颁奖词更是美滋滋的。就连年龄略大的女儿接到礼物后还和小时候一样激动不已，不停地跟我说妈妈我太感动了想流泪。

最后的亲子游戏再次掀起晚会的高潮，"摸手手，找妈妈"。认错了妈的大有人在，最后，苇苇和小三儿没被孩子选中，她们的孩子跟别的妈妈走了，她俩那叫一个失落啊！

"笑死我了，好久没这么开怀大笑了，这些小孩儿真是太有趣了！"老二说。当大人因为孩子生气时，千万不要忘了：孩子能给我们带来多少欢乐和笑声啊！

风过林香

“风过林香”，这四个字对于林香姐姐而言最是字如其人，有她走过的地方，总会留下淡淡的芳香。

我和林香姐姐是多年的同事，她是个非常优秀的班主任，所带的班级几乎年年都是优秀班集体，她也深得学生的喜爱。工作之余，爬山、游泳、唱歌、跳舞，样样都是林香的爱好，她是个多才多艺又热爱生活的性情中人。

我们不止一次搭档过，我们之间的合作总是非常愉快。有一年，她班的学生元旦自发搞聚会，只请了两个老师，一个是她，一个是我。那天，我俩好像又回到了学生时代，和孩子们又说又笑，又唱又跳，开心得很。

也许是由于年龄的差异，从前我对林香总是心怀敬畏。

2006年暑假，我意外生病。开学不久，听说林香也因病请假。三个月后，已经康复的我返校上班，但她那个学期却一直没回来。

再见林香，是在半年之后。第一次在校园里看见她，我着实吃惊不小，那是我记忆中的林香吗？那个走起路来掷地有声、做起事来雷厉风行的林香哪去了？眼前的林香分明就是个弱不禁风的林妹妹：走路缓缓的，说话慢慢的，呼吸微喘，衣服裹得严严的，眼睛也没有了昔日的神采，让人心疼！

和林香真正成为朋友，源于那本书——《圣洁的心绳》。她以最快的速度读完了这本书，并且在校园网写下了《赏读〈圣洁的心绳〉》一文。新书刚刚出版的那段时间，我看过很多读后感或是书评，林香这篇最让我心动。知我者，林香也！从那时起，我便视她为知己。我从她的

文字里读出了善良、真诚和睿智。林香从那以后对我的态度也发生了很大改变，她说先前对我了解不够，是这本书让她认识了一个更加真实全面的我。

“你俩又再说话！”“怎么还没说完？”“一节课了！”常有同事对我和林香这样“忿忿地”告诫。每当我和林香在校园不期而遇，她总是亲热地拉过我的手，大姐姐一样温暖，和我交流我的书，我的博客，交流她的写作心得和快乐的点滴生活……我们总有说不完的话。

林香是个网络高手，在我等还不知博客为何物的时候，她就已经开博耕耘了。看林香的博客，是一种美的享受，那是真正的图文并茂。林香并不教语文，但是她的文笔却比许多科班出身的语文老师还要好。我不止一次打开她的博客让同组的老师看，告诉姐妹们咱们这些当语文老师的要好好向人家林香学习。林香语言的功底深，她制作的图片更加精美。林香的博客本来在搜狐，为了和我交流方便，她很快便在新浪安家落户。

人说女人之间总是吝啬溢美之词，但林香是个例外，她总用放大镜看我的优点。她不仅会在我的每一篇文章后留下精妙的评论，而且还专门撰写许多关于我的文章；她不仅让新浪博友了解我，而且还通过博文让搜狐的博友知道我；最近她又在本地的一个网站发文推介我。她默默地、乐此不疲地做着这一切，让我总是感受到她迎面而来的温暖。

林香热情豪爽，为人行事有大丈夫气概；林香心思缜密，妙笔生花有小女子柔情。喜欢林香，和她在一起，觉得整个世界都变得简单纯美，阳光总是播撒天际。

温暖的深秋

一年四季，我最爱秋天也最怕秋天。

我爱秋，最爱那初秋时节，气候温和怡人，天空宁静澄碧，花木尚未凋零，赤诚黄绿，色彩缤纷，常给人送来眼前一亮的惊喜。但我不喜欢深秋，因为一到那时，天气转凉，西风渐紧，黄花堆积，落叶满地，会让人徒生感伤和悲戚。

二十多年了，我总会在这样的深秋时节莫名地想家，想东北的亲人。偶尔面对寒冷的北风，便心生埋怨，抱怨父母二十多年前为什么非要把我送回山东，否则我现在就不至于一个人孤零零地承受背井离乡的哀愁。

如今又值深秋，与往年同期相比，今年的气温还要低。不过，面对最近连续多日的低温，我非但不觉冷，还常常感到阵阵温暖。

这温暖，来自家庭，来自工作，但更多的，还是来自现实和网络中的朋友们！

面对雅丽姐姐快递过来的马甲，我再一次深深感慨：有个姐姐真的很幸福！天冷了，雅丽惦记着我的身体，寄来保暖的冬衣，那份情谊根本不是衣服本身的价值所能衡量的。颜色，款式，号码，都让我惊讶于她怎么会如此了解我，简直就是为我量体而做的衣服。

随箱寄来的还有我爱吃的冬枣，我喜欢喝的菊花茶，我偏爱的巧克力。更令我和爱人感动的是雅丽还捎来了给他和女儿治病的药。

雅丽真是个细心人，她一定是看了那篇《我的百变小魔女》的博文，我在文中只提了一句女儿感冒了，看来这句轻描淡写的话被她记在心里。雅丽的父亲是当地著名的老中医，自家开着诊所。她给女儿寄来

治感冒的中药，一小包、一小包的，都已经熬好了独立包装着。

“雅丽怎么会知道你有鼻炎呢？”我奇怪地问爱人，我从来没对雅丽说过这个。爱人说暑假雅丽来泉城的时候，有一次他们在一起聊天，说起她父亲是老中医时他问过治鼻炎的事，但只是问问而已，他自己早就忘掉了。没想到雅丽记住了，回去后让她父亲帮忙找了一个专门治疗鼻炎的秘方，配置好了，这次把药贴一并寄了过来。

雅丽姐姐在箱子里放了一封亲笔信，详细交代了那些药的使用说明，一句一句，认真得很！

我一字一字认真地读，生怕错过一个，生怕错过字里行间雅丽浓浓的关爱和友谊。

“李老师，你的网友可真好，爱屋及乌，人家不仅关心你，还关心你老公和女儿。什么时候你网友的爱也能惠及到我们身上啊？”同事们分享着冬枣和菊花茶，和我一样开心。

“虽说家里少了东西不好，但最近咱家老是多东西，问题也很严重！”爱人似乎有些忧虑，因为在他看来给老婆送礼物的专利已经被我的朋友们彻底粉碎了。林香姐姐前几天送我一套美体内衣，保暖又健身，尤其在家里穿它练瑜伽更适合。好友梅知道一年四季我最爱穿裙子，于是网购了黑色长筒袜送给我，惹得她老公和我的爱人深深置疑。小姑子知道我喜欢黑色，喜欢短款的小毛衣，买来送我，让他的哥哥嫉妒不已。

“一个人的爱是有限的，虽然这些给你买礼物的都是女的，但是你一定也要对她们好吧，你给这个人一点爱，再给那个人一点爱，如今有那么多人都来分享你的爱，原本只应该属于他的爱自然就会减少，你说他能不整天对你忧心忡忡的吗？老夫老妻了，像他这样对老婆的，还真少见！”好友菊对我说。想想她说得也有道理。

身边不止一个人对我说过，“你是个幸福又幸运的女人！”

谢谢亲爱的朋友们，这个深秋，因为你们，我不再寒冷。

第一次直面粉丝

“喂，李老师在吗？”8点多刚到办公室，桌上的电话就响了。

传达告诉我，一位姓马的老师要求见我，但是监考时间马上到了。

“您好，您是李美瑛吧？我就找您，我昨天就打电话，没有找到，今天一早就来了。我想买你的书《圣洁的心绳》，可以吗？我能到你办公室来吗？”电话那边的人说话急促，好像刚跑完三千米。

最近跟我要书的人很多，都是熟人，这样的，第一次遭遇。

“我马上要去监考，这样吧，你在校门口等着，我过去。”总不能让人家失望而归吧。

“你不能一个人去，我跟着你。”小三儿自告奋勇。

“对，我们也一起下去，看看是什么人，追到学校来了。”姐妹们都很好奇。

于是，小三儿拿着书，雄赳赳气昂昂地跟我下楼。

离校门口还有一段距离，远远看见一个高个小伙子站在那里。还没来得及想什么，只见他眨眼功夫就站到我眼前，脚底下很利索，速度极快，功夫不浅。

“您是李老师吧？”他竟能认出我。要知道旁边还有人，况且书也不在我手里。“我是在《齐鲁晚报》上看到你的新书书评，所以才找到这里的。”他说话还是那么快，脸色泛红，很激动的样子。“我就是想得到一本你的书。”

我把书递了过去，“麻烦您给我签个名好吗？”

签名？看他那真诚的眼神，不好拒绝，咱又不是什么大牌。

“我也送你一本书，是我写的。”有备而来呢。他也给我签了名。

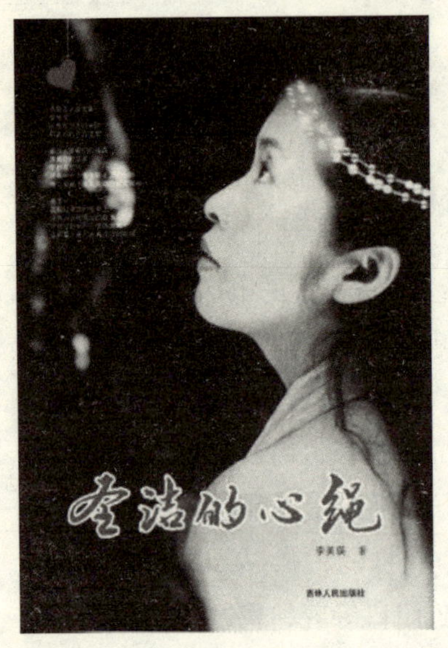

我的第一本散文集

考试时间马上到了，我说再见吧。他说：“再见，谢谢您！”话音刚落，人就跑到校门外了。

翻书一看：马YM，毕业于山东师范大学体育系……怪不得呢，走路跟风一样。

“姐姐，以后不能这样了，再有人来，你不能轻易出面，我们出去对付，你现在可不是谁想见就能见的！”姐妹们七嘴八舌。

“快把你老公的电话给我们，让他请我们吃大餐，看他的表现，否则我们就继续让你接见粉丝，让他着急上火，让他睡不着觉。”这些姐妹，什么馊主意都想得出来。

“妈妈，你以后绝对不能这么做了，我不同意，这很危险，你没把电话给他吧？”晚饭时，女儿忧心忡忡地对我说，“这件事千万不要告诉爸爸，他要知道了，非发火不可，你可不要对他说啊！”

年前一个网友从博客中看到我的书，留言说想买一本。我对爱人说怎么办呢。他说好办，把我电话给他，让他来找我。结果，那网友就是从他那里拿到书的。

第一次直面粉丝要是他知道了，不知会作何反应？那就——不说了吧。

惹 祸

“你可给我大惹祸了！”电话里传来老公的声音。

“惹大祸？什么大祸呀？”很困惑。

“哈哈哈……这是强哥对我说的。”强哥是老公的朋友。

“强哥？你给他惹祸了？”

“他说自从他把你那本《圣洁的心绳》带回家，她老婆整天看，前几天他老婆出差去北京，除了生活必需品外，专门带上这本书。她白天开会，晚上回到宾馆就看，都成了你超级粉丝了。”

“这不是很好吗？有人愿意看我的书是好事，但祸从何来呢？”

“我也这么说，可他说好什么好呀，自从他老婆看了你的书，经常拿着书里写我的内容教育他。这不昨天晚上她看那篇《到哪里去找这么好的朋友》，就开始批评他整天不干活，让他向我好好学习，看看我是怎么疼老婆的，唠叨了很长时间，他受不了了。今天上午跑到我办公室，非让我中午请客，说是弥补一下他的精神损失。”

年前，一个同学也曾到老公的办公室告状，他老婆把我写的《月亮代表我的心》发到他邮箱，让他认真学习。同学强烈要求老公以后不要做得太好，以致让其他为人老公者常因此遭到批判。

最有趣的要数我可爱的大嫂。她对我说：“我让你哥看你写的《知心爱人》，提高一下他的情商，学学怎么哄媳妇。但是我只让他看这篇，其他的我可不让他看。”

“为什么啊？”

“那能让他看吗？你这篇《知心爱人》前边那个《上一个高度》

我敢让他看吗？我又没上那个高度，你哥要是看了我说话的底气就不足了，哈哈哈……”

我的一个同事就因此犯了一个“错误”。有一天她和老公吵架了，她怒斥老公：“你总是这么凶，你看看人家崔大哥，他从来都不会对李老师这样！”

“你猜我说了这句话后我老公说什么？”同事问我。

“能说什么？好好学习呗。”

“他说‘那你是李老师吗？李老师会像你这样又喊又叫吗？’我顿时败下阵来。”

我的文字都是带着真诚和善意而来，如果它们有幸走进你的心里，我祈祷它们能给你留下更多的美好。看这本书的女同胞，我期望你能把视线更多地停留在女性的角度，发现我对女性的一些肤浅的思考，作为女性该如何对待事业、家庭、生活，而对另一半的事姑枉看之。文学来源于生活，同时也高于生活，别忘了虚构艺术是有虚构的。读文章，千万不要对号入座，以为完全在写实，当然也不要断章取义。

把我特别喜欢的一句话送给关注我的朋友们，尤其是女同胞：亲爱的，外面没有别人，只有你自己。

印象张志勇

散文集《圣洁的心绳》于2010年2月8日出版后，张志勇厅长一直在北京开会，直到腊月二十八他才回济南，而后匆忙赶回老家过年。想在第一时间给他送书的愿望成为泡影，多少有些遗憾，因为当初我曾做过承诺，把第一本新书送给他。

因为书序的缘故，我和张厅长断断续续有些联系，但都是通过邮件，未闻其声，也未见其人。

尽管形象模糊，但我对他似乎并不陌生。常去他的博客看，每次看到博客中无数尖锐刻薄、怨气冲天的网友评论，我都在想：他该以多大的勇气和胸怀来面对这些来自四面八方的牢骚与愤怒？

张厅长的博客更多的是关于教育方面的文章。相比之下，我更喜欢他那些生活随笔，因为那里有更真实的他，更立体的他，一个与在众人面前截然不同的他。从文字中可以看出，他情感丰富，真诚敦厚，是个可亲可近的长者。许多读者对序赞不绝口，惊讶于他情文并茂、洋洋洒洒、才华横溢的文章。其实，在他的博客里，这类文章比比皆是，现试举一例，让我们一起来欣赏一下他在除夕前夜写下的《母亲，你好》中的片段：

坐在写字台前，想起回家，想起过年，就不由想起自己的母亲。自己的心思一旦聚焦到老娘身上，刚才还心绪不宁，一下子就平静了下来……

回家过春节，儿子有儿子的嗜好，我也有自己想吃的好东西，那就是老母亲蒸的白面馒头、炸的丸子，特好吃。什么胶东大馒头，与老母亲蒸的白面馒头，相差何止千倍。今天想起来，嘴里还不由得要流口水

呢……

有母亲在，自己永远是个孩子。2005年7月28日，这是母亲离开我们的日子，这是自己长大的日子。

自从母亲走后，我家过年的气氛淡了很多、很多。

明天又是除夕了，母亲你为儿子们操劳了一生，我们都长大了，你该好好歇歇了，不用你老人家再忙前忙后了；母亲你为儿孙们牵挂了一生，不仅你的儿子，就是你的孙子孙女们也都一个个长大了，你不用再操心牵挂了……

我们只担心你——母亲，祝你在天堂幸福、快乐！

极其朴实的文字，却让我泪眼婆娑。子欲养而亲不待，何其悲伤？印象中，领导大都板着一副严肃的面孔。这样一篇充满对母亲拳拳思念的文章，让我对张厅长又增添了许多尊敬与感动。

“请进！”一个低沉的声音传来，随即门被打开。

高大而不失温和，威武而不失敦厚，文如其人，是我想象中的样子。

“张厅长好！”我伸出手。

“你好！李老师好！”一双大手温暖而有力。笑容可掬，亲切慈祥，一如窗外和煦的午后阳光。

“祝贺你，李老师，能出这样一本书真好，真为你高兴！”柔和明亮的目光下，我紧张的心慢慢舒缓下来。

“你们学校的情况这几年怎么样啊？老师们工作愉快吗？”

“实行素质教育后，师生关系有没有明显改善？”

“名校扩招对你们这样的学校影响是不是很大？借读的现象还严重吗？”

“对年前实行的绩效工资老师们有什么反应？进展顺利吗？”

“我国的教育积弊太多，改革需要时间，要慢慢来，老师们有意见有牢骚都可以理解。教师也是一种职业，如果我们的老师能改变一下心态，正确面对目前教育存在的问题，生活会更加快乐……”

他语速缓慢，声调低沉，音质温和厚重。我认真听，仔细回答他提出的每个问题。这期间电话多次响起，每一次张厅长都说：“稍等一下，我在同一位老师说话，一会儿再给你打过去。”这个小小的细节，让我感动，这是一种尊重，虽然我只是一个普通的中学教师，一个曾经有求于他的人。短短不到半小时的谈话，再次印证了他是个充满人文关怀的好领导。我想这也是他当初答应为素昧平生的我写序的缘故吧。

“虽然我们不认识，但我一直愿意为我们的一线老师做一点力所能及的事情，不用谢！”当我再次感谢张厅长时，他说。“再次祝贺你，祝你全家幸福！希望你在今后能带动你身边更多的老师像你这样对待工作和生活，像你一样自信而快乐！”

深深地感谢您，张厅长，感谢您在2009年送给我一个梦想成真的神话！

说说我的顶头上司

我很少和领导打交道，生来的畏惧。但有一个例外，那就是W，他是我们教研室的头儿，我名副其实的顶头上司。

清楚地记得与W的第一次相识。刚参加工作没两年，有一次，去参加市里的教学年会，同样身为中学老师的W也去了。白天开会，晚上我们这些年轻人喜欢一起玩，我就是在一次打扑克中记住了他。

三男三女，我们六个来自不同学校的老师凑在一块打够级，其他五个人我都认识，唯独W面生。打牌本是件放松的事，大家不拘小节，房间里人声鼎沸，只有W一言不发，死死盯着自己手里的牌，一副很深沉的样子。心想这个人年纪大了，所以才如此老成持重。当我们一位女老师因为走了头客而尖声高叫时，一直闷着头的他突然面无表情地来了一嗓子："看你那样儿，跟遇了劫匪似的！"说完，也不看大家，还是专注地看自己手里的牌。大家一愣，旋即哄堂大笑。可他跟没事人一样，好像刚才的话压根儿就不是从他嘴里说出来的。

我那时想，年纪大的人喜欢安静，他一定是被我们吵烦了。

后来W调到教研室，当了我们的领导。我才知道W根本不老，和我们一样年轻，只是少年老成。从第一次见他到现在，十七八年过去了，他基本还是那个样子，没有大的变化。

内心深处，非常感激他，我之所以开博并一直坚持下来，与他关系很大。我对自己的文字向来不自信，虽然开博前也常写东西，但都属于"地下活动"，那些文字都生活在"黑暗"之中。2007年，W让我负

责写《高中语文第一册同步训练》的单元概览，四个单元，每个单元一篇，四篇话题作文。按约定，一星期后我交上了电子稿件。接下来便是忐忑不安的等待，那是我第一次写带有文学味的文章给别人看，而且这个别人又不是一般的人，他是我的领导。

稿件发出第二天，W就回复了："非常好，通过！""这么简单，不用修改吗？""不用改了，很好，文采飞扬！"领导的肯定让我心花怒放，第一次有人夸我的文章有文采。

2008年暑假，W让我在山东省高中教师远程培训中担任指导教师工作，这个决定令我以及同事感到意外，因为无论是年龄还是资历，比我资格老的还有很多。

没想到，我不仅圆满完成了任务，还被评为优秀指导教师，在年底的全市培训总结大会上做了典型发言。学校的一位领导对我说："你知道吗，小李？教研室让你去做指导教师我真替你捏把汗，面对那么多比你教学经验更丰富的同行，怕你应付不了。你不仅完成了任务，而且还完成得如此出色。"听了这句话，更加感激W，感激他对我的信任。

那次指导教师的经历，对我后来的成长影响非常大。那时，我发现班上一百多位学员中，有许多是写作的高手。为了率先垂范，我和他们一起写文章，没想到有三篇竟被省里的专家推荐，这再次给了我文字上的自信。

于是，培训一结束，我就充满信心地开博了；后来，在W的鼓励和鞭策下，我由最初的每周一篇博文到两篇、三篇、甚至四五篇。再后来，还是在W的鼓励、建议和帮助下，我出书了。

那天，当我坐在W的办公室，面对新书，他的喜悦似乎超过我。他很激动，拿着书，翻来翻去，爱不释手，不吝溢美之辞。"你知道吗？我看到我们自己的老师出书，心情就和你的家人、你的朋友一样，特别

高兴！”

“这是第一本，很好的开头，以后还要继续写，继续出书。你要注意开阔视野，扩大写作面，同时增加写作的深度。”W语重心长。他给我推荐了几个博客，“经常去看看，对你的写作会有帮助。”

“你知道吗？你是一个非常幸福的人，父母亲人、老公女儿、同事朋友都那么关爱你，尤其是你老公，那可是打着灯笼都难找的好人，是五好男人中最优秀的一个。他当初把你追到手，二十多年过去了，还一如既往待你这么好，实在是难得。看看那篇《月亮代表我的心》，就知道他早已把对你的爱全部融化到骨子里了。你要知足，一定要好好把握你手中的幸福，这样的男人现在真是不多了！”听着W的话，温暖，感动。

重读2007年W让我写的那四篇单元概览，思想不够深刻，有些语言明显带有为了文采而造作的痕迹。但是当年交稿时，他却那么热情洋溢地接纳并认可了这些文字。

也许他自己都不知道，正因为他的鼓励，我的人生都因此而不同了。

蚕宝宝搬家

心理咨询课上，老师给我们播放了一个治疗小女孩害怕毛毛虫的全过程短片。仅仅50分钟，女孩由最初看到毛毛虫大哭并吓得直往妈妈身后躲，最后竟笑眯眯地把毛毛虫拿在手里玩。我唏嘘不已，真希望自己有一天也能和那些柔软的条状物亲密接触，不再惧怕。

自从学了心理咨询，我一直盼望自己能给自己治病。如果因为这个小毛病去找心理医生，在我看来实属多余，一来我的恐惧还未泛滥并不严重，二来我想利用自己懂得的心理学知识来自救，战胜自我。自我理疗计划开始了。

蚕宝宝被领回家后，我试着大胆地看它们，从最初两米远的眺望到慢慢走近盒子，前后用了不到5分钟的时间。尽管心一度紧张得都快跳出来了，但我还是不停地安慰自己：什么事也没有，蚕宝宝不会爬出来，不会爬到我手上，更不会咬我，它只是在里面吃它的桑叶，其他的事情都与它无关，它也不关心。

反复几次后，我终于能站稳，呼吸均匀了，心跳也和缓了。面对纸盒，我这才看清蚕宝宝大都是灰绿相间的，好像只有一只灰褐相间。它们晃动着圆圆的比绿豆还小的脑袋不停地吃着桑叶，速度很快。观察了一会儿，数清了一共有八只蚕宝宝。我想再细看，头刚一低，又条件反射地弹起，“蚕宝宝突然跳到我脸上怎么办？”观察就此告一段落，但我很开心，因为我已取得阶段性胜利。

第二天，一睁开眼，我就直奔蚕盒，“会不会已经吐丝了呢？”走过去，心跳又加速，深呼吸，深呼吸……片刻平静下来。我对自己说昨天试过了，没事的，大胆看，但见盒子里一片狼藉：蚕叶支离破碎，没

有完整的，且已干枯，八只蚕宝宝有的不动，有的好像在四处觅食。盒子底部有许多黑色的小颗粒，“蚕沙！”这是我的第一反应。老二给我讲过，蚕很能吃，所以蚕屎会很多，每天要打扫卫生。她还说蚕屎又叫蚕沙，可入药。

“怎么打扫卫生呢？把爱人叫起来？”这个念头在我脑袋里只是一闪，旋即被我否定了。“我一定要亲自给蚕宝宝搬家，不靠任何人。”

找来另一个鞋盒，先在底下铺上一张柔软的纸，从冰箱里拿出冷藏的桑叶，放在里面。准备工作就绪，“怎么把它们搬过来呢？”我伸手试了试，在距离蚕还有两三厘米的地方，停住了。

用手拿对于我显然不行，壮着胆子拿起盒子里的桑树枝，没想到那上面的蚕宝宝没掉，我快速地把它们放到新盒子里，一数，五只，大喜过望，“好厉害！”我嘉奖自己。“剩下那三只怎么办呢？”我试着拿了拿它们下面的桑叶，它们都掉了下来。也许是我打扰了它们平静的生活，只见蚕宝宝开始在盒里不安地蠕动。它们动起来很有意思，全身用力，然后从尾部向前拱，一节一节，很有韵律，就像是波浪，后浪推前浪，只是速度很慢很慢的。低下头，仔细一看，它们的颜色好像和昨天不一样了，褐色的变化不大，灰绿的好像变成灰白了。除了头和尾巴，它们无论大小，都有八节。靠近头部的下方有三对小小的触角；肚子上也有，但是看不清多少；尾巴上还立着一只，很尖的。头前方有两个黑点，我想那应该是眼睛吧，没敢再贴近辨认。

“怎么办啊？”我拿起一片桑叶喂没搬过来的蚕宝宝，也许是饿了，也许是新鲜的桑叶太有诱惑力。只见一只蚕宝宝迫不及待地抓住桑叶，咬了起来。我向上一提，蚕宝宝居然还紧紧地抓着，我顺势一放，这只蚕宝宝落户新家。接着，如法炮制，剩下那两只，也顺利实现战略大转移。

“嚓嚓嚓，嚓嚓嚓……”突然，我听到一阵细微的声音。“什么声音？”再一听，“嚓嚓嚓，嚓嚓嚓……”声音还在，不是幻觉。屏住呼

吸，侧耳聆听，原来声音是从盒子里发出来的，竟是蚕宝宝吃桑叶的声音！

蚕宝宝吃桑叶很有特点，它们从桑叶那锯齿状的叶边开始，顺着一个方向，呈弧形。别看它们的嘴巴小，只一会儿功夫，桑叶就被吃掉一大块。“蚕食鲸吞”，忽然想起这个成语，这就是“蚕食”吧？一点一点地，但速度极快，不易察觉，但实际上它的杀伤力很强，等你发现时，局面已明显改变。

八只蚕宝宝里，有一只褐色的宝宝显得很消瘦，看了好半天，它不太吃桑叶，也不太动，“它想干什么呢？”心里很疑惑，“难道准备吐丝作茧了吗？”我突然觉得这只蚕宝宝好可怜，病恹恹的，没精神，那么消瘦，皮肤干紧无光，不像其他几只灰白透亮，胖胖的，很饱满。

蚌病成珠，难道美丽的真丝也是蚕宝宝痛苦的结晶吗？有些心痛。

心痛地期待着。默默地祈祷，一切并不是我想象的这样。

作茧自缚

自从有了蚕宝宝，心中有所牵挂，醒得都比以往早了。早上喂蚕的时候，发现有两个蚕宝宝对新鲜桑叶不感兴趣，它们一门心思地往盒子上面爬。“这还了得，爬出来找不到可咋办？”我急忙拿着桑叶把它们轻轻推下去。过了一会儿，再看，那两个蚕宝宝还往上爬，“真不听话！”我再一次把它们推下去。“蚕宝宝看着憨憨的，还挺调皮呢！”为了预防不测，我拿来更多的桑叶，把它们盖住了。“让你再爬！”得意得很。

中午下班回来，一进门就冲到盒子旁。有两个蚕宝宝都贴在盒子上部，其他的都乖乖地在下面吃桑叶呢。只见其中一只蚕猛烈地把头晃来晃去，好像在半空中飞舞。“这是做什么？疯了吗？”细一看，觉得眼前有些朦胧，揉揉眼睛，再瞧：细细密密的丝出现在眼前！

蚕宝宝在吐丝。

那丝很细很细，白色，有光泽，不细看，极易忽略。“这就是传说中的‘作茧自缚’吗？”心跳加速，不是因为恐惧，我最期待的就是这一幕。

忽然明白了，早上这两只蚕往上爬，是在寻找合适的结茧领地吧。它们把丝固定在盒子的一角，盒子的边缘，盒子里的桑叶枝，盒子里的纸，这些都成了它们吐丝的依附。这两只蚕和其他的颜色不一样，一只很白，一只淡黄。看了很久，它们始终没停下来，不停地吐着，没吃过一口桑叶。

蚕宝宝每遇到桑叶的叶面，都要用力地在上面蹭一会儿。“蹭什么呢？”我瞪大眼睛，不敢眨，怕错过每个瞬间：每当它蹭完后，头一甩，一道丝线就从空中跃出。它蹭来蹭去是在固定线头呢。

蚕宝宝就这样一刻不歇地吐着，它身体后部的四对触角紧紧地抓着盒壁，前面的三对触角则抓着面前的一条丝线往返。那么细的丝被它抓来抓去，怎么不断呢？我轻轻地碰了碰那丝，好像碰到了，又像没碰到，不敢再用力，我怕一不小心摧毁了它辛辛苦苦建立起的堡垒。

两个多小时后，茧有了大致的轮廓，很高的桶状，上面基本是三角形，开口，蚕宝宝在里面自如地忙着，一会左，一会右，一会上，一会下，没想到它的身体那么灵活。

又过了两个多小时，上面开始封口，周围的丝越来越厚，里面变戏法般出现一个椭圆形的轮廓，蚕宝宝身处其中，依旧不停地甩着头，非常用力，一根又一根丝线接连不断地从它嘴里甩出。蓦地觉得，那不是丝线，分明是蚕宝宝在掏空自己毕生的心血！

下午5点左右，意外的惊喜再次出现，一直被我忽视的另一只吐丝的蚕竟然在不易察觉的角落结成了一个黄色的茧，我急忙按下快门，记下这难得的景象。照片上，黄色的茧闪着金光，像金碧辉煌的王宫，格外耀眼，一时看呆了！

椭圆形的茧更加清晰了，而且有了一定的厚度，不过，透过朦胧的茧，还能清楚地看到里面蚕的情况，它们好像变小了，在里面不停地动。我目不转睛地盯着它们，莫名的感动从心底腾起。

它们就这样吐下去，是不是再过几个小时，那茧就越来越厚，越来越厚，慢慢地，里面的蚕就会与外界隔绝，我再也看不见它们了。

悲戚涌上心头，眼泪流了出来。

不忍再看。生命，怎么会这般痛苦，这般悲壮！而生命的传递为什么非要以这样一种残忍的方式来完成呢？

陆游写过这样的诗句：人生如春蚕，作茧自缠裹。可怜的“蚕生”，我无力改变你。但人生呢？那种“作茧自缠裹”的人生，我们是不是要毅然决然地放弃呢？

春蚕到死丝方尽

“一夜了，蚕茧会变成什么样子了？”早上一睁眼，这个问题便如闪电般冲进我的脑袋里。

一骨碌从地上（妈妈不认可我的榻榻米，认为我是睡在地上）爬起来，以百米冲刺的速度来到纸盒前：呆了！

一黄一白，一大一小，两个椭圆形蚕茧完美地呈现在眼前。

怎么可以这般完美？我单知道蚕茧是椭圆的，没想到蚕宝宝把这椭圆做得如此精致；我单知道蚕茧是白色的，没想到这黄色的茧更是惊艳。

一下想起了“非常6+1”里的金蛋和银蛋，和这个相似，但它们远没有眼前这两个茧漂亮，没法比，眼前的是两个美丽的生命。

两只茧的外面都笼着一层薄薄的丝网，茧悬挂在网上。蚕宝宝真是太聪明、太智慧了！这层网不仅增加了一份安全系数，而且它更有利于蚕宝宝制造出椭圆形的茧来。我用手轻轻碰了碰，茧很硬。

小心翼翼地，把两只茧从附着物上剥下来，一来便于保存照顾，二来便于下一步打扫盒内卫生，因为里面还有六只未结茧的蚕宝宝。

把茧拿在手里，很轻，它的重量几乎可以忽略不计；感觉很硬，但还是不敢用力捏，怕稍有不慎弄坏了它们；茧的表面有细微的纹路，不透明，手感很好，柔柔滑滑的；长度只有蚕宝宝最初体长的三分之一左右。

轻轻地把白色的茧拿起来，朝向窗外，我看到了一个非常模糊的影子，是蚕宝宝，一定是蚕宝宝！它在里面还动呢，速度很慢，我想它应该还在吐丝吧。拿起那只黄色的，效果一样，头在晃动。

无法再直观看到蚕宝宝在里面的生活，我只能从书本上得知“蚕宝宝在茧中进行最后一次脱皮，成为蛹，约十天后，羽化成为蚕蛾，然后破茧而出。”

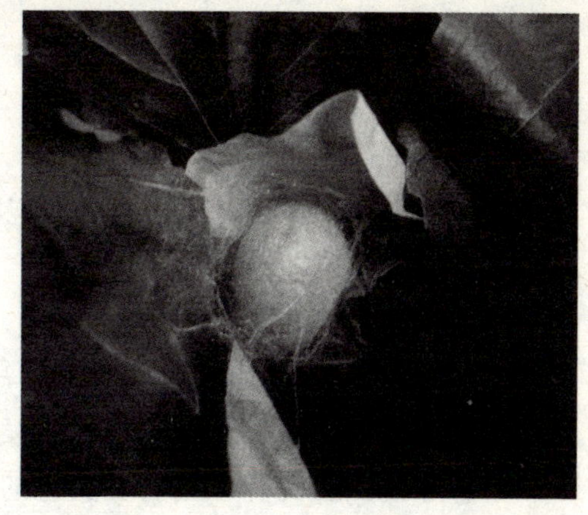

美丽的蚕茧

“春蚕到死丝方尽，蜡炬成灰泪始干。”李商隐的诗如此凄美。然而，我不知道，那生命的付出一定能换来魂牵梦绕的期许吗？

“相见时难别亦难”，把两只茧放在手心，满心的不舍。相聚才两天，只有两天，从原来的恐惧、好奇到现在的接纳、喜爱，时间太短暂，我还没来得及细细品味和它在一起的欢欣呢，它竟以这样的方式诀我而去。它把自己包在暗无天日的围城里，甘苦自知；而我，在它亲手筑造的围城之外，无望地守候。十天后，它将破茧而出，然而再相见时，早已面目全非，连名字都改了——蚕蛾，它不再是原来的它了。

“再见了，亲爱的蚕宝宝，再见！”心中默念，泪扑簌落下。

桑之未落

早上起来，两只成茧再次闪亮登场，一只金黄，一只米黄。女儿满心欢喜而又小小翼翼地把它们从纸盒的角落里剥出来。四只蚕茧摆在一起，就像四个亲兄弟，只是肤色有差异，但一样可爱。

“你家的蚕茧为什么会有金黄色的？我怎么一只也没有。”养了二十多只蚕的苇苇，看到我博客里那只金光闪闪的茧，很是羡慕，“难道蚕茧在你家被开光了？”

苇苇太有想象力了，我怎么没想到这样一个理由呢？女儿是这样解释金蛋蛋（金茧）的：咱家风水好，来咱家的小动物都有好运，都会与众不同的。

在我看来，茧的颜色并不重要，重要的是它们给我带来的收获。这收获有意料之中的：了解了蚕的许多知识，目睹了春蚕结茧的全过程。还有许多收获是意料之外的：蚕带给我的生命的感动，蚕让我欢喜让我忧的情绪波动，蚕给我和我的朋友们带来的惊喜和话题，蚕让我摆脱了对某些条状物的恐惧心理。

真没想到，小小的蚕，能掀起我这么多的震撼和心动。再一次强烈地感受到，生命都是美好的，都是尊贵的，甚至是至高无上的，生命本身并没有高低贵贱之分，每一个生命都值得我们深深敬畏。

“最后一个蚕宝宝哪里去了？”我和女儿很疑惑。扫视一下，没有它的倩影。当初朋友送我的是八只蚕宝宝，送给林香姐姐三个，剩下五只。“跑到哪里去了呀？”我先检查了一下四角，没有；再轻轻地翻动厚厚的桑叶，也没有。“怪了。”忽然我的眼前一亮，视线定格在一片枯叶上，那枯叶的边缘有一层并不起眼的白色。举起盒子一看，我和女儿都笑了：

这小五（五只蚕宝宝，按结茧顺序，做了编号）可真调皮，它选择了一片干枯的大桑叶作为根据地。这片干叶子向上拱起，圆圆的，看起来就像是一个蒙古包，聪明的小五就在里面安营扎寨。从下向上看，我看见了小五，它正在里面忙着呢，但见白色的丝线布满了叶面，椭圆形的茧已具规模。

傍晚时，小五也消失在那厚厚的茧里，看不到它的身影了。

桑之未落，其叶沃若。校园里那棵唯一的桑树繁茂依旧，我一个人来到操场东面，面对那棵桑树，站了好久。原以为我会每天都到这里采摘桑叶喂食蚕宝宝呢，没想到只来过一次。

一场大雨，来得突然，下得酣畅淋漓，使得沐浴在朝阳下的桑树翠绿清新，悦目赏心。一阵风过，桑叶哗哗作响，桑树婆娑婀娜。

相对于与前两只蚕宝宝的告别，面对这第五只蚕茧，我理智多了，不再难过。我开始正视"蚕生"，守着五个蚕茧，深深地祝福，我热切地盼望着它们早日破茧而出，孕育它们的下一代，因为这是蚕宝宝们的心愿，爱它，就要祝福它。

我非蚕，安知蚕之悲喜？万物皆有其生命本色，酸甜苦辣，一切皆由心造。十几天后，这些茧将羽化而出，谁能说那时没有新的惊喜？网友巧黛曾留言："如果人生能像蚕宝宝那样，以吐出如此美丽的丝、做出如此令人惊艳的茧作为终结，那不是很圆满的结局吗？"蚕的一生虽短暂，却分外美丽；而再长的寿命，如果没有价值，没有质量，那意义又何在？如果让我选择，我也宁愿选择蚕的美丽短暂，而不要苟延残喘地长命百岁。

只要能尊贵而高傲地活着，生命，不在长短。

宠物医院趣事多

飞飞的狗粮快没了，带他去小区对面的宠物医院，顺便给他剪剪指甲。

“哇……哇……”一进门，两个美女的厉声尖叫不仅吓得我一哆嗦，本来在怀里乖乖的飞飞也突然躁动。

“没事的，他很乖，不咬人，不用怕。”我以为美女胆小，怕狗狗，急忙解释。

“哇……真是太漂亮了！萨摩耶，喜欢死了！”美女边夸张地叫着边摸着我的飞飞，“我最喜欢萨摩了，养过一个，也这么大，但却丢了。你这个是男的还是女的？叫什么呀？”美女语速极快，很激动。

“是帅哥，叫‘飞飞’。”

“哇……哇……太受刺激了！”其中一美女又大叫。“飞飞？他叫飞飞？哇……”另一个美女也跟着起哄。

“美女，你们叫什么？怎么又受刺激了？”现在的女孩子怎么总是这么大惊小怪的，搞得我的心扑腾扑腾的。

“你知道吗？我也叫‘菲菲’。”美女瞪大了眼睛。

“那你知道吗？我也叫‘菲菲’。”

美女的眼睛瞪得更大了：“哦，那我就心里平衡了。”笑得跟花一样。

狗粮品种繁多，有鸡肉的，牛肉的，猪肉的，高蛋白的，还有许多稀奇古怪的，我记不住名字，反正个个香味扑鼻。飞飞小，最适合吃那种颗粒小营养全面的高蛋白的。

“两袋高蛋白。”飞飞很能吃的，两袋也就十天左右。

“今天搞活动，买二送一，给你——”导购小姐热情地递给我一瓶饮料。

“哇，这么好啊，狗狗也可以喝饮料？”我很惊讶，还有专门给宠物喝的饮料啊。

“不是，这是给人喝的。”导购笑了。

高贵的飞飞

可不，拿过一看：雀巢清香茉莉茶饮料。

“预防针打了一星期了，能给他洗澡了吗？”天这么热，人天天要洗澡，我觉得飞飞不洗一定难受。

“能洗，但最好不洗，狗和人不一样。你家狗狗这么小，预防针没打完，根本没有抗体，一旦洗澡着凉生病，麻烦大了去了。你说，干净重要还是命重要啊？”医生语重心长。

“当然是命重要了，可是你看他的爪子，整天吃磨牙棒，毛毛都弄卷了。”磨牙棒是一种胶原蛋白，被做成了肉骨头形状，飞飞最喜欢抱着啃，结果两只前脚经常黏糊糊的。

“不要紧，等三针打完，你带他到我们这里洗个澡，用最好的沐浴液，彻底清洗，啥事没有。”医生自信满满。

“你这里能洗澡啊？”宠物医院的服务项目真齐全，洗澡这么麻烦的事也可代劳。

“能，你看，就在那儿——”医生手一指。

走过去，撩开门帘，只见一只英俊的金毛在一个大台子上走来走

去，旁边的小伙子拿着吹风机正给他吹干。台子后面的洗衣机隆隆作响。

“这么先进啊，你们用洗衣机给狗洗澡？”我在一本杂志上看过一幅画，一只小狗站在洗衣机里快活地洗澡，印象很深，很好玩，没想到真的可以。那真是太有趣了，想想我的飞飞站在里面，跟着波轮转来转去，他一定很开心，那不就是等于坐旋转木马吗？

“哎呀，不是啦，”小伙子大笑起来，“狗在这里洗——”一指身后的大池子，像个浴缸，“洗衣机在洗我们的工作服。”

“你说我怎么这么傻呢？我昨天带飞飞去宠物医院，参观洗狗房，人家那里有台洗衣机，我以为那是洗狗的，结果惹得人家哈哈大笑。”我一边打字一边对正在拖地的老公说。

“哈——哈——哈——”笑声怎么这么怪，脊背生风。

“你咋这样子笑呢？难道你不觉得我说的很好笑吗？”真是奇怪，多好笑的事啊。

“哈哈哈……我觉得好笑死了，笑死了，哈哈哈……”他笑个不停，地也不拖了。

“你这人咋这样？反应怎么比别人慢半拍？”有这样的吗，隔了半天才连续发出笑声。

“太好笑了，知道吗，笨蛋，刚才你已经跟我讲过一遍了！”

“咕咚”，我倒在地板上……

把飞飞惯成神

“不是跟你说过要少喂他吗？”

“可我觉得他总是吃不饱，每次见到吃的都跟饿狼一样。”

“你把一袋粮食给他他也能吃完，他不知深浅。水果不能喂，他还小，肠胃发育不完善。”宠物医生边给飞飞做检查边教育我。

“你不知道他多爱吃水果。”

“爱也不行，他这个年龄见啥吃啥，他没数，你要有数。不是告诉你现在不要带他下楼吗？”

“可是他喜欢下楼，每次都可高兴了。”

“那也不行，他小，贪玩儿。他是不是很爱钻草地，到处找垃圾啊？”

“是啊，他最喜欢在草地上嗅来嗅去，逮着东西还尝一尝。”

“你看看，他的脸根本不是在门缝里挤的，这是皮肤病，螨虫所致。你千万不要带他下楼散步了，他现在一点抗体也没有，染上病，可就麻烦了。”

“那什么时候才能下楼啊？”我忧心忡忡，要知道我的飞飞每天是多么期待下楼的时光啊。

“打完这三针疫苗，四十天后。”

“四十天？”太漫长了！可是一看到飞飞那灰白色的脸蛋，我就无言了。

飞飞本是通体雪白，除了眼睛、鼻头和唇线。前几天，我突然发现他嘴巴旁边的毛毛变少变灰，起初我还以为是他爱从推拉门的缝隙往外挤造成的，没在意。但这两天又发现，那灰色的面积变大变深，联想到

有一次早晨散步，一个热心的养狗大姐对我说判断萨摩耶生病很简单，只要它的皮毛变灰了，一定有问题。

飞飞刚来时，医生就告诫他还小抵抗力差，要尽量减少与外界接触。可每次看到飞飞在外面玩要时那开心快乐的样子，我就把医嘱给忘到九霄云外了。明知道草地不干净，但是，一看到他贪婪地在草地上欢腾跳跃，就不忍心把他抱走。在飞飞那双天真无邪的双眸下，我屡屡败下阵来。

为了飞飞的健康，今后四十天绝对不能散步了。飞飞还没完全驯好，所以在无人看管的情况下暂时还不敢让他在房间里自由往来。更多的时候，可怜的飞飞只能待在他的阳台里，睡觉、玩玩具，偶尔他会趴在窗台的大理石上看外面的风景，那样子，就像是一个六七个月大的好奇的婴儿，可爱极了！

和朋友回家小聚，当我们打开房门时，眼前的情景让人大吃一惊：鞋子、衣服、纸屑、花叶等物品散落一地。

要不是飞飞摇着尾巴在门口热烈地欢迎我们，我真以为家里遭贼了。

“飞飞，这都是你干的是吧？你太厉害了，你是怎么从阳台出来的呀？真厉害！”我抱起飞飞，亲了亲他。阳台的推拉门非常重，关得又很严，我想飞飞一定是用尽了吃奶的力气，而且要耗时巨大才把它打开，从而获得自由。

“菲菲，你要严厉地批评他，甚至打他一顿，要不下次他还这样。”朋友劝我。

“哪里舍得啊？”飞飞正在我怀里，欢天喜地蹭来蹭去。早上出去，分开的时间太长了，飞飞一定想我了。

多年来，很洁癖的我容不得乱放东西，看不下去地板上的灰尘和细小杂物，一根头发若是被我发现都要捡起来。自从飞飞来了，我这不良嗜好似乎在慢慢改变，飞飞的小脏脚天天踩得地板到处是水印，常把东

西弄乱，有时还爱撕纸，我非但不生气，还总以欣赏的眼光看他做这一切，我自豪得很：我的飞飞很聪明，啥都会做！

“汪汪，汪汪……”今天不到5点，早睡早醒的飞飞又在阳台上大叫，他最近老这样，这与晚睡晚起的我们很不合拍。叫吧，不理他。

过了几分钟，他还在叫。“真讨厌，遥遥怎么睡觉啊？他天天这样，怎么受得了？”老公腾地从床上跃起。

“叫什么叫，飞飞？我们都在睡觉你不知道吗？再不听话把你送走！”老公的疾言跨越两个房间清晰地传过来。飞飞不叫了，只有轻微的哼哼声。“告诉你，以后早晨不许这样，再这样我就对你不客气了！”

飞飞真的老实了，房间恢复安静。“你真厉害，几句话就把飞飞镇住了！”我用崇拜的眼神看着他，对他的权威钦佩不已。

“我一脚就把他踹到凳子下面去了。”

“你说什么？你再说一遍，你敢踹飞飞？”我腾地一下坐起来，“你居然敢踹飞飞？你？胆子也太大了！”我气得说不出话来，举起拳头，噼里啪啦，雨点般落下来。

“你这样非把他惯坏不可，不能这样。”他也不躲。

“我愿意，我就这样！你要教训他，碰碰他的小脚丫就可以了，也就象征性地意思一下，你还真打呀？”拳头始终没停止。

“我是夸张，就推了他一下，你也信。”

“我信，我当然信！”新一轮糖炒栗子风起云涌。

我爱你，与你无关

我知道迟早还是要面对你，我不能永远这样逃避。有些事情不能永远藏在心里，一定要说出来，即便是撕心裂肺地痛，也要默默地承受。

与你相遇，纯属偶然，在我没有充分心理准备的时候，你从天而降，猝不及防地出现在我的视线里。惊讶之余是难以言尽的惊喜，第一眼，我就一发而不可收拾地爱上你。

我的生活因为你的出现而发生了翻天覆地的改变：我不再睡懒觉，整整一个暑假，每天清晨都是在你的第一声催促中以最快的速度从床上弹起，我不忍心让你叫我第二句，怕你着急；原来爱干净几近洁癖的我，容不得地板上有杂物甚至是一点灰尘和发丝，而你常常任性地把家里弄得一团糟，满目狼藉换来的不是我的抱怨而是我任劳任怨的打理；我不再怕脏，每天不计其数地为你打扫房间，女儿小时候我也没有这样伺候过；我精心调理你每天的饮食，蔬菜、水果、小零食，从未间断，你享受着皇帝般的待遇；一早一晚，不管多疲惫，我都会准时陪你下楼散步，直到你自己玩够想回家为止。我无怨无悔地做着这一切，只因为我爱你！

我分享着和你在一起的每一个日子，你是那么善解人意，知道这个世界上我对你最好。8月初，我去云南，七天后，当我再见到你时，你一下子扑到我怀里，用你柔软的头发蹭着我的脸颊，哼哼唧唧地撒娇，久久不愿下去。随着时间的流逝，你越来越淘气，记得有一天，我不舒服，早晨你醒来，没有迎接你，你径直冲到我的床上，一弯腰躺在我怀里。我推你下去，翻过身不理你，你再次跳到床上，两手扳着我的头，直到我转过身来，你又扑腾一下倒在我的臂弯里，脸对着脸，瞪着一双

至纯的大眼睛看着我。真的拿你没办法，因为我爱你！

“读你千遍也不厌倦，读你的感觉像三月……你的眉目之间，锁着我的爱怜，你的唇齿之间，留着我的誓言。你的一切移动，左右我的视线，你是我的诗篇，读你千遍也不厌倦。”我纵容着你，宠溺着你，我不知道该怎样待你，才是最好和极致。那一次，我把零食送到你嘴里，想跟你开个玩笑，故意逗你不给你，没想到这个举动惹急了你，你一口下去，我的手便鲜血淋漓。我因此不得不去医院打针，断断续续持续了将近两个月。第一次，由于药物的副作用，整整烧了一夜，浑身酸痛，但我还是不怪你，因为我爱你！

没有想到的是，我们这么快就分手了，我不知道我这是不是始乱终弃？我曾那么想专心地和你走一程，信誓旦旦地要给你一个好的开端，再给你一个好的结局，可事情总不像自己最初的那样如意。

开学了，我无法再像假期那样呵护你，我要上班，丢下你自己，无人陪伴，无人照料，连基本的饮食起居都成了大问题。我不忍心看着你喝不上水，不忍心你因为我上自习、开会饿了肚子，不忍心你失去了早晨散步的权利，不忍心你终日孤独地守在一个人的家里。

别无选择，为了给你一个更好的生活，我只好放手。

那一天，当你的新主人打来电话时，我正在去医院的路上，我的眼泪因为那个要接走你的电话而簌簌滑落。打针的小护士对我说“没事不疼”，可我的眼泪还是止不住地往下掉，我是疼在心里。

我不敢去送你，因为我爱你！

我想我们从此会失去联系，让时间冲淡一切，让我慢慢忘记你。没想到你的新家却和我的好友毗邻而居，她总是带来你的消息。每一次，当她坐在我面前告诉我你的情况时，我有一种本能的拒绝和期待，想知道又不想知道，矛盾又迟疑。

“飞飞可漂亮了，英俊潇洒，人见人爱，很受宠！新主人常常只和他下楼散步，另一个他的亲弟弟则放在家里。”

听着好友的话，办公室里的我竟当众落泪。

“你把他当作什么呀？他只是一条狗。”大家笑话我，笑我会对你如此情深意重。

可在我心里，我没有把你当作一条狗，我觉得你和我一样，有情又有意。我知道你现在很好，可我还是牵挂你，受宠就一定快乐吗？我担心你隐藏在微笑背后的忧郁。

我买来许多你爱吃的零食托好友带给你，我不敢去看你，因为我还爱着你！不是不想聚，而是没有做好聚的准备。你走后的日子里，我尘封了你所有的照片，直到今天才鼓足勇气，第一次打开电脑面对你。

再一次面对，再一次相思泪涌，再一次零落成雨。

“你问问他，他会想你吗？”爱人对我说。

我不知道你会不会想起我，我只知道我会常常想起你，在白天，在夜晚，在你留下的每一个痕迹里。

你曾经走进我的生命，我无法奢望我们的天长地久，我只能珍藏我们的曾经拥有。昙花一现，曾经最美，你带给我一段生命的传奇。

我爱你，与你无关。

萨摩耶飞飞

明天我要嫁给你

10月17日，是我和他的结婚纪念日。这个日子看似极为普通，但可是公婆请算命先生算出来的好日子，尽管当时我左看右看也看不出好在哪里。我不相信算出来的命。

已想不起太多17年前那天发生的细节，只记得爱人在下午离开了泉城，回百里外的老家去了。妈妈、几个亲戚还有我的一些朋友陪着我。

那年是我的本命年，但二十多岁的我还没有长大，“结婚”的含义在我的意识里并不十分明确，责任和义务也没有认真想过。他比我大，他说咱们结婚吧；公婆把娶回小儿媳妇当作人生一件大事，也认为早结早了却心愿；一个人远在他乡，父母对我不放心，觉得身边要有个细心人来照顾，所以他们也支持婆家的结婚主张。

那就结婚吧。所有婚前的准备几乎都是他一个人辛苦完成的，我只是给自己订做了红色的嫁衣。

结婚前的那个晚上，两个好友陪我度过，叽里呱啦，说到很晚，但具体说的什么我一点也不记得。想到明天就要出嫁，一夜无眠，不是激动，只是在寂静的深夜里默默地和自己的过去做了一个告别。

第二天，5点起床，婆家有早晨接新娘的风俗。穿上红色的旗袍和皮鞋，化妆，然后和姐妹们合影留念，和妈妈等家人拍照。

“我们家菲菲多好看！”妈妈看着我，突然放声大哭，她坐在椅子上，头深深埋在手里，好久没有抬起来，只是哭。

我再也无法控制自己，簌簌而落的泪水冲坏了脸上的妆容。

重新上妆，几度失控；一次次再补，看着镜子里的自己，悲喜交集。从此就要跟无拘无束、娇宠任性的女儿时代彻底告别了，很不舍，有一种说不清道不明的痛楚。

7点半，他从老家带着迎亲的队伍来了。那是个星期天，筒子楼的人们大都还沉浸在睡梦中。他敲门，姐妹们不开；再敲，还是不开。

“你要唱首歌才行，快唱歌！”一群姐妹在屋里起哄。我想就是闹着玩吧，哪能真唱，大早晨的，又是在楼道里。

真情像草原广阔，
层层风雨不能阻隔，
总有云开日出时候，
万丈阳光照亮你我
……
爱我所爱无怨无悔，
此情长留心间。

清晨寂静的楼道里，他的歌声嘹亮高亢，像他当年站在大学舞台上一样。屋内的我，泪水轻轻滑落，我知道，《一剪梅》是他最爱的歌。

农村的婚礼格外热闹，车开进村里的时候，我透过车窗向外望，发现沿路有许多彩旗，觉得特别好笑，“结婚怎么还会有彩旗呢？”

傍晚时分，参加婚礼的人们终于一拨一拨散去，劳累了一天的婚礼工作人员也该休息了。这时从泉城专门请来负责录像的大个子走到我和他身边，悄悄地对我俩说：

“太抱歉了！实在对不起，我今天早上来得匆忙，忘带电池了。”

“你今天不是一直在忙着录像吗？”相信婚礼上所有人都和我们一样看到了，大个子扛着摄像机跟着我们一整天，很是辛苦。

“开始录像时才发现没有电池，回去拿来不及了，大家都看着呢，说了又怕不吉利，只好就那样扛着做录像状了。”

一辈子就结这么一次婚，又不能重演一遍。现在说起这事，权当笑话，但遗憾还是有的。

“明天我要嫁给你！”亲爱的，记得吗？明天是我们结婚的日子。

因爱而急

“亲爱的，快结束了吗？”这是他第三次打电话询问了。她今天到外校去阅卷，出去一天，他担心她会累着。她身体一直不好，稍有风吹草动，就会闹毛病。

“快了，顶多一个小时吧。”她一边回话一边看着手里的试卷。

“快结束时给我打电话，我去接你。”接她，是他从大学就养成的习惯。在他眼里，她不适合驾驭任何交通工具。她本来是会骑自行车的，大一时，她经常骑车去曲阜城里买东西。然而自从大二他走进她的生活后，他立即做出了两项英明的决定：一是以班长的特权罢免了她的小组长，二是不许她再骑自行车独自外出。此后，他就成了她的专职司机。1991年刚参加工作，他经常利用在办公室工作的便利和单位的司机开车去她所在的学校接她。过了没多久，她的同事在私下里就议论开了：语文组刚来的那个小老师挺好的，为什么非要找个司机呢？

“不用接，三站路，十分钟就回去了。”的确很近，很方便，站牌就在阅卷的学校门口。

“还是接你，这一天多累啊！提前一刻钟给我打电话。”他的口气不容置疑，在这种事上，他从不让步。相处二十多年了，生活中，他一直让着她，尽管她任性，有时还很不讲理，但他始终宠着她。他宁可自己受委屈，也不愿难为她。夫妻哪有不生气的，每次吵架，不管谁对谁错，主动修好的总是他。虽然有时他真想治治她的坏脾气，但下不了狠心。

他最担心她的身体，她可以什么都不做，只要每天健健康康、高高兴兴就好。他宁可她在家里肆无忌惮地耍大小姐脾气，也不愿意看见她

乖乖地躺在病床上。

卷子很快批阅完毕，分完试卷后，她和同事返回自己的学校涂答题卡。

答题卡很快涂完，她拨通电话对他说："出发吧，我和蓉在校门口等你。"放下电话，简单整理了一下办公桌。她和蓉就离开办公室，来到学校大门口。快六点了，正值车辆高峰期，街道上车来人往，十分热闹。

15分钟过去了，他没到。

20分钟过去了，还没踪影。

"怎么还不来，打电话。"她有点急。

"打什么打，你没看到路上车这么多吗？也许堵车吧，等等，咱俩说说话正好。"蓉按住了她想拿电话的手。

望眼欲穿，半个小时又过去了。

"太慢了，不行，打电话。"她更急了。

"别打，他那么忙，可能临时有事，走不开。"蓉很体谅，他是酒店老总，忙是自然的。

"好吧。"当着好友的面，她只好故作平静，"真讨厌，还不如我自己坐车回去呢，早到家了。"

40分钟了，她的忍耐到了极限，不顾蓉的阻止，从包里掏出手机。

打开手机，她一下子呆住了：16个未接电话，5条短信，全是他的："你在哪儿？""出什么事了？""快回电话！"

她的脑袋"嗡"地一下，突然醒了，"天啊，糟了！我没有告诉他我又回自己学校了。"马路上太吵，加之她和蓉一直交谈热烈，根本没有听到手里铃声。

"亲爱的，对不起，我在我自己学校门口呢。"她嗫嚅地说，这次她知道自己真的错了。

"你，怎么不告诉我？为什么不接电话？这么长时间你连电话都不看看吗？你……”他咆哮着，大吼着，声嘶力竭。在她记忆里，她即便是闯了再大的祸，他也从没有这样过。

“等着，我马上到！”他依旧气势汹汹，她觉得要是他此时在面前，非吃了她不可。

20分钟后，他来了。

她陪着笑脸，一连声地对不起，他满脸的怒色一览无余，他本来就不是一个善于掩饰自己的人。

“晕瓜，没有比你再晕的了！”他怒气未消，守着外人，没再多说什么。

“有你这样的吗？啊？你说说，有你这样的吗？你知道我有多着急吗？我都快疯了！”一回到家，他又咆哮起来，情绪激动得很，“一刻钟的事儿，等我到了，门口根本没人，我问传达，人家说阅卷老师都走了。我等不到你，打电话不接，发短信不回。我以为你被绑架了，以为你出车祸了，而且一定很严重。我就没想到你是回你们学校了，你简直气死我了，你知道我都急成啥样了吗？你知道吗？”他的语速特别快，怒视着她，眼圈红红的。

这件事已经过去6年了，可是她常想起它，她忘不了他满腔的怒火，急切的责备和红红的眼睛。

今天，是他的生日，她又想起这件事。她知道，那个为她而急的人，是她今生最该珍惜的。

她想借这篇文章再次悄悄地告诉他：亲爱的，生日快乐！

月亮代表我的心

老公一遍又一遍用力地擦着地板，认真，耐心，“大自然”地板散发着大自然的光泽。

沙发上正在削苹果的我，忍不住笑了。

“你笑什么？”他疑惑地望着我。

“你就像一个勤劳的小蜜蜂！”真的很像，大周末的，也不休息。

“就为这个笑？”知我者，老公也。

“当然还有，许多人都问我是怎么把你培养得这么优秀的？问我秘诀是什么，可我说不出来。我不记得专门培训过你，我只能说你爱干净觉悟高。你真的就这么爱拖地吗？”

“谁天生爱干活呀？我不是爱拖地，我是爱老婆！”

跟女性朋友和同事在一起，常会听到她们为了家务事而烦恼。男人大都不爱干家务，这是不争的事实。在男人眼里，家务只是小事一桩，男人天生都是干大事的，做饭、洗衣、拖地，这等区区小事，何足挂齿？大丈夫志在四方，当以扫天下为己任。

可每一个家庭主妇都有同感，家务事虽小，但天天做，日复一日，工作量也是巨大的。女人白天和男人一样工作，下班回来，再洗衣服做饭拖地实在是辛苦。夫妻间的矛盾很少有大原则问题，但像干家务这些鸡毛蒜皮的小事，却常常能引起不小的风波。

比如拖地，看似不大，但真正做起来耗时又耗力。扫一遍，干拖一遍，半干的拖布再擦一遍，偶尔还要用吸尘器吸吸尘，一般性的打扫也要在一小时左右，彻底打扫就需要两三个小时。

我爱干净，干净到略有洁癖。我可以不吃不喝不睡觉，但是家居卫生必须要搞好。心理素质自诩不错的我，就是过不了洁净这一关。眼里揉不进沙子，看见地上有灰尘，我便扛不住那种焦虑，一定要马上清

除，否则就会莫名地烦躁。

我没有刻意培训过老公，在我看来，爱干净是自己的嗜好，它不能建立在家人的辛劳上。老公做生意，很忙。两年前没换房时，为了减轻我的负担，找了个钟点工，每天下班回来，家里都非常整洁。搬新家后，房子大了，工作量剧增，尤其这实木地板，更费心。也找过钟点工，不是人家看了不敢干，就是老公没相中。

一开始，家务基本是我来做，经常累得腰酸腿疼。但我很少抱怨，其实房间很干净，累是自找的，可我每天要是不打扫一遍，就觉得特别别扭。不知道从什么时候开始，忙碌的他每天早上送完女儿，就会回家打扫卫生，一切安排妥帖后，再去上班，好在酒店是自家的，都是他管人而没人管他。渐渐地，除了做饭，家务活成了他的自留地。我的任务是经常当面表扬他。在我的鼓励下，他做家务的潜能似乎被调动起来了，越干越好。

正写着，老公的电话来了，他一喝酒话就多而放肆："又在写文章啊？写我啊？好，很好，非常好！你就写没有人爱干家务，爱干家务的男人都是因为疼老婆。你想啊，我要是不干你这么爱干净就一定要干，你要干就会累着你，那我不心疼吗？孩子是自己的好，老婆也是自己的好，我奋斗的目标就是要让你们俩幸福，让你们成为天底下最幸福的人。我问你，你幸福吗？"我不知道回答过多少次这样的问题了。

"幸福，特幸福！"话要顺着他，成全他的英雄情结，维护他高大全的光辉形象。

想起今天早上，他打扫完卫生，我把削了皮儿去了核的苹果递给他："你说为什么那么多男人不喜欢做家务？难道他们不疼自己的老婆吗？"

"他们疼得不够，认识不到位，境界不够高，所以做不到。"朋友建议他可以给男人开个讲座。

"那你为什么这么疼老婆呢？"

"为什么？月亮代表我的心！"

月亮就像爱人的心，晶莹纯洁、质朴无华，总是在默默中，给自己所爱的人送来光明与温暖。

春天在爱人心里

生在东北长在东北的我，向来不惧严寒，所以在冬季我一直拒绝羽绒服。拒绝它的原因还有一个，那就是爱美的我总觉得羽绒服太臃肿笨拙，没有那些羊毛、羊绒大衣漂亮。风度第一，温度第二，爱美的我总是坚持这条原则。

今年也不知为什么，总觉得冷，无意中动了买羽绒服的念头，他对我说别买，买了你也穿不长，几天就烦了。想想也是，再也没提此事。

一天晚上，看完我博客的他对我说你去买件羽绒服吧。我说怎么突然让我买它呢？他没多说什么，只是说天冷了还是羽绒服暖和并说要陪我去买。

第二天下班时，他打来电话说真抱歉，领导要去酒店吃饭走不了，没法陪你去买羽绒服了，他说你和女儿打车去商城吧。

他突然对羽绒服热心起来，疑惑的同时，我忽然想起他那天晚上看过我的博客，一定是看了前一篇《冬天来了，春天在哪里？》。我没问他，只要他不主动说，我不会追问。

在我和女儿不到两个小时的购物期间，他打了三四个电话。多年来，我晚上几乎没有在无他陪伴下外出购物的经历。在他看来，离开他的监护，很容易遇到坏人，尤其是夜晚。

当他从电话里得知我和女儿都买到了心仪的羽绒服并且已经坐上了回家的车时，他似乎比拥抱着华服的我们还高兴。他是个爱操心的人，事无巨细。记得大学刚毕业时，有个朋友给我俩做了一个心理测试，结果让朋友大吃一惊。朋友说你俩该掉过来，看着挺婉约的你却很豪放，看着挺豪放的他却很婉约。

真的是颠倒了！他像个家长，大事小事都要管，他说他有两个女

儿。上周末，女儿和他生气了，我劝他，他一本正经地对我说："你们俩都不听话，让我操碎了心！"那神情、那口气，让我大笑不已，一下子想起了那个终日怜香惜玉的贾宝玉。

不知他是凌晨几点回来的，早上醒来，一下床，我突然发现床边放了一双红色的毛绒拖鞋，上面有一个喜羊羊的卡通头像，可爱极了！"哇，真漂亮！"我欢喜地把两只脚放进去，毛绒绒的，很温暖，很舒服。

"喜欢吧？"

"喜欢！"

"我就知道你会喜欢，我给你买了一双红色的，给那个小孩儿买了一双蓝色的，也有喜羊羊头像，一样的。"

我急忙跑到女儿房间，果然，在她的床边放着一双天蓝色的同款拖鞋。"起床吧，小孩儿！"说完我就离开了。

不到两分钟，只听女儿的房间传来惊呼："哇，好漂亮啊！妈妈，哪里来的拖鞋啊？"

"昨天夜里，圣诞老人来了！"

"是吗？圣诞老人这么早就来了？是咱家的'圣诞马'送的吧？"我被女儿的话逗乐了。

他看着我俩，一脸灿烂。

原来，春天从不曾远离，它一直深藏在爱人的心里。

后 记

2010年2月，第一本散文集《圣洁的心绳》正式出版，爱人当时问我什么时候再出第二本，我说十年以后吧。

没想到，第二本书这么快就与读者见面了。在这里，我要特别感谢爱人的挚友、齐鲁晚报、生活日报的梁洪文社长！因为他的鼓励并亲自联系出版事宜，《风过林香》才有幸提前问世。

感谢所有读者对《圣洁的心绳》的厚爱，这是我坚持写作和再次出版的强大动力！感谢我的大学辅导员、曲阜师范大学党委副书记刘新生的书名题写，以及好友张晓梅女士对本书出版和编校所付出的心血，感谢所有参与本书出版的工作人员！

从2008年8月开博至今，80万字的文稿是生活与网络对我的馈赠，《风过林香》依旧是对这些博文的结集。

写作的目的大致有三：市场、流派、心灵。我不追求市场也不关心流派，但我重视心灵，重视心灵的救赎与塑造。在我看来，写作始终是一件辛苦而又快乐的事情，我庆幸自己的坚持与收获。

祈愿这本书能实现书名的寓意：

风过，林香……

李美瑛

2011年8月于济南